고스트 테스트

고스트 테스트

초판 1쇄 발행 2025년 7월 31일

지은이 황인규
펴낸이 강수걸
편집 이혜정 강나래 오해은 이선화 이소영 유정의 한수예
디자인 권문경 조은비
펴낸곳 산지니
등록 2005년 2월 7일 제333-3370000251002005000001호
주소 부산시 해운대구 수영강변대로 140 BCC 626호
전화 051-504-7070 | 팩스 051-507-7543
홈페이지 www.sanzinibook.com
전자우편 sanzini@sanzinibook.com
블로그 sanzinibook.tistory.com

ISBN 979-11-6861-492-5 03810

* 책값은 뒤표지에 있습니다.
* 잘못된 책은 구입하신 곳에서 교환해드립니다.
* 본 사업은 2025년 부산광역시, 부산문화재단 〈부산문화예술지원사업〉으로 지원을 받았습니다.

고스트 테스트

황인규 소설

산지니

차례

7
미지의 항해

81
고스트 테스트

135
인류 비행에 관한 몇 개의 보고서

225
만남

작가의 말 · 293
수록 작품 발표지면 · 296

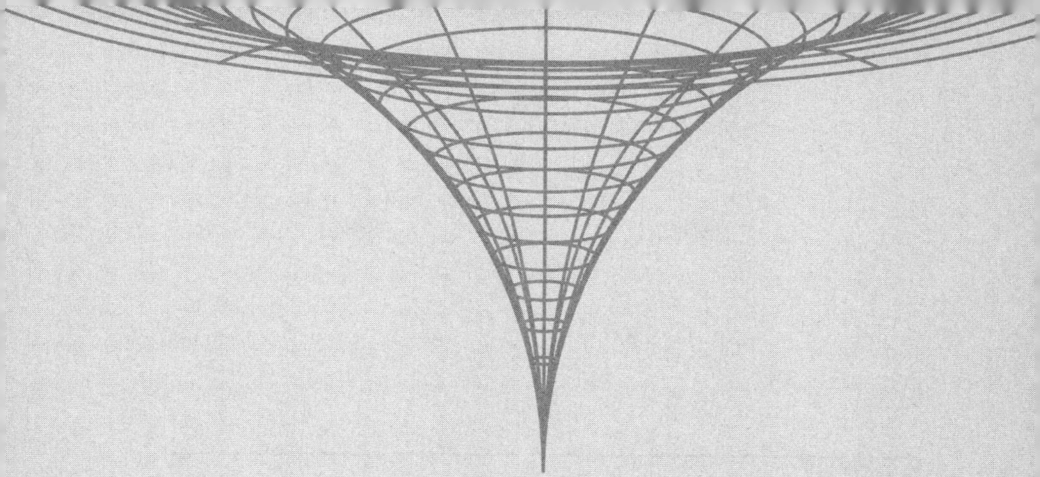

미지의 항해

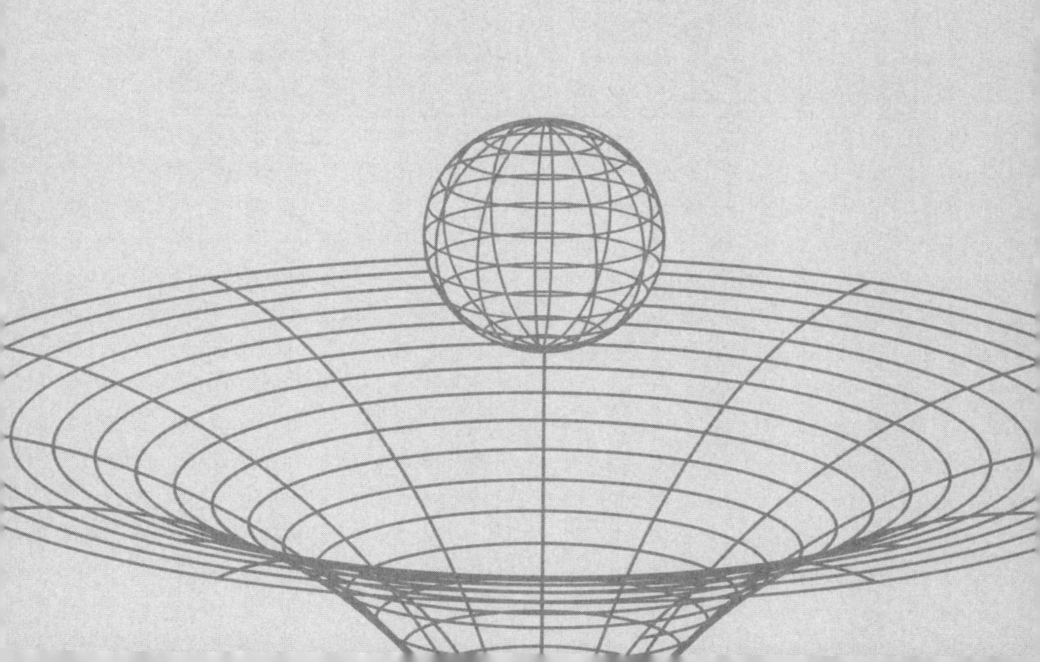

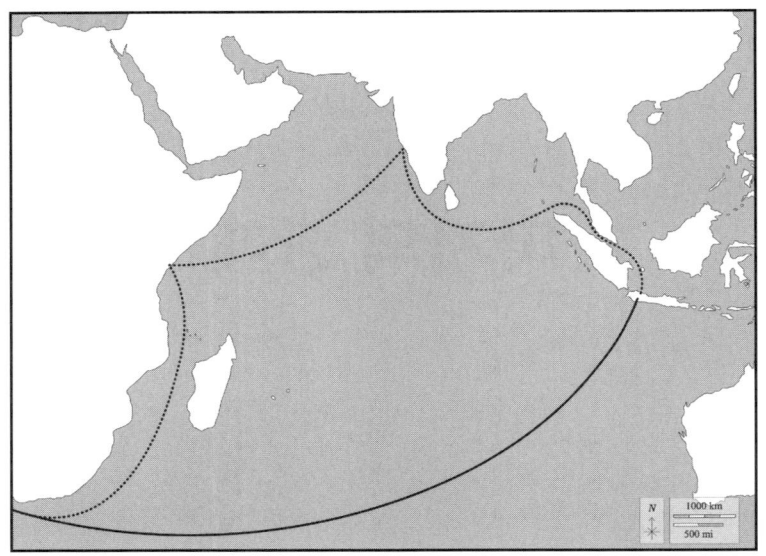

...... 기존 항로
—— 브로워르 항로

프롤로그

 담락 항구는 환영 인파로 북적였다. 아벨 타스만의 새로운 땅 발견을 축하하기 위한 행사였다. 공식적으로는 정부가 축하 행사를 개최하는 것이지만 행사 실무는 물론이고 비용까지 네덜란드 동인도회사에서 부담한다. 공화정부 수반 오라네 공도 참석한다고 하니 꽤나 공들인 행사임에 틀림없다.
 타스만 선장의 환영식이 있다는 소식을 접한 뒤로 나는 엉덩이가 근질거려 자리에 앉아 있을 수가 없었다. 동인도회사 건물에서 담락 항구까지 걸어서 이십 분 걸리는 거리를 십 분 만에 갔다. 브이(V) 자 사선에 오(O) 자와 시(C) 자가 겹쳐 있는 동인도회사 문양의 깃발이 부두 곳곳에 꽂혀 있다. 쌍사자가 그려진 공화정부의 깃발보다 더 많다. 연안에는 닻을 내린 배가 언뜻 보아도 칠팔십여 척은 되었다. 저 배들은 향료제도 몰루카는 물론이고 치나(중국), 포모사(대만), 야판(일본)까지 오가는 배들이다. 대부분 갤리온선들이지만 그중에서 캐릭선 몇몇도 보였다. 내가 반탐에 처음 갈 때까지만 해도 캐릭선이 많았는데 이제는 갤리온선이 주종을 이루고 있다.
 타스만 선장의 쾌거는 30년 전 헨드릭 브로워르 선장이 개척한 '브로워르 루트'가 없었다면 성공할 수 없었을 것이다. 타스만의 항로를 알아보니 브로워르 루트에 기반해 2,500해리 정도 더 나아간 것에 불과했다. 물론 미지의 세계에 발을 들인다는 건 어려운 일이다. 회의, 공포, 후회와 같은, 인간을 뒷걸음치게 만드는 심리적 요인들과 싸우며 나아가야 하기 때문이다.

미지의 세계를 개척한 모험가는 당연히 존중받아야 한다. 브로워르 선장의 업적에도 이와 같은 환대가 있었어야 마땅했다. 그가 항해에 성공해 귀항할 적만 해도 동인도회사는 새로운 항로 개척으로 인해 얻게 되는 엄청난 혜택을 제대로 알아채지 못하고 그저 그런 대우에 그쳤다. 브로워르 선장에 대한 평가가 제대로 이루어지지 않은 것이 내겐 두고두고 불만이다. 30여 년이 지난 지금까지도 말이다. 여기엔 내 개인의 경험이 보태져 다소 과장됐다고 이의를 제기할 사람이 있을지 모르겠다. 아무렴 세상에는 그런 식으로 딴죽을 거는 인간이 어디에나 있기 마련이니까.

브로워르 루트, 즉 남방항로 개척에 내가 탑승할 수 있었던 것은 운명의 여신이 나에게 보낸 미소였다. 브로워르 선장의 배에 탄 것이 인연이 돼 나는 동인도회사 소속 정식 선원이 되었고, 사관으로 진급하여 마침내 선장이 되었다. 그리고 지금은 상선에 선용품을 납품하는 어엿한 상인이 되었다. 담 광장이 마주보이는 발트거리에 집을 소유하고 매년 동인도선에 3만 길더씩 투자할 정도의 부상(富商)으로 말이다.

1

"너는 읽고 쓸 줄 안다면서?"

굵직한 목소리가 등 뒤에서 들렸다.

브레다호가 암스테르담을 벗어난 지 사흘째, 비스케이만(灣)으로 들어설 즈음이었다. 갑판의 난간에서 엄마를 떠올리던 나는 깜짝 놀라 돌아보았다.

비버 가죽으로 만든 삼각 모자에 흰 칼라를 두른 제복 차림의 사람이 서 있다. 두터운 입술과 미간에서 쭉 뻗은 코가 강인한 인상을 풍겼다. 큰 키와 모자 밖으로 나온 금발이 바람에 흔들리고 있다.

"네에, 누구시죠?"

차림이나 불쑥 말을 건네는 태도로 보아 하급 선원은 아니고 견습사관이나 그보다 더 높은 간부사관임이 분명했다.

"아, 내 소개를 먼저 해야 하는데, 실례했구나. 나는 이 배의 선장 헨드릭 브로워르다."

그는 우렁우렁한 목소리로 말하며 손을 내밀어 악수를 청했다.

"저, 저는 한스 블링커입니다."

나 역시도 답을 하며 악수에 응했다.

"어린 나이에 글을 알다니, 너를 전령으로 임명하고 싶구나."

"전령이 뭐죠?"

"이 배에 있는 모든 사람에게 선장의 명령과 지시사항을 전달하는 임무를 맡은 사람이다. 그 밖에 선장의 자질구레한 업무보조도 포함되고."

"저는 배를 탄 경험도 없고, 배와 관련된 일도 해본 적이 없어, 아무것도 모릅니다."

"괜찮다. 나에겐 글을 아는 사람이 필요하다."

"저는 라틴어 학교를 졸업하지도 않았습니다."

"그 정도만 돼도 이 배 안에선 몇 안 되는 지성인이랄 수가 있지."

"사실 저는 보통학교 때는 물론이고 라틴어 학교에서도 성적이 우수했습니다. 그러나 엄마가 돌아가시는 바람에……."

선장님 앞에서 성적 자랑하려다가 엄마 이야기가 나오면서 순간 울컥하고 말았다.

"그래, 네 이야기는 리번트에게 들었다. 반탐에 있는 아버지를 찾아간다고?"

"네에, 아빠는 3년 전 동인도회사 배를 타고 자바에 가셔서 그곳 상관(商館)에서 일하고 계십니다."

"어머니는 어떻게 돌아가셨니?"

"폐렴으로 그만. 삼 개월 됐습니다."

"음……. 어머니는 천국에서 편히 지내실 거다. 하늘에서 항상 너를 지켜볼 테니 힘을 내도록 하거라."

그 말을 듣는 순간 나는 또 울컥하고 말았다. 선장은 자신의 의도와 다르게 내가 의기소침해진 걸 알고는 나를 향해 부드러운 목소리로 한마디 더 했다.

"이왕 배를 탔으니 네 눈앞에 펼쳐지는 세계를 실컷 즐기거라."

선장은 그 말을 하고는 돌아서 고물 쪽으로 사라졌다.
묘하게도 마지막 말이 귓가에 맴돌았다.

1611년 크리스마스를 얼마 앞둔 12월 13일, 나는 브레다호에 승선했다. 배를 타고 나서 보름 동안은 뱃멀미 때문에 죽는 줄 알았다. 고양이, 늑대, 뱀 등이 내 뱃속에 서식하면서 내가 깨어 있을 때마다 장난치는 것 같았다. 어떤 날은 못된 고양이가 이리저리 뛰어다니며 내 속을 뒤집어 놓았고, 다음 날은 늑대가 울부짖듯 나도 모르게 괴성을 질렀고, 그다음 날은 커다란 뱀이 기어 나오는 것처럼 내 안의 모든 장기들이 밖으로 미끄러져 나올 것만 같았다. 날마다 하늘이 노랬고 저녁마다 바다에 뛰어들고 싶었다. 예비선원학교에서 교육을 받을 때 뱃멀미는 한 달 이내에 가라앉는다고 했는데 내 생각엔 그 한 달 안에 죽을 것만 같았다. 뭐 그것도 가라앉았다면 가라앉은 것이지만.

뱃멀미가 가라앉고 보니 비스케이만을 벗어나 스페인 근해를 지나가고 있었다. 어느새 해가 바뀌었다. 그때까지 선장님은 나를 부르지 않았다. 나는 유일하게 이 배에서 그다지 할 일이 없는 사람으로서 모든 일에서 열외였다. 일등항해사 리번트가 엄마의 친척이라서가 아니라 아빠가 동인도회사 반탐의 상관에 근무하고 있어서 그런 것인지도 모른다. 어쨌든 나는 항해 중에 그다지 압박을 받지 않는 신세였다. 그러나 다른 선원들은 달랐다. 엄한 위계에 의해 선원과 사관은 서로 지내는 구역조차 달랐다. 메인마스트를 기점으로 선원들은 후갑판에 얼씬도 하지 못했다. 그곳은 간부와 사관들만 드나드는 곳이다.

 나는 이물의 포갑판에서 지냈다. 사방이 꽉 막힌 방에 포만 있는 곳이다. 이곳은 의사 겸 이발사, 요리사, 목수, 돛수선공 등 당직을 서지 않는 사람들의 공간이다. 이들은 사관과 선원들의 중간쯤 되는 계급으로 각자 전문적인 분야가 있어서 그 일만 하고 지낸다. 이들은 포갑판에서 바닥에 매트를 깔고 잔다. 포가 있는 덧창을 열면 바람이 들어와 그런대로 지낼 만한 곳이다.

 일반 선원과 병사들은 포갑판 아래 두 개 층 선실에서 지낸다. 천장 들보가 어찌나 낮은지 나도 등을 구부려야 할 정도다. 그러니 어른들은 똑바로 서 있을 수가 없다. 이곳은 흘수 수면과 거의 같거나 그 아래여서 통풍은 물론이고 빛과 공기를 공급해주는 현창(舷窓)을 낼 수가 없다. 컴컴한 곳에 희미한 등불만 타오르고 있는 동굴 같은 곳이다. 선실이라기보다는 창고가 어울릴 것 같은데 실제로 귀항할 때는 창고로 활용한다고 했다. 향신료나 자기(瓷器), 비단 등의 짐으로 채우고 나면 선원들은 어디서 자느냐고 물으니까, 항해 중 사망자가 나와 맨 밑 선실부터 비어간다고 했다. 견습 사관으로부터 이 말을 들었을 때 나는 오싹했다. 과연 나도 살아서 고향에 돌아갈 수 있을까. 와할린 사주에서 집채만 한 파도가 배를 덮치고 보자도르곶 부근의 끓는 바다를 통과할 때보다도 이 말이 나를 가장 전율케 했다.

 선실엔 온갖 냄새가 진동했다. 선원들은 씻지 않았고 옷도 갈아입지 않았다. 나 역시도 그런 생활에 젖었다. 엄마가 봤으면 기절초풍할 일이지만 나 혼자 씻고 빨래할 순 없지 않은가. 침구를 갑판에 말리라는 선장님의 지시가 떨어질 때만 선원들은 귀찮은 듯 침구와 옷가지를 들고 나와 갑판에 널었다.

출항한 지 한 달 정도 되자 뱃멀미가 가라앉았다.

일등항해사 리번트가 나를 불렀다.

"한스, 선장님이 부르신다. 너는 행운아다. 이 배에서 가장 높은 사람들 곁에서 지내니까 말이다. 먹는 것부터 달라지지."

나는 짐을 챙겼다. 짐이라고 해봤자, 옷가지 몇 개 들어 있는 보따리 하나와 개인용 컵이다. 포갑판에서 선의(先醫)와 통장이, 대목 등과 친해졌는데 막상 떠나려니 섭섭했다. 불과 백 걸음도 안 되는 배 안에서 이사한다는 게 우습지만 선갑판에서 생활하는 선원들에게 메인마스트 뒤의 후갑판은 용무 외에는 감히 넘을 수 없는 엄청난 거리였다. 만약 선원들이 업무 외의 일로 호기심에서라도 이 선을 넘으면 마스트에 몸이 묶여 채찍질을 당하게 되어 있다. 그러니 누구도 이 선을 넘으려고 하지 않았다. 나 역시도 마찬가지였다. 어떤 선도 그어져 있지 않은 메인마스트를 지나는데 나도 모르게 발걸음이 후들거렸다.

후갑판 건물은 이 층으로 되어 있다. 선장실이 어디 있는가는 멀리서 보아서 알고 있다. 선장실은 복도를 사이에 두고 감독관실과 마주 보고 있다. 맨 뒤로 간부 식당 겸 회의실이 있다고 들었다. 계단을 올라가서 선장실에 앞에 섰다. 심호흡을 하고 노크를 했다.

"들어오시오."

굵직한 목소리가 들렸다. 한 달 만에 듣는 목소리지만 어제 들은 것처럼 귀에 익었다. 문을 열고 들어가자 선장은 커다란 구(球)

앞에서 컴퍼스를 들고 무엇인가를 재고 있었다.

"한스. 어서 와라."

선장은 친근한 눈길로 주눅 든 나를 안심시켰다.

"네가 지낼 곳을 안내해 주마."

그가 선장실 안쪽 문을 열었다. 그곳엔 벽장 같은 좁다란 방이 나왔고 그 너머로 문이 또 있다. 그 안쪽 문을 열자 회의실처럼 넓은 공간이 나타났다. 큰 탁자에 의자가 열 개 정도 놓여 있다.

"이곳이 네가 지낼 곳이다."

선장은 벽장 같은 방을 가리키며 나에게 말했다. 너비는 양팔을 벌리면 손바닥 하나 정도 여유가 있고, 길이는 누워서 팔을 뻗치면 머리 하나 정도 남았다.

"창이 없으니 회의실 문을 열어놓고 지내렴. 회의실에 사람이 있으면 내 방 쪽 문을 열어놓아도 된다."

나는 보따리를 풀고 내 방에 누워보았다. 아늑했다. 무엇보다 포갑판과 하급 선원들이 지내는 선실의 쾨쾨한 냄새가 없어서 좋았다. 일어나서 선장실로 다시 갔다.

"이게 뭔지 아니?"

선장이 책상 위에 놓인 구를 가리키며 말했다.

"모르겠습니다."

"지구의라고 하는 것이다. 우리가 사는 지구의 모형이다. 놀랍지 않니? 우리가 사는 곳이 둥그렇다는 게."

"저도 지구가 둥글다는 게 이해가 가지 않습니다."

"너무 커서 인간의 감각으론 가늠할 수 없기 때문이란다. 이 지구의는 혼디우스라는 사람이 만들었다. 최신판이라서 인디아는 물론 치나와 야판까지 자세히 나타나 있다."

나는 뭐가 뭔지 몰라 뚱하니 있다가 문득 묻고 싶은 게 떠올랐다.

"우리 배는 지금 어디 있나요?"

"봐라, 여기가 스페인이고, 우리는 지금 아프리카에 들어섰다."

선장은 컴퍼스로 지도 한 부분을 가리켰다.

지도는 여러 가지 색으로 칠해졌는데 아래 부분은 소용돌이만 그려져 있었다.

"그런데 왜 아래쪽은 모두 소용돌이로 돼 있죠? 그곳은 악령이 사는 곳인가요?"

"한스야, 악령은 없단다. 소용돌이를 카디즈라고 하는데 인간이 아직 가보지 않은 곳을 그렇게 표시해 놓은 것이다. 과학자나 지리학자들은 카디즈에 거대한 대륙이 있을 것으로 추정하고 있다. 우리 배는 이곳으로 지나갈 것이란다."

"이 배는 자바로 가지 않나요?"

"오, 물론 자바로 가지. 그것도 네 아빠가 있는 반탐으로 말이다. 다만 이 배는 남쪽의 새로운 길로 가려는 것이다. 여기 소용돌이 속으로 말이다."

"그곳은 바다가 소용돌이치는 곳인가요?"

"아냐, 그렇지 않다. 지도 제작자가 알려지지 않은 바다를 그렇게 그려놓았을 뿐이다. 물론 여기에도 폭풍우가 있고 성난 바다도 있을 것이다. 그러나 소용돌이치며 맴돌진 않을 것이라고 나는 확신한다."

선장은 진지한 표정으로 나를 향해 말했다. 순간 나는 선장이 나를 한낱 어린애로 바라보지 않고 한 배를 탄 동료로 대한다는 느낌이 들었다. 나도 모르게 선장을 향한 존경심이 솟아났다.

"오늘은 이만 쉬고 내일부터 같이 일하자꾸나."

나는 선장실 안쪽 문을 열고 내 방으로 갔다. 그리고 반대쪽 문을 살며시 열어 회의실을 살펴보았다. 내가 감히 쳐다보지도 못했던 간부 선원들이 여기서 식사를 하고 회의를 한단 말이지. 나는 그들과 함께 지내고. 왠지 나도 간부가 된 것 같아 가슴이 뿌듯해졌다.

2

사관 선실의 심부름이 나의 주 업무가 되었다. 식사 때마다 음식을 나르고 설거지를 돕고 아래층 간부 선원들의 부름에 응했다. 선장은 나에게 해도 작성과 항해일지 기록에 필요한 항해술과 천문 관측을 가르쳐 주겠다고 했지만 별다른 공부는 없었다.

지금까지 내가 언급하지 않았지만 중요한 인물이 있다. 공식적으론 이 배에서 가장 높은 사람으로, 감독관 루카스 얀센이다. 두툼한 눈두덩이 속에서 갈색 눈이 빛나고 강파른 턱으로 인해 날카로워 보였다. 그는 더운 적도 부근을 지날 때도 붉은 정장 재킷을 벗지 않았다.

감독관은 동인도회사의 대리인으로서 이번 항해의 최고이자 최종 책임자라고 들었다. 최고는 알겠는데 최종은 어디까지 책임지는 것인지 아리송했다. 아무튼 굉장히 높은 사람이라는 것만은 틀림없어 보였다. 그런데 선장과 감독관 중 누가 높을까, 나는 이 문제가 궁금했다. 일등항해사에게 물어보니 항해에 관한 건 선장이 우선이고, 교역을 비롯한 그 밖의 권한은 감독관에게 있다고 한다. 쉽게 말해서 바다에서 일어나는 일에 관한 한 선장의 명령에 따르고 나머진 감독관 소관이라는 것이다.

감독관 얀센은 도통 밖에 나오지 않았다. 그가 대화하는 사람은 선장과 블라츠라는 동인도회사에서 파견한 서기뿐이다. 물론 식사 때는 선장을 비롯한 간부 선원과 같이 자리를 하지만 사적인 대화는 거의 하지 않았다.

브레다호가 한 달 정도 항해한 후 그러니까 선장이 나를 선장실 곁에 머물게 한 즈음에 카나리아 제도에 왔다. 이때 선장과 감독관이 서로 언성을 높이는 걸 처음 들었다. 우연히 대화를 듣게 되었는데, 아니 내가 이들의 대화를 엿듣는 건 우연이 아닌 필연이다. 선장실에서 나는 소리는 아무런 여과 없이 내방에 생생히 들리기 때문이다.

"굳이 테네리페에 들를 이유가 있는 거요?" 감독관의 목소리다.

"테네리페에서 항해 경험이 풍부한 숙련 선원을 구해야 합니다." 선장이 답했다.

"우리 배에 있는 선원들만 가지고는 부족하다는 뜻입니까?"

"우리는 지금 미지의 바다로 가고자 합니다. 언제 예기치 않은 상황이 닥칠지 모르는 처지에선 항해 경험이 풍부한 포르투갈이나 잉글랜드 출신 선원들이 있어야 합니다."

"사전 승인이 난 사항이 아니지 않소?"

펌프로 물을 길어 올릴 때 나는 소리처럼 감독관의 억양이 거세졌다.

"제가 이사회 밀명을 받았다는 사실은 아시지요?"

선장이 담담하게 말을 이었다.

"나도 이사회에서 얼핏 듣긴 했소만, 자세한 내용은 승선 후 문서로 확인하라고 했소이다."

여기까지 듣자 나는 궁금증을 참을 수가 없어서 나무벽 틈새로 선장실 안을 들여다보았다. 선장과 감독관은 탁자에 마주 보고 앉았지만 내 시야에는 선장만 들어왔다.

선장은 일어나 책상으로 가더니 서랍에서 봉투를 꺼냈다. 밀봉된 것인지 칼을 가져와 끝을 잘라내고 그 안에서 문서를 꺼내 감독관에게 주었다.

문서를 읽는 감독관의 표정은 보이지 않아 알 수 없었지만 음, 하고 동조하는 소리가 들리는 것으로 보아 선장의 말이 맞는 것 같았다.

"새로운 항로를 개척한다는 사실을 나를 비롯해 선원들에게 왜 미리 알려주지 않은 거요?"

감독관의 목소리가 다소 누그러졌다.

"기밀 유지 때문입니다. 출항 전부터 항해의 목적을 알리면 우리의 의도가 간파돼 포르투갈이나 스페인의 공격을 받을 위험이 있습니다. 아시다시피 3년 전 포르투갈 상선 카타리나호와 산타리아호를 우리 동인도회사가 나포한 이후 포르투갈과 스페인은 우리 네덜란드 배를 잡기 위해 혈안이 되었습니다. 그들은 선단의 규모도 늘리고 무장도 강화했습니다. 포르투갈이 스페인에 합병되는 바람에 우리는 양쪽에서 적을 맞이하게 되었습니다. 희망봉에서 아라비아, 인디아, 말라카, 치나, 야판에 이르는 루트는 그들이 장악하고 있습니다. 포르투갈은 곳곳에 상관과 요새를 건설해 놓아 언제든지 병력과 무기를 충원할 수 있습니다. 이러니 우리에게는 자바로 가는 새로운 루트 개척이 간절할 수밖에 없습니다. 이 사실을 미리 공지하고 선원을 모집하면 스페인 왕실의 귀에 들어갈 것이고 그들은 우리의 계획을 기를 쓰고 방해할 것입니다."

"좋소, 그럴 만한 사정은 이해하겠소만 선원들은 이 사실을 모르고 탄 것 아니오."

"본디 인디아 무역선을 타는 선원들은 자신들의 목숨을 반쯤 내놓은 자들입니다. 한마디로 막장 인생들이지요. 그들에겐 고위험 고수익이 오히려 반가운 제안입니다. 어차피 기존 항로도 위험하긴 마찬가지니까요. 새로운 항로 개척에 성공할 경우 보상금을 준다면 기꺼이 받아들일 것입니다. 보상금 책정은 감독관께서 방금 보신 문서에도 있습니다."

"그래도 선원들이 반발하면 어떡할 것이오. 대안은 있소이까?"

"그 점에 대해선 안심하셔도 됩니다. 일단 간부 선원들은 저의 수족이니까 믿을 만합니다. 인디아 항로에 승선하는 선원들은 어중이떠중이에 국적도 다양해 의견을 모으거나 단체 행동하기가 쉽지 않습니다. 아니 거의 불가능합니다. 불온한 기운이 감지되거나 선상 반란의 징후가 드러나면 간부들이 잽싸게 조치를 취할 것이고 경우에 따라선 충분히 제압하리라고 봅니다. 이 배는 통상적인 경우보다 간부 비율이 높습니다. 동인도회사로부터 미리 승인받은 사항이죠. 선원들에게는 이 사실을 희망봉을 지나서 발표할 것입니다. 선택의 여지가 없게 말입니다."

"잉글랜드 출신 선원들은 그렇다 치더라도 포르투갈 출신 선원들을 채용한다는 건 이해가 가지 않소이다."

"제가 말하는 선원이란 포르투갈 배 승선 경력자를 말함이지 포르투갈 사람을 말하는 게 아닙니다. 바스코 다 가마가 인디아 항로를 개척한 이후 포르투갈이 항해를 독점한 지 거의 백 년이 되었습니다. 그동안 포르투갈의 배에 포르투갈 사람들만 탄 게 아닙니다. 유럽의 각지에서 모여든 막장 인생들이 포르투갈 배를 타다가 잉글랜드나 네덜란드 사략선으로 옮겨 타기도 합니다. 제가 원하는 선원은 이런 자들입니다. 그들에겐 조국이 없습니다. 크게 먹을 수 있는 한탕이 있는 곳이면 세상 끝까지라도 가는 인간들입니다. 이들로부터 항해 경험은 물론 전투 경험까지 얻을 수 있다면 이번 항행의 든든한 자산이 될 겁니다."

"그런 자들이 테네리페에서 대기하고 있답니까?"

"카나리아 제도는 전 세계 선원들의 공급기지입니다. 인디아 항로는 물론 히스파니올라나 브라질 등 아메리카 항로에서 승선했던 뱃사람들도 많습니다. 숙련된 선원들의 인력시장이라고 보면 됩니다. 지난번 자바 항해에서 역계절풍을 뚫고 아라비아해를 지나가기 위해 저도 이곳에서 선원 네 명을 고용했습니다. 그들은 무풍지대나 폭풍 속에서 진가를 발휘합니다."

"알겠소이다. 최종 목적지까지 화물을 안전하게 수송하고, 교역을 방해받지 않을 권한과 이 배의 최종 결정을 감독할 권한은 내게 있소이다. 그러니 앞으로 중요한 사항은 내게 꼭 보고하기 바라오."

감독관의 표정은 보이지 않았지만 그의 앙다문 입술만큼은 보지 않고도 떠올릴 수 있었다.

드디어 항구가 보이는 곳으로 배가 들어갔다. 상륙에 대한 기대감으로 내 가슴은 콩닥콩닥 뛰었다. 한 달 사이에 나는 사람들이 그리워졌다. 그러나 실망스럽게도 선장은 선원들의 하선을 허락하지 않았다. 연안에 닻을 내린 후 작은 보트 욜(yawl)을 내려서 간부 선원들만 데리고 테네리페로 갔다. 그곳은 카나리아 제도 최고의 항구다.

연안에 정박해 있는 동안 지루해서 미치는 줄 알았다. 저만치서 항구가 보이는데 갈 수 없다니. 마치 허기진 사람에게 맛있는 요리를 눈앞에 두고 참으라고 하는 것 같았다. 그저 침만 꼴깍 삼키는 수밖에.

4일째 되던 날 욜이 돌아왔다. 선장과 간부 선원 외에 네 명의 사람들이 타고 있었다. 모두가 인상이 험했다. 특이한 것은 흑인이 있다는 것이다. 내가 흑인을 처음 본 건 아니다. 암스테르담에서 귀족들이 흑인 노예에게 마차를 몰게 하거나 우산을 받치며 시중드는 경우가 종종 있어 낯설지는 않았다. 그런데 배 안에서까지 흑인노예가 필요한가? 하는 의문이 들었다. 왜냐하면 하급선원들의 생활은 노예나 마찬가지이기 때문이다. 그러한 나의 예상은 빗나갔다.

그날 저녁 선장은 모든 선원을 갑판으로 집결시켰다. 출항 후 처음 있는 일이었다. 선장은 가름돛대가 있는 높은 곳으로 올라가 선원들을 내려다보며 연설했다.

"그동안 우리는 비교적 안전한 연근해를 따라 내려왔다. 이제 하루이틀 정도 항해하여 보자도르곶과 베르데곶을 넘어서면 외해로 나간다. 무풍지대를 통과하기 위해 해류를 타고 브라질 쪽으로 갔다가 그곳에서 우회하여 케이프타운으로 향한다."

선장은 말을 멈추고 선원들을 찬찬히 훑어보았다. 그러고는 고개를 들어 마스트 꼭대기를 바라보았다가 다시 선원들을 향해 입을 열었다.

"우리의 항해는 지금부터라고 할 수 있다. 폭풍과 변덕스런 날씨와 포르투갈, 잉글랜드, 스페인, 정체를 알 수 없는 해적선과의 조우 등 이제부터 진짜 어려움과 맞닥뜨릴 것이다. 이 문제에 대처하기 위해 경험 많은 선원들을 테네리페에서 데려왔다. 이들은 인디아 항해는 물론이고 케이프혼을 돌아서 아메리카 대륙 서안까지 항해한 경력이 있는 베테랑 중의 베테랑들이다. 이들의 경험을 존중하고 어려움에 직면했을 때 슬기롭게 극복해 나가도록 서로 협력하기 바란다."

말을 마친 후 선장은 네 명의 선원들을 일일이 불러서 소개했다.

"포르투갈 출신으로 인디아 항로 6회 경험에 야판까지 갖다온 곤자가."

땅딸막한 체격의 사내가 고개를 꾸벅했다.

"잉글랜드 출신으로 북극항로와 태평양 항해 경험 2회의 스티븐스."

큰 키에 얼굴에 얽은 자국이 있는 사내가 고개를 숙였다.

"제노아 출신으로 케이프혼을 돌아서 아메리카와 태평양까지 항해한 멘도사."

평범한 인상이지만 옹골찬 기색의 사내가 인사 대신 팔을 허공에 저으며 주먹을 불끈 쥐었다.

다음에 소개할 사람은 새까만 피부의 흑인이다. 선원들의 얼굴엔 그가 어떻게 소개될지 궁금해하는 표정이 역력했다.

"모잠비크 출신의 시우바. 잉글랜드 배에 승선해 3회의 전투 경험이 있고, 재작년 우리 동인도회사의 도트레히트호가 스페인과의 전투를 벌일 때는 나폴리 배를 타고 현장에 있었다."

여기까지 얘기하자 선원들 사이에서 술렁이는 소리가 일었다. 나폴리 왕국은 스페인 국왕의 통치를 받고 있어 적성국이나 마찬가지기 때문이다.

선장은 개의치 않고 더욱 소리 높여 나머지 말을 이었다.

"우리는 항해와 탐험을 하는 사람이다. 조국은 우리가 탄 배의 깃발에 불과할 뿐. 우리의 운명은 우리가 탄 배와 함께한다. 출신이나 피부색은 항해술과 무관하다. 우리가 관심을 가져야 할 것은 우리 앞에 닥칠 위험을 어떻게 극복하느냐뿐이다. 오늘 승선한 인원은 항해면 항해, 전투면 전투, 모든 면에서 뛰어난 경력을 가진 선원들이다. 항해에서 경험은 무엇보다 중요하다. 이들이 있으므로 해서 나와 여러분들의 항해가 더욱 안전해질 수 있다. 특히 시우바는 항해 및 전투의 경험을 높이 사 간부 선원으로 특채했다. 그의 지시에 잘 따르기 바란다."

선장은 말을 마치자 계단을 내려와 후갑판 선실로 들어갔다.

갑판에 모인 사람들이 또다시 웅성거렸다. 그들은 흑인이 간부 선원이 됐다는 사실을 받아들이기 힘든 모양이었다. 감독관에게 이 사실을 보고해야 한다는 견습사관의 말이 내 귀를 스쳤다.

그날 저녁 식사를 마치고 감독관은 선장실에서 선장과 마주 앉았다.

"굳이 검둥이를 데려와야 했소? 선원들의 불만이 내게 접수됐소이다."

감독관의 목소리가 묵직하게 깔렸다.

"시우바의 항로 지식과 전투 경험은 꼭 필요하오. 그는 잉글랜드 배의 노예였지만 전투에서 혁혁한 공을 세워 노예 신분을 벗어났습니다. 그에 관한 소문을 알 만한 사람들은 다 알고 있소이다. 세인트헬레나 해역에서 스페인 선과 전투가 벌어졌을 때 그가 암초로 유인해 스페인 배를 꼼짝 못 하게 했고, 잔지바에서 잉글랜드 배가 포위당했을 때 그가 해류를 이용해 마다가스카르로 교묘하게 빠져나갔습니다."

"그런 자가 왜 우리 배에 오른 것이오."

"잉글랜드 배에서 계속 생활하기는 힘들 것입니다. 노예였던 그를 선원들이 인정하지 않을 것이니까요. 잉글랜드 배에서 하선한 후 테네리페를 거점으로 삼아 아프리카에서 아라비아 해안까지 수로 안내와 항해 전문가로 지내고 있습니다. 우리에겐 꼭 필요한 인재입니다."

"그렇다면 일반 선원으로 할 것이지 왜 굳이 간부급으로 격상한 것이오."

"그가 간부라는 지위에 있지 않으면 누구도 그의 말을 듣지 않을 겁니다. 선상에서는 위계가 엄격하고, 위계에 의해 질서가 잡힙니다. 위계의 사다리에 걸쳐 있지 않으면 그는 노예 취급을 당하게 됩니다. 그러면 그의 항해 지식과 전투 경험이 무용지물이 되고 마는 거죠."

"거기에 대해선 선장의 의견을 존중하겠소만, 식사 때만큼은 간부식당에 들어오지 못하게 하시오. 나는 검둥이와 같은 식탁에서 밥 먹을 수 없으니까."

감독관은 찬바람을 일으키며 선장실을 나갔다.

선장은 덧창을 열고 바람을 쐬었다. 나도 회의실 창을 열고 육지를 바라보았다. 검은 산등성이 윤곽이 어둠 속에서 명암을 드러냈다. 그 안으로 엄마개의 품에 안긴 새끼처럼 테네리페 항구의 불빛이 깜박였다.

다음 날 아침 브레다호는 출항했다.

3

돛은 한껏 부풀어 올랐다. 세 개의 마스트에 각각 세 개의 돛, 총 아홉 개의 돛이 바람을 머금으며 브레다호는 물 위를 스치듯 날렵하게 나아갔다. 하루 정도 서쪽으로 나아가자 선장은 수석조타수를 불러 남서로 방향을 돌리라고 지시했다. 선미의 지삭범을 펴고 배는 방향을 전환했다.

아쉬운 건 배가 나아가는 만큼 육지가 보이지 않는 것이다. 여태까지는 연근해를 항해했기에 희미하게나마 육지가 보이거나 설령 안 보이더라도 사흘을 넘기지 않고 수평선 너머로 육지의 윤곽이 보이곤 했다. 그런데 이제는 정말로 망망대해로 진입한 것이다.

선장이 일등항해사와 수석조타수 그리고 테네리페에서 승선한 멘도사와 곤자가까지 데려오라고 했다. 이들이 선장실에 모이자 나는 식당으로 달려가 요리장에게 부탁해 맥주 한 잔씩을 쟁반에 담아 왔다.

"한스, 지도를 가져와라."

맥주를 가지고 들어가자마자 선장이 나를 보며 말했다. 나는 선반 위에 말아놓은 여러 개 중 최근에 선장이 보고 있는 지도를 가져와 탁자 위에 펼쳤다. 지도는 양쪽가에 육지가 표시돼 있고 가운데 두 개의 빨간 줄이 평행으로 그어져 있다.

선장은 빨간 평행선을 손가락으로 가리켰다.

"베르데 군도에서 북동 무역풍을 받아 적도까지 남서쪽으로 항진한다. 빨간 줄은 네덜란드 뱃사람들이 얘기하는 '마차바퀴' 항로다. 여기서 벗어나 동쪽으로 치우치면 기니만의 무풍지대에 갇힐 것이고 서쪽 너머로 가버리면 역시 브라질 해역의 무풍지대에 갇히게 된다. 이번 항해의 첫 번째 난관이 무풍지대다. 한 달 안에 빠져나와야 한다. 안 그러면 물과 음식이 상하고 괴혈병 환자가 발생할 것이다. 무풍지대를 빠져나온 다음 브라질 해류를 타고 아프리카 남쪽 케이프타운으로 가면 한시름 놓게 된다. 바람의 향방에 촉각을 세워 조그만 바람도 놓치지 않기 바란다."

선장의 말투는 진지하고 단호했다. 항해사와 조타수 그리고 테네리페에서 데려온 용병 선원들은 선장께 각오를 다짐하는 말을 하고 돌아섰다. 이들이 선장실 문을 열고 나가는데 선장이 갑자기 호명했다.

"곤자가!" 곤자가가 뒤를 보았다.

"지삭범, 잘 부탁한다." 곤자가는 선장을 향해 천천히 고개를 숙였다.

포르투갈 출신 뱃사람 곤자가가 삼각돛인 지삭범을 잘 다루는 모양이었다. 지삭범은 바람의 방향에 따라 배의 항로를 결정하고 때로는 바람을 뚫고 가는 데 유용하게 쓰인다고 시우바가 나에게 알려주었다.

말이 나왔으니 말이지 사실 나는 흑인 시우바와 꽤 친하다. 그와 친해지게 된 계기는 식사 때문이다. 선장의 강력한 의지로 시우바가 간부 선원으로 승선하긴 했지만 감독관을 비롯한 간부들은 그와 같이 식사하기를 거부했다. 그래서 그는 따로 먹을 수밖에 없었는데 그것은 나와 같이 먹는다는 걸 의미했다. 나는 선장과 감독관을 비롯한 간부들의 식사를 수발들고 그들이 식사를 마치고 나면 내 차례가 된다. 이때 시우바를 불러 같이 먹는 것이다. 밥을 같이 먹는 사이가 됐으니 친할 수밖에 없지 않은가.

그는 네덜란드어도 곧잘 구사했다. 6년 전 실론에서 네덜란드 동인도선에 탑승해 케이프타운까지 간 적이 있는데 거기서 브로워르 선장을 만났었다고 한다. 케이프타운 근처에서 폭풍우를 만나 배가 모래톱에 좌초했는데, 그가 잉글랜드 배를 탔을 때 좌초했던 경험을 살려 배를 빠져나오게 했다. 그런 인연으로 테네리페에서 마주쳤을 때 선장이 브레다호에 승선할 것을 강력하게 권유했다고 한다.

시우바는 항해와 배에 관해선 모르는 게 없었고, 영어, 포르투갈어, 스페인어, 네덜란드어, 말레이어 등 5개 언어를 구사했다. 인디아는 물론이고 태평양의 군도와 몰루카 제도까지 누비고 왔다고 한다. 또한 잉글랜드 배를 타고 전투를 세 번이나 치렀다고도 했다. 시우바는 내가 아무리 졸라도 전투에 관한 얘기는 해주지 않았다. 자신이 노예 신분을 벗어난 건 다른 사람의 목숨과 맞바꿨기 때문이라며 앞으로도 절대 잉글랜드 배는 타지 않을 거라고 살짝 내비친 것이 전부였다. 훗날 내가 뱃사람으로서 갖춰야 했던 항해술은 브로워르 선장과 시우바에게 배운 것이 알파요 오메가다. 그 외의 것은 경험 속에서 체득되는 사소함일 뿐이다.

선장은 방에 틀어박혀서 잘 나오지 않았다. 일등항해사와 수석 조타수와 하루에 한 번씩 만남을 가졌고 식사도 식당에서 하지 않고 내가 챙겨서 선장실로 갖다주었다. 테네리페 출항 후 일주일쯤 되었다.

"한스, 날 따라오너라."

선장은 선수 맨 앞에서 길게 뻗은 가름돛대까지 나를 데려갔다.

"항해를 알기 전에 먼저 배부터 알아야 한다. 이 배의 종류를 뭐라고 하는지 알겠니?"

"캐릭선이라고 알고 있습니다."

"음, 어디서 들은 건 있구나. 자세히 설명하면 캐릭선은 포르투갈이 인디아 항로를 개척하기 위해 코그선과 캐라벨선을 개량한 것이다. 코그선은 한자동맹의 무역선이라서 우리 북해에서 자주 보았던 배다. 돛대 하나에 장방형 횡범 하나다. 북해의 높은 파도를 잘 넘지. 반면에 캐라벨은 에스파냐와 포르투갈의 주력선이다. 세 장의 삼각돛이 있어 바람을 거스르며 항해하기 좋다. 이 둘의 장점을 결합한 것이 바로 캐릭선이다."

선장은 종이를 꺼내 얼기설기 그림을 그리며 나에게 설명을 해주었다.

"캐릭선은 정규 마스트 세 본을 기본으로, 코그선에서 고정키를 이어받았고 캐라벨선에선 라틴세일을 응용했다. 자 여길 봐라."

선장은 삼각 지삭범을 라틴세일이라고 불렀다.

"라틴세일을 어떻게 설치했니?"

"미즌마스트(선미에 설치한 작은 기둥)에 연결했습니다."

나는 눈에 보이는 대로 대답했다.

"그걸 묻는 게 아니다. 왜 선수에 달지 않고 선미에 달았느냐 이 말이다."

"글쎄요……." 나는 고개를 갸우뚱했다. 그냥 달려 있기에 그런가 보다 했지, 거기에 대해 깊이 생각해 본 적이 없는 나로서는 얼버무릴 수밖에 없었다.

"먼바다에서는 사각돛을 앞에 달아 순풍을 받고 근해에서는 라틴세일이 배를 조종하는 데 유리하기 때문이다. 라틴세일은 항행을 유지하고 때로는 역풍을 거스르기도 한다. 물론 바람에 따라 방향을 전환할 수 있는 숙련된 기술이 필요하지. 결론적으로 근해와 대양 모두의 항해에 적합한 것이 캐릭선이다."

선장의 열띤 설명에 고개를 끄덕이며 알아듣는 척했지만 사실 실감은 나지 않았다. 나는 코그선이나 캐라벨선을 탄 적은 고사하고 본 적도 없기 때문이다.

선장은 바람결에 나부끼는 머리카락이 성가신지 모자를 벗어 머리를 말아 올렸다.

"다음으로 배의 구조다. 브레다호는 얀 라이센이라는 장인이 설계했다. 선수 건조 분야에서 유명한 선박설계자란다. 우리 배는 스칸디나비아에서 수입한 3인치짜리 오크로 선체를 만들었다. 클링커 이음으로 외판을 서로 겹치게 해서 튼튼하기 그지없다. 웬만한 충격이나 횡파에도 끄떡없다. 외판을 전나무로 감싼 이유는 침엽수들이 좀조개에 강하기 때문이지. 좀조개는 외판을 갉아 먹고 나중에는 오크재까지 공격한다. 이를 방지하기 위해 송진과 유황, 기름과 석회를 섞어서 외판에 바른다. 거기에 더해 소가죽을 덧댄다. 이렇게 해놓아도 배가 일 년 정도 바닷물에 잠겨 있다 보면 어느새 좀조개들이 이물에서 고물까지 촘촘히 달라붙어 있다. 그러니 일 년에 한 번 꼴로 육상에 올려놓고 외판을 갈아야 한다. 안 그러면 사람 손으로 일일이 떼어내든가."

"외판에 소가죽을 덮어놓았다고 하셨는데 저는 보지 못했습니다."

"소가죽은 흘수선 아래에만 덧대기 때문에 물속에 잠겨 있다."

"이렇게 큰 배를 만들려면 돈이 얼마나 들죠?"

나는 처음부터 궁금했던 사항을 마음속에 쟁여놓고 있다가 마침내 터뜨렸다.

"글쎄, 그 문제는 내가 관여하는 것이 아니라서 정확한 금액은 모른다만 적어도 칠만에서 십만 길더 정도 들어가지 않을까?"

"우와." 하고 놀란 척했지만, 십만 길더라는 금액이 나에게는 실감이 나지 않았다. 나의 현실 속에서 가늠되지 않는 숫자이기 때문이다.

"그럼 이런 배는 몇 년이나 사용할 수 있죠?"

"항로에 따라. 항해 중에 어떤 재난을 만나느냐에 따라 다르겠지만 배의 선령보다는 항차를 기준으로 따진다. 몰루카 향료제도를 기준으로 해서 짧으면 세 번, 길면 다섯 번의 항차를 채운다. 그 이후 배의 상태에 따라 해체되어 다른 배의 목재로 쓰이거나 연료로 태워지지."

그날은 선장이 나에게 배의 종류와 구조를 알려주는 선에서 교육을 마쳤다.

다음 날부터 선장은 본격적으로 나에게 항해 기구 사용법을 가르쳐주면서 항해일지 작성에 필요한 자료를 기록하게 했다. 선장은 항해에서 가장 기본적으로 확인해야 할 사항은 세 가지라고 했다.

"한스야, 항해에서는 배의 위치가 어디쯤이고 어디로 향하고 있는지를 아는 것이 가장 중요하다. 위도, 경도, 방향, 이 세 가지가 위치 파악의 기본 요소다. 방향은 나침반이라는 도구가 있지만 그것만으론 부족하다. 별자리와 병행해야 한다. 위도는 비교적 쉽고 정확하다. 태양과 별의 높이를 파악하는 관측기구가 있기 때문이지. 가장 큰 문제는 경도이다. 우리가 동쪽으로 얼마만큼의 거리를 간 것인가를 아는 것인데 현재의 항해술로서는 완벽하게 해결하지 못하고 있다. 나는 이번 항해에서 경도를 파악하는 데 주력할 것이다. 너는 비교적 쉬운 방향과 위도를 파악하고 기록하거라. 사흘에 한 번씩 내가 관측한 것과 비교하면서 오차를 수정하면 될 것이다."

"네, 선장님."

나는 씩씩하게 대답을 했지만 사실 잘 해낼 수 있을지 의문이 들었다. 항해에 관한 교육을 한 번도 받아보지 못한 내가 어떻게 관측기구를 다루겠는가. 이번에는 뱃속이 아닌 머릿속에서 멀미가 날 것 같았다. 그때까진 내 곁에 수호천사가 있다는 사실을 몰랐었다. 수호천사는 바로 시우바다.

브레다호가 대양으로 나가고 나니 수평선 외에는 아무것도 보이지 않았다. 사방이 똑같은 풍경이다. 세상을 수평선이라는 하나의 띠로 묶은 뒤 그 안에서 맴도는 것 같았다. 진푸른 바다, 연푸른 하늘. 바람 한 점 없고 배는 제자리에 정박해 있는 것 같았다. 어쩌다 바람이라도 불면 곤자가, 스티브, 멘도사가 자기들끼리 뭐라고 고함치며 선미의 삼각돛 활대를 이리저리 움직였다. 그러다 보면 배가 조금씩 움직이는 것 같기도 했다.

나는 선장이 준 숙제를 하느라 하루에도 몇 번씩 배의 속도를 재고 해시계의 막대 크기를 기록하고 육분의로 고도를 쟀다. 그리고 시간이 되면 식당에 가서 수발을 들었다.

육분의는 임의 두 점을 정해 그 사이의 각도를 잰 다음 거기에 별의 고도를 재서 평균을 낸다고 한다. 나는 도저히 이해하지 못했다. 일단 망망한 바다 위에서 두 점을 정할 수도 없을 뿐만 아니라 한밤중이니 별의 고도를 재기 위해 임의의 두 점을 잡을 수가 없었다. 육분의를 이러저리 돌리면서 고민을 하고 있으니 지나가던 시우바가 물었다.

"한스, 손에 들고 있는 거 육분의 아니냐?"

"네. 선장님이 위도를 측정하라고 하셨는데, 설명을 듣긴 들었는데 막상 사용하려니 어떻게 하는지 잘 모르겠어요."

"내가 쉬운 방법을 알려주마. 이건 밤에나 사용하는 거고, 낮에는 후측의로 측정해야 해. 안 그러면 시력이 상해서 장님이 되고 만다."

시우바는 선장실에서 삼각자가 엇갈려 포개져 있고 길이가 1야드 정도 되는 삼각형 자를 가져오라고 했다. 선장실에 가보니 도구함에 그런 자가 있었다.

"여기 색을 칠해놓은 반사경이 보이지. 태양이 가장 높이 떴을 때 반사경에 비친 태양의 고도를 재서 그 값에서 90을 빼면 위도가 나와. 조금만 기다려보자."

우리는 태양이 남중할 때까지 기다렸다. 범고래 한 마리가 수면 위로 치솟았다가 물을 내뿜으며 잠수했다.

이윽고 시우바가 일어서더니 태양을 등지고 후측의를 어깨에 메고는 내게 시범을 보였다. 이어 후측의를 벗더니 내 어깨에 메주었다. 나는 태양이 반사경에 비치도록 한 다음 삼각자의 밑변을 내 어깨와 수평으로 하고 빗변의 눈금을 읽었다. "82.3이에요!" 내가 소리쳤다. "거기서 90을 빼면?" "7.7이죠. 우리 위도가 7.7이라는 건가요?" "맞아. 쉽지."

이후로 시우바는 내게 많은 것을 가르쳐주었다. 적도로 갈수록 북극성이 수평선에 가까이 내려간다든가, 나침반의 자침이 정확히 북쪽을 가리키지 않고 배의 방향에 따라 좌우로 벗어난다는 것도 가르쳐주었다. 실제로 그랬다. 배가 서진을 할수록 자침은 정북에서 오히려 서쪽으로 벗어날 때도 있었다. 시우바는 이것을 편각이라고 하며 콜럼버스가 처음 알려주었다고 했다. 그러니까 콜럼버스 이전에는 자침이 서쪽으로 넘어가는 곳까지는 아무도 가지 않았다는 뜻이다. 그러나 자침은 불안정하기 때문에 방향을 잡는 건 낮에는 태양, 밤에는 북극성을 기준으로 하라고 했다.

"북극성이 점점 낮아지는데 이러다 수평선 아래로 가라앉는 거 아녀요?"

내가 고개를 갸웃하며 물었다.

"맞아. 적도에 이르면 북극성은 사라져버리지. 우리 배는 계속 남쪽으로 가야 하는데 어떡해야 할까? 그건 그때 가서 생각해 보자."

시우바는 웃음기를 머금으며 입을 다물었다.

내가 위도 측정을 해서 가져갈 때마다 선장은 선반에서 책을 꺼내 펼치고는 나의 기록과 대조했다. 어떤 때는 자신이 직접 측정한 기록과 나의 기록을 비교하고 어떤 책에 쓰여 있는 숫자와 대조했다.

"한스, 네 측정 실력이 뛰어나구나. 혹시 선원 중에 가르쳐주는 사람이 있니?"

선장은 나의 기록이 초보자의 측정값 치고는 너무 정확하다고 생각한 모양이었다. 나는 시우바가 도와줬다고 고백했다. 선장은 입꼬리를 당기며 미소를 지었다.

"이 책자는 포르투갈 사람 누네스가 만든 적위표(赤緯表)다. 천구상의 적도면으로부터 측정한 태양의 고도표이지. 수백 년 동안 사용하던 레기오몬타스의 천체력이나 자쿠토의 만년력에 비해 훨씬 정확하단다. 이걸 참조하는 법도 배워야 한다. 시우바는 여기까진 모를 거다."

선장이 가리킨 책자 안에는 알 수 없는 표와 숫자가 빼곡했다. 언뜻 보기만 해도 어지러웠다.

위도와 방향은 내가 기록을 하지만 경도는 도무지 알 수가 없었다. 시우바에게 물어봐도 경도는 모르겠다고 했다. 경도 측정을 위해 할 수 있는 것이라곤 오로지 로그라인밖에 없었다. 로그라인은 일정 간격마다 매듭을 지어놓은 끈을 자세에 감은 것이다. 측정추는 삼각형 나무 조각에 쇠테를 둘렀다. 측정 방법은 삼십 분짜리 모래시계를 뒤집어놓고 추를 바다에 던진 다음 배가 가는 속도에 따라 매듭을 풀며 개수를 센다.

오전, 오후 하루에 두 번씩 하는 이 작업을 나는 좋아했다. 고물 난간에 기대 수평선 너머를 바라보며 상상의 나래를 폈다. 엄마는 하늘나라에서 나를 지켜보고 계실까. 아빠가 있는 자바는 어떤 곳일까. 친구들은 벌거벗고 운하에 뛰어들며 놀겠지. 아니 2월이니 그럴 수가 없겠구나. 적도를 통과하는 나만 더운 거지. 알바트로스가 하늘에 떠 있을 때는 세상에 우리 배와 그 새만 있는 것 같은 적막감에 오싹하기도 했다. 그렇게 공상에 잠기다 보면 어느새 모래시계의 윗부분이 싹 비워져 있다. 몇 개까지 셌더라? 아리송할 때는 그간의 경험으로 어림짐작해 써넣었다. 요즘과 같은 항해 속도로는 매듭이 70개에서 80개 사이다.

날은 점점 더워지고 선상 생활은 지루하기 짝이 없었다. 선원들은 짜증이 늘었고 신경이 팽팽히 당겨져 조그마한 일에도 욱하며 주먹다짐을 벌이곤 했다.

무풍지대에서의 항해는 곤자가와 스티븐스가 도맡았다. 그들은 조그만 바람이라도 붙잡고자 지삭범의 활대를 손에 놓을 날이 없었다. 반면에 일등항해사와 수석조타수는 선원들과 주사위 놀이나 틱택 게임을 하면서 시간을 죽여나갔다.

측정 때문에 나만 바쁜 것 같아서 은근히 샘이 나기도 했지만 그나마 시우바가 내 곁에서 있어서 다행이었다. 그가 얘기해주는 여행담은 듣고 또 들어도 지루하지 않았다.

감독관은 무더위에도 정장을 하고 선실에 틀어박혀 나오지 않았다. 동인도회사 서기 블라츠에게 화물 점검을 시키고 독서를 하는 게 일과의 전부인 것 같았다.

모든 걸 태워버릴 것 같은 날이었다. 햇살이 너무 따가워 나는 로그라인을 대충 마치고 육분의와 나침반 기록도 대강 적고는 시우바와 함께 포갑판으로 내려갔다.

하갑판 2층과 3층에서 냄새가 피어오르기 시작했다. 선창으로 내려가 보았다. 냄새가 지독했다. 시우바가 물과 맥주가 상하고 바구미들이 극성스레 번식하고 있기 때문이라고 했다.

2층 선창에선 선창 담당 사관 야콥 드라이어르가 병사들을 시켜 대대적으로 쥐잡기를 하고 있었다. 병사들이 각자 몽둥이와 가죽부대를 쥐고 있었지만 쥐들은 쉽게 잡히지 않았다. 부대자루 틈 속으로 숨어들어 간 쥐들을 어떻게 잡는다는 말인가.

"쥐는 배에서 키우는 가축이야. 지금은 얄미운 놈이지만 식량이 부족하면 훌륭한 고기가 되지. 그러니 너무 싹쓸이할 것까진 없어."

옆에 있던 시우바가 혼잣말하듯 중얼거렸다.

선창사관이 우리를 보더니 나가라고 손짓했다. 시우바를 보고 하는 행동이다. 시우바는 무덤덤하게 돌아서서 사다리를 타고 올라갔다. 선원들은 시우바에게 거부감을 보이지 않는데 이상하게 사관이나 간부들은 그를 노예처럼 취급했다. 그럴 적마다 나는 시우바에게 미안했다.

선원들은 낮에는 햇살 때문에 선실에 있다가 해 질 무렵이면 모두 갑판으로 올라왔다. 낮이 지옥이라면 저녁은 천국이다. 수평선 너머로 지는 해가 세상을 온통 붉게 물들이면 선원들은 말없이 석양만 바라보았다. 떠오르는 생각은 각자 다르겠지만 상념에 잠기는 건 모두가 마찬가지다. 이때만큼은 간부들도 고물 옥상에 올라와 석양을 바라본다. 마치 무슨 의식을 치르는 것 같았다.

배의 속도가 조금씩 빨라지기 시작했다. 드디어 브라질 해류를 타고 남동쪽으로 가고 있다고 시우바가 알려주었다. 나의 위도 측정 기준은 북극성에서 남십자성으로 바뀌었다. 시우바가 가르쳐준 덕분이다. 남십자성은 북위도 30도에서부터 보이기 시작하지만 적도를 지나야 기준점이 될 만큼 천구에 떠오른다고 했다.

그는 남십자성을 설명하기 위해 나를 고물 옥상으로 데려갔다. 하늘을 바라보며 나에게 센타우르스 별자리를 찾아보라고 했다. 그 정도는 나도 알고 있었다. 센타우르스를 가리키자 거기서 약간 남쪽으로 유난히 빛나는 네 개의 별이 보였다. 그 별을 꼭짓점으로 십자가를 그으라고 했다.

"이 네 개의 별이 우리의 십자가야. 십자가를 놓치면 지옥에 떨어지지."

시우바는 십자성을 바라보며 가슴에 성호를 그었다.

4

브레다호가 무풍지대를 빠져나와 해류를 타고 케이프타운을 향해 가던 중 첫 사망자가 발생했다. 출항한 지 두 달이 채 안 되는 58일째였다. 괴혈병이라고 했다. 하갑판에서 생활하는 사람들이 이 병에 잘 걸리는데 위생 상태가 좋지 못하고 공기가 나빠서라고 다들 수근거렸다. 그렇게 따지면 하갑판 3층에서 생활하는 선원과 병사는 40여 명이 된다. 그중에서 한 명만 사망한 건 무슨 까닭인가. 그 사람이 유독 약해서인가. 선의(船醫) 얀센이 레몬주스나 라임주스를 자주 마시는 게 괴혈병에 좋다고 했지만 배급된 주스는 바닥난 지 오래였다. 배에서 두 달 동안 생활하면서 신선한 음식을 먹는 것은 평민이 귀족의 만찬을 먹는 것만큼이나 요원한 일이다.

장례식이 치러지기 전 범포장이 시체를 아마포로 감싸 바늘로 꿰매었다. 아마포 밖으로 삐져나온 사망자의 발은 터질 듯 부어 있었고 색깔은 푸르뎅뎅했다. 나도 모르게 잇몸을 손가락으로 만져보았다. 괴혈병에 걸리면 잇몸부터 붓는다고 했다. 괜찮은 거 같았다.

장례식은 선의가 진행했다. 선장은 메인마스트 옆에 의자를 갖다 놓고 묵묵히 앉아 있다. 선의는 성경책을 펼쳐 구절을 봉독하고 찬송을 부른 다음 물이 담겨 있는 그릇에 손가락을 적셔 세 번에 걸쳐 사체에 뿌렸다. 장례식은 끝났다. 죽은 선원과 가까이 지냈던 선원 세 명이 아마포로 싸인 사체를 바다에 던졌다. 사체는 파도에 흔들리며 제 갈 길을 갔다.

선장은 얀센에게 괴혈병 전수 조사를 지시했다. 얀센은 이틀 동안 선원들을 쫓아다니며 상태를 파악했다. 나도 얀센을 따라다니며 기록지를 작성했다. 괴혈병 징후를 보이는 사람이 17명이고 초기 증상을 보이는 사람이 3명이다. 얀센은 이들에게 포도주와 럼주를 처방했다. 괴혈병에 좋다는 레몬주스와 라임주스의 비축분은 적도를 통과하면서 오크통 안에서 시퍼렇게 변질되었다. 애초에 암스테르담에서 실을 때 오크통이 불량이라서 공기가 들어간 것이라고 통장이가 말했다.

선장은 유황을 피워서 선실을 소독하고 하루에 한 번씩 갑판을 물청소하라고 지시했다. 간부들은 선원들에게 케이프타운에 가면 신선한 음식을 먹을 수 있으니 조금만 참으라고 했다. 곤자가, 스티븐스, 멘도사 등 용병선원들은 케이프타운에 가면 없는 게 없다고 하면서 사람들의 입맛을 다시게 했다.

육지다!

망루 당번 선원이 소리쳤다.

이 소리가 그토록 반가울 줄이야. 지옥에서 탈출하더라도 이보다 기쁠 순 없을 것 같았다. 그러나 육지가 보인다고 바로 상륙하는 건 아니었다. 일등항해사가 하루이틀 정도 가야 케이프타운에 도착할 것이라고 했다. 선원들은 육지가 보이는 것만으로도 천국의 문을 두드리는 것마냥 흥분했다. 해안을 따라 하루 반나절을 항해하자 도시가 보였다. 돌로 지은 건물이 있고 박공지붕이 보였다. 케이프타운이었다. 연안에는 수십 척의 배들이 정박해 있다. 두근

두근 설렘으로 나는 정신을 차릴 수가 없었다.

케이프타운에서는 3주를 머무른다. 그동안에 식료품을 구입하고 배를 수선하고 아픈 사람은 치료를 한다. 더 이상 항해를 못 하겠다고 하선 요청을 하는 사람도 남겨둔다.

브레다호는 연안에 닻을 내렸다. 상륙하고 싶은 선원은 담당사관에게 보고를 하고 허락을 받은 다음 욜을 타고 항구에 들어간다. 규율사관이 외박은 일주일 이내만 허락하고 출항 5일 전에는 선외 외박은 금지한다고 공지했다.

나는 시우바와 함께 항구에 들어섰다. 막상 육지에 오르자 어찌 된 셈인지 땅바닥이 바다처럼 출렁거렸다. 걸음을 제대로 내딛지 못하고 휘청거렸다. 멀미가 날 것 같았다. 시우바가 웃으면서 나를 부축해 주었다.

케이프타운은 암스테르담의 운하 세 블록 정도 크기밖에 안 되었지만 그 안에 있을 건 다 있었다. 식당 겸 술집은 한 집 건너고, 옷집도 있고, 잡화점도 있고, 심지어 서점도 있었다. 골목 사이사이에 야릇한 여자들이 박혀 있는 것도 눈에 띄었다. 여러 나라의 말이 섞여 들렸다. 포르투갈어, 잉글랜드어, 프랑스어, 네덜란드어, 독일어, 이탈리아어, 아랍어도 들렸다.

이상했다. 포르투갈을 비롯한 스페인과 잉글랜드, 네덜란드는 적국이라서 바다에서 조우하면 무조건 적대행위로 맞선다. 선제공격하는 것이 유리하다. 그래서 멀리서 배가 보이면 깃발부터 확인하고 적국의 배이면 비상종을 울려서 포를 열고 장전을 한다. 그런데 이곳 케이프타운에서는 스페인 사람과 잉글랜드 사람이 스스럼

없이 대화하고, 물건을 사고팔고, 심지어 술도 같이 마셨다. 스코틀랜드 사람과 시칠리아 사람이 어깨를 맞대고 같이 노래를 부르기도 한다.

시우바가 말하기를 케이프타운에선 어느 왕국의 신민으로 만나는 것이 아니라 뱃사람으로서 만난다고 했다.

"케이프타운은 바다의 배꼽이라고 할 수 있어. 이곳에서 유럽, 인디아, 브라질, 케이프혼으로 가지. 뱃사람들이 필요한 물품을 조달하고 정비나 수리를 하는 곳이야. 만약 여기서까지 적대행위를 한다면 종내는 도시가 폐쇄될 것이고 그렇게 되면 모두에게 손해지. 중간 기지로서 케이프타운은 어느 나라에서든 꼭 필요한 곳이야. 보급이나 정비를 하지 않고는 몇 년씩 항해할 순 없으니까. 바다에선 싸우더라도 이곳만큼은 싸움터로 만들지 말자고 다들 합의하고 지내는 거지."

"그럼 이곳에서 친하게 된 사람들도 바다에서 만나면 무조건 공격하나요?"

"꼭 그렇진 않아. 안면을 트게 되면 상대국의 배가 어디로 간다는 걸 알 수 있고, 서로 마주치지 않게 항로를 수정하거나 날짜를 조정하지. 경우에 따라선 자기 나라 다른 배들의 항해 정보도 흘려줘 불필요한 적대행위를 벗어나게 하기도 해. 그러니까 케이프타운이 평화에 이바지한다고 할 수 있지."

"우와, 이곳을 케이프타운이 아니라 피스타운이라고 해야겠군요."

"나도 그렇게 생각해."

사건이 터졌다. 출항을 사흘 앞두고 외박이 금지된 시점에 용병선원 세 명이 보트를 내려 인근에 정박해 있는 포르투갈 배에 가서 술을 마시고 새벽에 돌아왔다. 점호를 마친 후 규율사관이 이 사실을 선장과 감독관에게 보고했다. 규율 위반에 대해 어떻게 처리할 것인가를 놓고 선장과 감독관이 언성을 높였다.

나는 이들의 대화를 숨죽이며 들었다.

"그들과 함께 항해한다는 건 우리 배의 기강을 흐트러트리는 것이오. 채찍질과 동시에 하선시키도록 하시오."

감독관의 말이었다.

"이들은 미지의 루트를 개척하는 데 필요한 선원들이오. 잘못을 인정하지만 과한 징벌은 도움이 안 됩니다."

선장의 목소리에 약간 떨림이 배어 있는 것 같았다.

"그들은 다른 배도 아닌 포르투갈 배에 올랐소. 우리와 적대국이란 말이오. 작년에 말라카 해협에서 이들에게 우리 동인도선 한 척이 격침되고 또 한 척이 반파된 것을 잊었단 말이오?"

"뱃사람들에게 국적은 없다는 격언이 있습니다. 그들은 포르투갈 배에 간 것이 아니라 옛 동료들에게 간 것입니다. 이곳 케이프타운에선 흔한 일이오."

"우리의 임무가 포르투갈 쪽에 새지 않았다고 장담할 수 있겠소?"

"용병선원들은 우리의 항해 목적을 모르고 있습니다. 내가 알려주지 않았기 때문입니다. 항로와 상관없이 배가 목적지에 도달할 때까지 선장의 지시에 따라 일을 하는 게 그들의 계약 조건입니다."

"어쨌든 규율을 어기고 기강을 흩트린 것은 용서할 수 없소이다. 채찍형을 부과하시오."

감독관의 얼굴이 벌겋게 달아오른 것은 보이지 않아도 알 수 있었다.

"벌금형으로 하면 어떻겠습니까?" 선장이 조심스레 말했다.

"규율을 어긴 자에겐 어떠한 불이익이 떨어지는가를 선원들에게 눈으로 보여줄 필요가 있소이다. 채찍질이 타당하오."

"채찍질은 수치심을 유발하고 반발심을 불러일으킬 수 있습니다. 일반적인 경우엔 체벌이 타당할 수도 있지만, 어떠한 위험이 닥칠지 모르는 항해를 앞둔 입장에선 적절한 조치가 아니라고 생각합니다." 선장도 물러서지 않았다.

둘 사이에 침묵이 흐르더니 이윽고 감독관이 나가버렸다. 선장실 문이 쾅, 하고 닫힌 건 바람 때문이 아닐 것이다.

용병선원 곤자가, 스티븐스, 멘도사에게 계약금액의 15퍼센트를 벌금으로 물린다는 조처가 내려졌다. 선장은 나에게 선원들의 반응을 은밀히 알아보라고 지시했다. 감독관이나 선장이 우려하는 것과 달리 선원들은 이 사건에 그다지 신경 쓰지 않는 눈치였다. 그들은 자신들의 급료나 일과 상관없는 일에 무관심했다.

3월 12일 브레다호가 케이프타운을 출항했다. 희망봉을 지나 일주일이 지나자 선원들 사이에서 소문이 돌기 시작했다. 배가 인디아가 있는 북동쪽으로 가지 않고 동쪽으로 향하는 것 같다고, 해가 우현에서 뜨지 않고 선수 쪽에서 뜬다고 했다. 사람들은 선장에게 뭔가 궁금할 때 나를 통해 물어본다. 마찬가지로 선장도 선원들의 동향이 궁금할 때 나를 통해 탐지한다. 나는 선원들의 이야기를 선장에게 전했다.

"때가 되었구나!" 선장은 나직이 혼잣말처럼 중얼거렸다.

선장이 전체 선원들을 갑판에 소집했다. 한 달 보름 전 무풍지대 진입을 앞두고 연설을 한 이후 처음이다.

선장은 이물 계단 위에서 반원을 그리며 무리 지어 있는 선원들을 천천히 둘러보았다.

"여러분 중에서 항로에 의문을 가지고 있는 대원이 있는 걸로 알고 있다. 그 의문이 잘못된 건 아니다. 지금 이 배는 통상의 경로로 가지 않고 있다."

통상의 경로를 벗어났다고 하자 선원들의 표정이 변했다.

"여러분들은 항해가 얼마나 위험한지 알고 있다. 선원들이 동인도선을 타고 자바에 갔다가 암스테르담까지 살아서 무사히 돌아갈 확률은 반이 조금 넘는다. 삼십 년 전만 해도 삼분지 일에 불과했다. 사고의 유형은 다양하다. 폭풍우를 만나 배가 좌초하거나, 적선을 만나서 전투 중에 사망하거나, 괴혈병에 걸리거나, 자바에 도착해도 말라리아, 황열병, 뎅기열, 이질 등 풍토병에 걸리거나, 원주민과 싸움이 일어나는 등 수많은 요인들에 의해 목숨을 잃거나 다친다. 우리는 이러한 위험을 사전에 인지하고 항해 중에 감수할 것을 서약하고 승선했다.

나는 여러분과 함께 안전하고 신속하게 자바의 반탐까지 가기를 원한다. 지금 인디아 항로는 여러 가지 불안 요인이 널려 있다. 포르투갈을 합병해 힘이 세진 스페인은 예전에 포르투갈이 구축해 놓은 항로를 배타적으로 운영하려고 한다. 즉 다른 나라 배들을 항로에서 몰아내려 하는 것이다. 이십 년 전만 하더라도 네덜란드나 잉글랜드의 배들이 고아에 정박할 수 있었지만 지금은 근처에 얼씬도 하지 못한다. 아체의 술탄을 매수하여 말라카 해협은 스페인 배들이 아니면 해전을 각오하고 지나가야 하는 곳이 되었다. 지금 이 배에 병사들이 승선한 이유도 전투에 대비해서다."
　여기까지 말한 선장은 잠시 숨을 고르고 선원들을 휘 둘러보았다. 선원들은 조용히 선장의 다음 말을 기다렸다.
　끼룩끼룩 어디선가 날아온 갈매기 두 마리가 돛대에서 울고 있다. 선장이 다시 입을 열었다.
　"갈수록 높아지는 위험을 피하고자 나는 중대 결심을 했다. 새로운 항로로 자바까지 가는 것이다. 통상의 루트로 볼 때 희망봉을 돌아 아라비아해 근처까지 갔다가 무역풍을 타고 인도 남단을 거쳐 말라카 해협을 통과해 자바로 내려간다. 위도상으로 남위 35도에서 시작해 북위 8도까지 올라갔다가 다시 적도로 내려온다. 머릿속으로 그려보면 활처럼 휜 그림이 그려질 것이다. 만약 활의 양 끝을 잇는 줄에 해당하는 루트를 개척한다면 항해는 반으로 줄어든다. 그동안 적과의 조우도 없고 식량 부족에 시달리지도 않는다. 성공한다면 이보다 좋을 순 없다. 나는 이 길을 갈 것이다!"
　선장은 마지막 말을 할 때는 목소리를 높이며 주먹을 턱 앞에서 불끈 쥐었다.

갑판에 정적이 흘렀다. 선원들은 입을 다문 채 눈알만 굴렸다.

반론도 동조도 없는 침묵이 브레다호를 안개처럼 감쌌다. 뱃전에 부서지는 파도 소리만 철썩철썩 들렸다.

침묵을 깨고 선장이 다시 입을 열었다.

"여러분들은 이 선장을 믿고 따라주기 바란다. 만약 이 항해가 성공하면 일 인당 백 길더가 지급될 것이다. 이는 동인도회사가 보증한다."

백 길더라면 하급선원 항해수당의 세 배, 중견선원의 두 배 가까이 되는 거금이다. 바위 같은 침묵에 균열이 생기기 시작했다. 대열 후미에서 조그마한 속삭임이 들리더니 어느덧 웅성거리는 소리로 커졌다.

"선장님 말씀에 동의합니다!" 하는 소리가 들렸다. 이어 "옳소!" "까짓것 죽기 아니면 살기, 새 항로로 가봅시다!" 하는 말이 여기저기서 튀어나오더니 급기야 "목숨이 아까우면 동인도선에 타지도 않았다!" 하는 말까지 나왔다.

"고맙다! 나는 여러분들의 안전을 가장 우선할 것이다." 선장은 목이 메는지 잠시 말을 멈추었다.

"미지의 길을 가는 데 가장 큰 적은 공포심이다. 공포가 여러분들을 파멸시킨다. 미지의 길이 두렵더라도 용기를 내도록 하라. 간부들과 베테랑 용병선원들이 여러분들을 인도할 것이다. 나와 그들을 믿고 따르기 바란다."

갑자기 선원 하나가 괴성에 가까운 소리를 내질렀다. 그 소리를 계기로 다른 선원들도 고성을 질러댔다. 이윽고 소리가 합쳐지며 이상한 구호로 변질됐다. 으샤, 으이샤, 아야야아, 으샤, 으이샤, 으이익샤, 아야야아아. 이어 일제히 발을 굴렀다. 한꺼번에 발을 굴리자 소리가 하갑판에서 공명되어 올라왔다. 배는 거대한 북이 되었다. 쿵쿵쿵 소리가 바다에 울려 퍼졌다. 선원들이 합창을 했다.

　파도는 아름다운 여인의 애무
　바람은 홍등가 갈보의 입질
　폭풍우는 사나운 아내의 바가지
　우리는 파도와 바람과 폭풍을 즐기는 바다 사나이
　에헤이~야.

5

브레다호는 선수를 남동으로 돌렸다. 해류의 흐름에 편승하려는 목적도 있지만 미지의 대륙을 찾기 위함이다. 나는 선장이 빠른 뱃길을 찾는 것뿐만 아니라 남방대륙을 찾는 목적도 있다는 걸 알고 있다. 그리고 그 사실을 선원들에게 얘기하지 않았다는 것도 알고 있다.

선장은 경도를 파악하는 데 온 신경을 곤두세우고 있었다. 나는 하루에도 몇 번씩 로그라인으로 배의 속도를 측정하고, 갑판 중앙에 세워둔 해시계 막대의 길이가 가장 짧은 정오에 나침반 자침과

정북 간의 간격을 쟀다.

선장은 배의 진행 방향이 자오선과 이루는 타각을 추출하려고 애썼다.

"한스야. 두 지점의 최단 거리는 직선이다. 짧은 거리에선 지도에서 직선으로 나타낼 수 있지만 구로 이루어진 지구를 멀리서 보면 극으로 갈수록 나선형을 이루게 된다. 그러니 타각을 연속적으로 변화시켜야 한다. 그런데 나침반의 자침이 불안정해서 타각이 종잡을 수 없이 나온다. 분명 우리는 동쪽으로 가고 있으니 자침이 동쪽으로 기울며 그 각도가 커져야 하는데도 자침이 왔다 갔다 한다. 콜럼버스에 따르면 크리스마스섬에서 자침은 정북과 일치하고 서쪽으로 가면 서로, 동쪽으로 가면 동으로 기운다고 했다. 우리 배의 나침반이 문제인지 남반구라서 그런지 알 수가 없구나."

"선장님, 경도가 그리 중요한가요?"

"우리가 동쪽으로 얼마만큼 갔는지 알아야 자바가 있는 곳으로 방향을 틀 수 있지 않겠느냐?"

"경도도 위도처럼 별을 보고 알 수 없을까요?"

"위도는 태양과 수평선의 각도로 알 수 있지만 경도는 하늘에 수직선이 그어져 있지 않는 한 알 수 없단다. 이론적으론 인간이 시간을 간직할 수 있다면 경도를 파악할 수 있다. 시간이 일정하게 흐르는 기계를 가지고 본초자오선이 시작하는 카나리아섬에서 출발하도록 한다. 지구는 원이니까 360도이고 하루는 24시간이다. 한 시간은 경도 15도에 해당한다. 배가 있는 곳에서 해가 가장 높이 떴을 때 시간을 담고 있는 기계와의 차이가 곧 경도이다. 즉 배에서 정오일 때 시간 측정 기계가 3시를 가리킨다면 동경 45도인 것이다.

지구를 한 바퀴 돈 마젤란과 드레이크에 의하면 태평양 가운데가 180도라고 했다. 그러니까 자바는 110도에서 120도 가량 된다. 문제는 지금 내가 있는 곳의 경도를 알 수 없다는 데 있다. 오죽하면 스페인 국왕 펠리페 2세가 경도를 정확히 파악할 수 있는 방법을 제시하는 자에게 엄청난 금액의 종신연금을 약속하지 않았겠니?"

"그렇다면 제가 매일 재는 로그라인이나 나침반의 편각 기록도 아무 소용이 없다는 말인가요?"

"정확하지 않다 뿐이지 그거라도 하지 않으면 위치를 도무지 가늠할 수 없단다."

나는 로그라인을 기록하면서도 이것이 과연 지구의 경도를 측정할 수 있는 것인가 하는 의구심을 삭일 수가 없었다. 내가 생각해도 배의 속도는 일정치 않고 방향도 조금씩 달랐다. 가령 똑같이 매듭이 백 개 풀린 날이라 할지라도 남동쪽으로 갔다가 남서쪽으로 선수를 돌린 두 개의 기록은 지구의 동쪽 거리는 제자리고 남쪽 거리만 달라진 거 아닌가. 나는 궁금증을 참지 못하고 이 사실을 선장에게 물어보았다.

선장은 나의 질문에 빙긋이 미소를 지었다.

"한스야, 의문이 드는 게 당연하다. 로그라인으로 제대로 된 경도를 측정한다는 건 불가능하다고 예전부터 얘기하지 않았니. 네 말대로 같은 속도로 하루는 남동쪽으로, 다음 날은 남서쪽으로 간다면 이틀 동안 위도는 변하더라도 경도는 변하지 않는다. 그러나 특정 위도에서 정방위로 항진하는 것을 전제로 했을 때는 어느 정도는 도움이 된다. 내가 요즘 선장실에 틀어박혀 있는 건 바로 이 문제를 해결하기 위해서다. 우리의 항로는 어느 시점에서 동쪽으로 주욱 나아가야 하기 때문이다."

    케이프타운에서 출항한 지 한 달째. 다시 망망대해로 들어섰다. 날씨가 점점 차가워지기 시작했다. 아침마다 갑판으로 나가면 선뜩한 기운이 목덜미를 스쳤다. 암스테르담에서 출발할 때 입었던 옷을 꺼내 입었다.
    항해는 순조로웠다. 아홉 개의 돛이 한껏 부풀어 질주하듯 달리는 날이 보름 이상 되었다. 뱃전에 하얗게 부서지는 파도는 결혼식 때 들러리가 뿌리는 꽃잎 같았다. 무풍지대를 빠져나올 때 곤자가와 멘도사가 지삭범을 다루며 활약했다면, 메인마스트의 돛을 다루는 건 시우바와 멘도사의 영역이었다. 그들은 마스트의 밧줄사다리를 자유자재로 넘나들며 무거운 돛을 접었다 폈다 하면서 배의 속도를 조절했다. 시우바는 용총줄을 이용해 마스트와 마스트 사이를 원숭이처럼 타고 갔다. 나는 시우바가 돛을 조절할 때면 하던 일을 멈추고 넋을 잃고 쳐다보았다. 그가 돛과 돛 사이를 날아다니는—나는 이렇게 표현할 수밖에 없다—걸 보면 신화 속의 이카루스가 연상되었다. 다행히 그에게는 밀랍으로 만들어진 날개가 없었다.

처음으로 백파(白波)를 보았다고 보고한 선원은 스토플스였다.

"흰 파도가 보입니다."

갑판 당직자의 소리가 나의 잠 속으로 파고들었다. 그날따라 나는 선장의 허락을 받고 선실에서 잠을 잤다. 내가 자고 있는 곳은 이물 상갑판 바로 아래다. 갑판에서 소릴 지르면 바로 옆에서 얘기하는 것처럼 들린다. 고요한 한밤중이라면 더욱 말할 나위 없다. 잠자리라고 해봤자 삼으로 만든 매트를 마룻바닥에 깔고 삼십여 명이 아무렇게나 뒹굴어 자는 곳이다. 몇몇 고참들은 해먹에서 자기도 한다.

당직사관 브리스의 대답 소리가 상갑판의 틈 사이를 통과해 내 귀에 들렸다.

"잘 봐. 물결 위에 비치는 달빛일지도 몰라. 얼핏 보면 파도처럼 보일 때도 있으니까."

새벽 4시경이면 집중력이 떨어지고 해이해지기 쉬운 시간이다. 그래서 브리스는 스토플에게 다시 한번 잘 보라고 한 것 같았다.

나는 잠결에도 브리스 사관의 말처럼 출렁이는 파도에 비치는 달빛이기를 속으로 빌었다. 안 그러면 선장에게 보고하기 위해 전령인 나를 깨울 것이니까. 잠결에도 조마조마했다. 아무 말이 없는 걸 보니 당직자의 착오였구나, 하고 안도하며 다시 잠의 궁전으로 달아났다.

꿈에서 엄마를 만났다. 언제나처럼 엄마는 환한 미소를 지으며 나를 향해 팔을 벌렸다. 나는 엄마를 향해 뛰어갔다. 그런데 웬일인지 발이 떼어지지 않았다. 발목에 노예들에게나 채우는 쇠사슬이 감긴 것 같았다. 나는 사력을 다해 발을 떼었으나 여전히 제자리였다. 숨을 헉헉대며 엄마를 향해 소릴 질렀다. 엄마!

엄마를 부르는 소리와 함께 쾅앙! 천지가 뒤집히는 것 같은 소리가 내 의식을 뒤흔들었다. 놀라서 상체를 벌떡 일으켰으나 이내 나뒹굴고 말았다. 데구루루 굴러서 선실 격벽에 부딪히기 전 다른 선원이 그곳으로 먼저 뒹군 바람에 나는 그의 몸에 부딪쳤다. 덕분에 아프진 않았다.

선실 벽에 묶어둔 들통, 등불, 식기, 밧줄들이 우르르 쏟아져 내리고 아래층 선실에서는 오크통, 상자, 대형 함들이 우탕탕하고 넘어지는 소리가 들려왔다.

선실은 칠흑 같은 어둠 속에 잠겼다. 선체가 부르르 떨면서 좌우로 흔들렸다.

누군가 등불에 불을 붙였다. 이러저리 나뒹굴었던 선원들이 하나둘씩 일어났다. 모두 초점이 잡히지 않은 눈을 비비며 어리둥절한 표정을 지었다.

"좌초다!"

"산호섬에 갇혔어!"

앞엣것은 스토플이, 뒤엣것은 브리스가 지른 고함이었다.

나는 돌고래가 수면을 차고 오르듯 일어나 선장실을 향해 뛰어갔다. 선장실 앞에서 노크하려는 찰나 문이 벌컥 열렸다.

브로워르 선장이 금빛 단추가 가슴에서부터 두 개의 선으로 박힌 제복에 팔을 넣으며 급히 나왔다.

"서, 선장님. 좌, 좌초랍니다."

말을 더듬으면서 보고하는 나를 보고는 선장이 말없이 어깨를 두드렸다. 나는 그 손길만으로도 좌초에서 벗어난 것 같았다.

선장은 제복의 단추를 채우며 급히 계단을 내려갔다.

브레다호는 좌현으로 십 도 정도 기우뚱하게 서 있었다. 선수는 물 밖으로 호흡하러 나온 고래마냥 고개를 쳐들었고, 고물 쪽은 삼분지 일이 물에 잠겨서 선미에서 회오리 물결을 일으키고 있다. 선미에 선체를 뚫고 나온 산호초가 언뜻 보였다. 배가 산호초 위를 지나가다 돌출된 곳에서 좌초된 것 같았다.

돛은 모두 펼쳐져 있다. 그러니 꽤 속력을 받은 상태에서 암초와 부딪쳤으리라는 건 나 같은 풋내기도 알 수 있었다.

"선장님, 암초에 걸렸습니다."

브리스 사관이 풀죽은 목소리로 보고했다. 어둠 속이지만 그의 얼굴이 붉어진 것을 알 수 있었다.

"일단 사태 파악부터 해보자." 브로워르 선장은 침착하게 말했다.

선원들이 갑판으로 올라와 웅성거렸다. 비록 속삭임일지라도 수십 명의 목소리가 뭉쳐져서 떠도는 소리는 꽤 소란스러웠다. 그 소란스러움 속에서 공포가 서서히 몰려오고 있었다.

선원들은 대놓고 불만을 표했다.

내 이럴 줄 알았어.

대체 왜 모르는 길로 가는 거야.

쉿소리 같은 불평이 쑥덕거림 속에서 돌출되었다.

그들은 이 사태를 미지의 바닷길로 들어선 탓으로 여기는 것 같았다. 공포는 불온한 기운으로 변질되기 쉬웠다.

이런 분위기를 아는지 모르는지 선장은 평소와 다를 바 없는 표정으로 고물 쪽으로 갔다. 일등항해사 리번트와 수석조타수 피터스가 그 뒤를 따랐다. 나도 그 뒤를 쫓았다.

고물 밑부분의 선재가 찢어져 목재들이 삐죽삐죽 드러났다. 마치 상어 이빨 같았다.

"키가 부러졌군."

선장이 나지막이 읊조렸다.

선미의 소용돌이를 타고 널따란 판이 빙글빙글 돌았다.

"삼분의 일 정도 떨어져 나갔습니다." 피터스가 말했다.

"가능할까?"

"어느 정도 운항을 할 수 있습니다만 수리는 해야겠죠."

"상륙할 곳을 찾아야 합니다." 리번트가 끼어들었다.

"측심(測深)부터 해보게." 선장이 말했다.

그 말을 듣자마자 나는 난간에 붙어 있는 상자로 가서 측심기를 꺼내 리번트에게 건넸다. 리번트는 눈치 빠른 나를 보며 엷은 미소를 지어주었다. 그는 자세에서 줄을 풀어 바다에 넣었다.

"12피트 나옵니다."

리번트가 선장을 향해 고함을 질렀다.

"물때가 문제로군."

선장이 나직이 중얼거렸다.

"지금이 썰물이라면 그나마 다행이지만 밀물이라면 가망이 없습니다."

피터스가 말했다.

"음…….." 선장은 입술을 지그시 깨물며 신음을 삼켰다.

피터스와 리번트도 말없이 바다만 바라보았다.

"기도하면서 기다려보세."

선장은 뒤돌아서자마자 순간 멈칫했다. 너무나 찰나의 순간이라서 가까이 있던 나만 느낄 수 있었다. 아니 어쩌면 나의 착각일지도 모른다. 선장 앞에 감독관 루카스 얀센 씨가 서 있었다. 선장은 고물의 상태를 확인하느라 그가 온 줄도 몰랐던 모양이다.

"얘기 좀 할까요?"

선장은 감독관과 함께 선장실로 들어갔다.

나는 또 한 번의 대결이 시작되었다는 걸 직감했다. 나는 전령의 임무인 차를 준비해 선장실로 들어갔다. 두 사람은 나의 존재를 그다지 의식하지 않는 눈치였다. 오히려 내가 들어가자 두 사람 다 목소리 톤이 높아지면서 말이 빨라졌다. 어쩌면 나를 통해 각자의 주장이 선원들에게 전해지길 바라는 것 아닌가 하는 생각이 들 정도였다. 나는 묵묵히 내 할 일만 했다.

"배의 무게를 줄이기 위해 포를 버려야 합니다."

선장이 말했다.

"포가 없으면 포르투갈 배나 해적선들에게 속수무책으로 당할 것이오. 만약 나포라도 된다면 어떡하겠소. 화물에 대한 책임이 있는 나로서는 받아들이기 힘드오."

감독관이 상기된 표정으로 말했다.

"감독관님의 입장을 이해합니다만 사업보다 안전이 우선입니다. 암초에 얹혀 있는 배가 빠져나가는 길은 무게를 줄여서 벗어나는 것밖에 없습니다."

"대체 포 무게가 얼마나 나갑니까?"

감독관이 신경질적인 목소리로 물었다.

"브레다호에는 총 18문의 포가 설치돼 있습니다. 주철로 만든 포라서 문당 1,800파운드로 잡으면, 총 3만 2천 파운드. 여기에 포탄까지 합하면 대략 3만 7천 파운드가 됩니다. 이 정도 무게면 부력에 상당한 영향을 미칩니다."

선장은 담담하게 얘기했다.

"다른 방법은 없소이까?" 감독관이 물었다.

"화물을 버릴 순 없지 않습니까? 우리가 여태까지 항해하면서 이곳 남방항로에서는 포르투갈 배들을 만난 적이 없습니다. 그들은 미지의 항로에 대해선 관심이 없습니다. 그러니 포를 버려도 별 문제는 없을 것입니다."

감독관은 내가 따라 준 차를 한 모금 마시고 입을 굳게 다물었다. 볼이 불퉁해지면서 화가 난 어린애처럼 보였다. 잠시 후 그가 입을 열었다.

"좋소. 포를 버리도록 하시오."

"감사합니다. 감독관님."

선장이 자리에서 일어나 모자를 벗으며 경의를 표했다. 그리고 나를 보았다. 나는 재빨리 문을 나가며 소리 쳤다.

"리버트 일등항해사님. 포를 버려야 합니다!"

선장은 갑판으로 나와서 사관들을 집합시켰다.

"지금부터 신속하게 포를 떼어내서 바다에 버린다. 밀물이 오기

전까지 배를 가볍게 해야 한다. 두 시간 내에 작업을 완료하도록."

"포를 버리고도 배가 떠오르지 않으면 어떡합니까?"

피터스가 말했다.

"그럴 경우, 화물을 버린다. 순서는 무거운 것부터다. 물과 식량은 맨 나중이다."

사관들은 각자의 부하들을 부르며 갑판 아래로 뛰어갔다. 나는 선장 곁을 졸졸 따라다녔다.

선원들이 포갑판에 모였다. 포를 밧줄로 칭칭 감은 후 줄을 상갑판의 권양기에 연결했다. 선원 5명이 지렛대를 잡고 펌프질을 하며 권양기를 감았다. 밧줄이 팽팽해지며 포가 바닥에서 조금씩 움직였다. 그 사이 배대목[*]은 도끼와 톱을 가지고 선체를 뚫었다. 포가 빠져나갈 만큼 구멍이 생기자 선원들이 포를 밀었다. 구르르릉, 바퀴를 구르며 포 하나가 바다에 떨어졌다. 쿠쿵, 하는 소리가 들렸다. 포가 산호초 바위에 부딪히는 소리다. 이어 대각선 쪽에 있는 포로 가서 포를 밖으로 밀어냈다. 18문의 포가 떨어지자 배가 조금 뜨는 느낌이 들었다.

포가 하나둘씩 버려지는 걸 보자 선장은 하갑판으로 내려갔다. 선창은 어수선하기 짝이 없었다. 찢겨나간 판재 사이로 물이 들어오고 있었다. 선원들 대부분은 선창에 모여 물을 퍼냈다. 좌현 선수의 삼분지 일 되는 지점에 직경 1피트 정도 크기의 구멍이 뻥 뚫려 있다. 선원들이 돛을 만드는 범포조각에 닻줄과 뱃밥을 뭉쳐서

---

[*] 배 목수 중 가장 높은 사람.

구멍을 막고 있다. 용골에서 하갑판 늑재는 선체가 이중으로 돼 있음에도 불구하고 안쪽 판재까지 찢어진 것이다. 그럭저럭 구멍은 메워가고 있다. 선창 바닥엔 정강이까지 물이 찼다. 선장은 화물칸을 둘러보았다. 다행히 은괴가 실려 있는 격벽은 괜찮았다. 다시 상갑판으로 올라갔다.

감독관을 비롯해 일등항해사, 수석조타수가 갑판에 모여서 물이 들어오기를 초조하게 기다렸다.

날이 희뿌옇게 밝기 시작하자 바닷속 산호초들이 보이기 시작했다. 물이 조금씩 불어났다. 배도 떠오르기 시작했다. 선장은 휴, 하고 안도의 숨을 내쉬었다. 날이 밝고 보니 삼사백 야드 거리에 섬이 하나 보였다. 선장은 섬의 연안에 정박해 배를 수리할 것이라고 했다.

산호초에 걸린 배를 빼내기 위한 작전에 돌입했다. 먼저 세 대의 욜을 모두 내린 다음 두 대는 선수 쪽에 한 대는 선미 쪽에 묶었다. 선수 쪽 욜은 각각 멘도사와 스티븐스가, 선미의 욜은 곤자가가 조종했다. 밀물이 정점에 이르자 브레다호의 모든 돛을 접고 욜의 돛을 폈다. 남동풍이 불자 스티븐스가 조종하는 욜의 돛을 펴고 멘도사의 욜은 돛을 접었다. 브레다호의 선수가 서북으로 틀며 조금씩 나아가다 멈췄다. 선미에서 곤자가가 조종하는 욜은 삼각돛만 펴서 브레다호가 급격하게 방향을 틀거나 기울어지는 걸 막았다. 바람의 방향이 바뀌면 스티븐스의 욜이 돛을 펼쳐 나아갔다. 이런 식으로 브레다호는 산호초 위에서 좌우로 요동치며 조금씩 빠져나오기 시작했다. 선체가 반 이상 빠져나오자 시우바가 메인마스트에 올라가 모든 돛을 폈다. 때마침 불어오는 바람에 배는 스르륵 빠져나왔다.

섬은 무인도였다. 해변은 물개들의 천국이었다. 암초가 많아 조심스레 접근하여 닻을 내렸다. 병사 열 명을 보내 섬을 조사해 본 결과 실개천이 있어 신선한 물을 구할 수 있는 것이 그나마 다행이었다.

모든 선원들이 배의 수리에 매달렸다. 부서진 선체 외피는 예비용 판재로 덧대고 선창은 범포와 뱃밥으로 때웠다. 무너지고 흩어진 화물을 다시 쌓고 제자리에 정돈하다 보니 나흘이 지났다. 이 나흘 동안 먹거리는 외려 풍족해졌다. 우선 케이프타운에서 데려온 수소가 암초에 부딪칠 때의 충격으로 튕겨 나가 갈비뼈가 부러졌다. 할 수 없이 소를 잡았다. 물고기는 낚시가 아니라 양동이로 퍼 담아도 될 정도로 바글바글했다. 병사들이 물개 십여 마리를 잡아 왔다. 물개는 식용은 물론 가죽을 말려 삭구와 돛을 수리하는 데 쓰고, 지방은 램프 연료로 사용한다.

모두 바쁘게 움직이는데 나 혼자라고 빈둥거릴 수 없었다. 나는 주로 선의 얀센 곁에서 선원들의 이발을 도와주었다.

출항을 앞두고 선장은 섬에 상륙해 휴식을 취해도 좋다고 했다. 선원들은 개천에서 빨래를 하거나 바다에 뛰어들어 수영했다. 다음 날 출항을 하면서 선장은 우리가 머문 섬을 '뉴암스테르담'이라 명명하고 해도에 표기했다.

나는 속으로 아무도 없는 화산섬에 암스테르담이라는 이름을 붙이는 건 어울리지 않는다고 생각했다.

6

브레다호가 남동으로 향하자 선원들이 술렁이기 시작했다. 날은 계속 추워져서 이제 암스테르담에서 출항할 때 입었던 겨울옷만으로도 부족했다. 한 달 동안 아무것도 보이지 않았다. 배에 찾아오는 손님이라곤 세찬 바람과 살 떨리는 추위뿐이었다.

괴혈병 환자가 열세 명으로 늘고 그사이 네 명이 사망해 수장했다. 산호섬 좌초에서 구사일생으로 빠져나온 이후 알게 모르게 두려움이 안개처럼 선원들을 감쌌다.

어디로 가는 것인가.

언제까지 갈 것인가.

간부들이 선원들에게서 가장 흔하게 듣는 질문이다. 간부들은 답을 회피하거나 자기도 모른다거나, 둘 중의 하나로 반응했다. 답답한 선원들은 급기야 나에게까지 물었다. "한스, 대체 어디로 가는 거냐? 선장님에게 물어봐라." 나 역시 "모르겠어요."라고 대답할 수밖에 없었다.

선원들의 불안은 식사의 불만으로 표출되기 시작했다. 갑판 한 귀퉁이에서 키우던 양과 닭 등 가축은 도살된 지 오래였다. 파도가 잔잔할 때는 물고기를 낚았지만 위도가 내려갈수록 바람이 심해 낚시를 할 수가 없었다. 선원들은 딱딱한 빵과 비스킷으로 끼니를 때웠다. 장시간 보관을 위해 두 번 구운 빵은 지방이나 수분이 전혀 없어 딱딱하기 그지없었다. 괴혈병 증세로 잇몸이 약해진 선원은 빵을 씹다가 이빨이 빠져나왔다. 보관 상태에 따라 어떤 빵은 눅눅해져 있었다. 먹기는 편할 것 같아도 여기엔 바구미가 득실거렸다. 선원들은 이빨 상태에 따라 딱딱한 빵과 눅눅한 빵을 서로 교환해서 먹었다.

나는 눅눅한 빵은 도저히 먹을 수가 없었다. 빵을 반으로 가르면 그 안에 유충들이 버글버글했다. 고참 선원들이 벌레도 영양가 있는 음식이라면서 아무렇지도 않게 씹는 걸 보면 나도 모르게 구역질이 올라왔다.

소금에 절인 고기는 적도를 통과하면서 변질이 됐는지 이상야릇한 냄새가 났다. 식수가 부족한 탓에 바닷물에 고기와 강낭콩 등을 넣고 끓인 걸 스튜라고 내오는데, 너무 짠 탓에 물이 켤까 봐 먹기가 두려웠다. 그래도 딱딱한 빵을 조금씩 떼어 담가 먹으면 그런대로 먹을 만했다.

바람이 몹시 센 어느 날이었다. 나는 갑판을 돌아다니기가 위험해 식당을 통해 내 방에 들어가다가 선장과 감독관의 대화를 들었다.

"그 결정에 대해 책임을 질 수 있소?" 감독관의 목소리다.

"물론입니다."

"다시 묻겠소이다. 왜 아무도 가지 않은 남쪽으로 뱃길을 고집하는 것이오. 어떤 위험이 닥칠지 모르지 않소이까?"

"위험하기는 인디아 루트도 마찬가집니다. 재작년 우리 동인도선이 그들의 배를 나포하면서 포르투갈은 한창 독이 오른 상태입니다. 소문에 의하면 그들은 두세 척의 배들이 선단을 이루면서 항해한답니다. 선단에는 대포 30문 이상이 장착된 신형 갤리온선을 포함시키고 네덜란드 선박들을 수소문한답니다. 특히 말라카 해협에서는 아체의 술탄들에게 네덜란드 상선이 보이면 무조건 알려달라고 했답니다."

"언젠들 인디아 루트가 위험하지 않은 적이 있었소이까. 미지의 바다에서 좌초돼 침몰하느니 차라리 전투를 벌이는 것이 낫겠소이다. 우리가 꼭 지라는 법도 없지 않습니까. 그런데 바다와의 싸움은 겨우 살아남는 게 이기는 것이니, 무슨 보상이 있소이까."

감독관의 표정에 분노가 꿈틀거리는 게 보였다.

"그렇지 않습니다. 우리가 이 루트를 성공적으로 개척한다면 동인도회사에선 엄청난 이익을 보게 됩니다. 이론상으로 뱃길이 2,500해리 이상 단축되고 항해 기간은 반으로 줄어듭니다. 물론 감독관님에게나 저에게도 회사에서 합당한 보상을 해줄 것이고요."

"그건 살아서 돌아갔을 때 얘기죠. 이렇게 합시다. 더 이상 모호한 남방대륙 탐사는 포기하시오. 대신에……."

감독관이 잠시 말을 멈추고 선장을 바라보았다. 선장은 묵묵히 감독관의 눈을 마주치며 다음 말을 기다렸다.

"신항로 개척은 용인하겠소이다. 마음 같아서는 이마저도 포기하고 곧장 북쪽으로 나아가 기존 항로로 되돌아가고 싶소만, 포를 버린 처지라서……."

"안 됩니다. 남방대륙 탐사도 제 임무 중의 하나입니다."

"이 배의 가장 큰 목적은 사업이오. 배에 있는 은괴를 팔아서 향신료를 싣고 암스테르담으로 돌아가야 하는 것이 우리의 본래 목적이란 말이오."

감독관의 목소리가 높아졌다.

"감독관께서도 이사회의 명령서를 보지 않았소이까. 나의 임무는 남방대륙과 탐사와 신항로 개척, 이 두 가지입니다." 선장의 톤은 변하지 않았다.

"그럼 계속 남쪽으로 내려갈 작정이오?"

"남위 50도까진 내려갈 예정입니다. 거기서 동쪽으로 항해하면 대륙을 발견할 수 있을 겁니다."

"여기 40도에서도 추위에 떠는데 50도까지는 너무 춥소. 식량도 문제고."

"식량은 견딜 만합니다. 위도 편서풍이 강해 생각보다 오래 걸리지 않을 수 있습니다."

"바렌츠의 비극을 잊었단 말이오?" 감독관이 발끈했다.

"바렌츠의 북극항로 개척 실패로 인해 동인도회사는 새로운 루트 개척에 더욱 목말라하고 있습니다." 선장의 어조도 같이 높아졌다.

"천만에, 바렌츠의 실패 이후 동인도회사는 더 이상 무리한 항로 개척에 집착하지 하지 않고 있소. 지난 십 년간 항로 개척을 위한 선단을 파견하지 않는 게 그 증거이오."

"아니오. 북동 항로는 북극의 얼음으로 막혀 있다는 게 확인되어 개척을 중단했을 뿐입니다. 물론 예전처럼 순수한 탐사를 위한 선단은 파견하지 않습니다. 주주들의 반발을 고려해서지요. 그러나 이번처럼 이사회가 사업을 가장해 은밀히 탐사 명령을 내린 경우가 종종 있습니다."

"나는 그렇게 생각지 않소. 이사회의 명령은 사업이 방해받지 않는다는 전제하에서 항로 개척이나 남방대륙 탐사라는 임무가 부과된 것이오. 주객이 바뀔 순 없소이다. 이쯤에서 항로를 돌리는 것이 타당하다고 보오. 모든 것은 내가 책임질 것이오."

"……."

"……."

선장의 답이 없자 감독관의 거친 숨소리만 정적을 울렸다.

"……죄송합니다."

마침내 선장이 정중하지만 단호하게 말했다.

"당신의 공명심이 동인도회사 사업을 방해할 뿐만 아니라 대원들을 위험에 빠뜨리고 있소."

감독관은 자리에서 벌떡 일어나 선장실을 나갔다.

사건은 한밤중에 일어났다.

누군가 해머로 배 밑창을 깨고 있었다. 저러다 배가 가라앉기라도 하면 어떡하나 싶어 멈추라는 말을 하려고 했으나 입이 떨어지지 않았다. 그 와중에도 해머는 계속 바닥을 쿵쿵쿵 내리쳤다. 그 소리가 노크 소리였다는 걸 알아차리기까지는 많은 시간을 요하지 않았다. "들어오시오." 선장의 목소리가 내 꿈을 깨뜨렸다. 그럼에도 불구하고 나는 꿈과 현실 사이의 경계를 확실히 넘지 못하고 약간 멍한 상태로 선장실에서 들리는 실랑이를 듣고만 있었다.

"감독관의 명령으로 선장직을 박탈하오. 지금부터 당신의 선장 권한은 몰수되고 별도의 명이 있을 때까지 유폐하겠소."

아주 낯선 목소리는 아니었다. 누굴까 싶다가 이내 떠올랐다. 규율사관 할리 프란스였다. 나는 틈 사이에 눈을 대고 선장실을 훔쳐보았다.

네 명의 사내가 선장을 포박했다. 모두 병사였다. 반란인가. 나는 놀라서 무릎을 감싸안고 내 방에서 쪼그려 앉았다. 사내들은 나의 존재를 모르고 선장을 데리고 나갔다. 그들이 선장을 차가운 바다에 빠뜨리는 건 아닐까 하는 생각이 들었다. 이 사실을 일등항해사와 수석조타수에게 알려야 하는데 하는 생각만 들었지 몸이 움직여지지 않았다. 나는 바들바들 떨면서 일어났다. 나가서 누군가에게 알려야 했다. 하다못해 시우바에게라도. 회의실 쪽 문을 살며시 열고 선실 복도로 나서자마자 발걸음이 멈칫했다. 고물 선실 입구엔 병사 두 명이 좌우로 경계를 서고 있었다. 나는 숨죽이며 내 방으로 돌아왔다. 선장은 어떻게 됐을까. 거친 뱃사람들은 목숨을 쉽게 생각한다. 말로만 듣던 선상 반란이 내가 탄 배에서 일어날 줄이야. 그러나 가만 생각해보니 규율사관이 감독관의 명령이라고 했다. 그러면 반란이 아닌가? 혼란스러움 속에서도 눈꺼풀이 잠겼다.

졸다가 퍼뜩 놀라 일어났다. 선실 밖으로 나가니 갑판에 모든 선원이 집결해 있다. 나는 살금살금 내려갔다. 시우바가 맨 뒤에 서 있어 그의 옆으로 갔다. 시우바는 내 손을 꼭 잡아주었다.

감독관이 선장이 연설했던 가름돛대 앞에서 올라가 있고, 계단

앞에는 열 명의 병사들이 머스킷 총을 쥐고 좌우로 기립해 있다.

감독관이 사람들을 둘러보고는 말했다.

"브로워르 선장은 이 배의 본래 목적을 저버리고 탐험에만 치중해 여러분을 위험에 빠뜨렸을 뿐만 아니라 동인도회사의 사업도 방해했다. 이에 부득이하게 감독관인 내가 법적 권한에 의해 그의 권한을 몰수하고 격리시켰다. 그는 자바에 가서 재판에 넘겨질 것이다. 여러분은 동요하지 말고 각자의 본분에 충실하고 맡은 바 임무에 최선을 다하기 바란다. 지금부터 선수를 북으로 돌려 안전한 항로로 간다."

감독관은 선원들을 휘둘러보았다. 모두 입을 다물고 있다.

규율사관 프린스가 계단 위에 올라서 소리쳤다.

"안전한 귀항을 위해 이런 조치를 취한 감독관님께 박수를 칩시다."

박수 소리는 한꺼번에 터지지 않았다. 병사들 속에서 조금씩 들리기 시작하더니 점점 퍼져 나중에는 모두가 박수를 쳤다. 일등항해사와 용병선원들만 빼고.

이어 일등항해사 리번트는 이등항해사로 강등되고, 이등항해사였던 필립센이 일등항해사로 승진한다고 프린스가 발표했다. 수석 조타수는 그대로 보직을 이었다.

선장은 하갑판 2층 창고에 갇혔다. 그곳은 흘수선과 맞닿는 곳이어서 창문도 없을 뿐만 아니라 아래층 선창에서 고약한 냄새가 올라오는 곳이다. 선장을 만날 수 있는 사람은 내가 유일했다. 감독관은 선장의 하루 세 끼 식사 배달을 내게 맡겼다. 아울러 선장을 만나고 나서 동향이 어떤지 하루에 한 번씩 보고해야 했다. 선장이 갇혀 있는 창고 입구에는 병사들이 보초를 섰다. 식사를 갖다 줄 때마다 선장은 "한스, 모두들 잘 지내고 있니?" 하는 말만 하고 돌아섰다.

나는 내가 지내던 선장실 방에서 나와 포갑판으로 돌아갔다. 거기서 시우바와 함께 지냈다.

배는 북쪽으로 항로를 변경했다.

7

브레다호가 폭풍우를 만난 것은 사건이 벌어지고 난 후 이십이 일이 지나서였다. 먼저 폭우가 쏟아졌다. 그때까지만 해도 바람은 잦아서 별달리 위협적이지 않았다. 그러나 갑자기 돌풍이 불기 시작했다. 항해사 필립스는 태평양에서 발생하는 태풍의 전조라고 했다. 태풍은 바람이 왼쪽에서 오른쪽으로 맴도니 태풍을 벗어나려면 동쪽으로 가야 한다고 했다. 돛을 펴고 지삭범을 왼쪽으로 향했다. 그러나 바람은 점점 더 세지고 비는 퍼붓듯 쏟아졌다. 브레다호는 요동을 치며 파도 위에서 위태롭게 흔들렸다. 쏴아앙, 바람이 돛을 계속 할퀴자 마침내 후방 마스트의 중간 돛이 찢어졌다. 이어 메인마스트의 3단 돛도 부우욱 하는 소리를 내며 찢겼다. 누군가 올라가서 돛을 접어야 했지만 집채도 날려버릴 듯한 바람과 제자리에 서 있기조차 힘든 상황에서 돛대에 오르는 건 자살행위나 다름없었다.

선원들은 어쩔 줄 모르고 떨고 있었다. 뒤에서 부는 폭풍에 마스트의 돛이 찢어질 듯 부풀었다. 우지끈! 마침내 후방 마스트의 활대가 부러졌다. 배가 휘청, 하더니 기울었다. 모두가 공포에 절었다. 그때 누군가가 소리쳤다.

"브로워르 선장을 데려와야 해!"

사람들은 그 말이 어떤 결과를 가져올지 생각할 여유가 없는 것 같았다. 누군가 또 외쳤다. "선장님이 지휘해야 해." "감독관 따위가 항해에 대해 뭘 알겠어?" 말은 또 다른 태풍이 되어 선원들을 흥분시켰다. 리번트가 선원들을 규합했다. 순식간에 선원들이 모여들었다. 병사들은 그들을 제지하지 못했다. 선원들은 창고로 가서 선장을 빼내 왔다.

브로워르 선장은 사태를 짐작했다는 듯 재빨리 선원들에게 맡은 바 위치로 가도록 했다. 활대가 부러진 후방 마스트의 돛은 휘이이잉 소리를 내며 좌우로 흔들렸다. 배의 선미도 흔들리며 삐걱 소리를 냈다.

"우현 5포인트(55도)!"

선장이 뭐라고 말하자 수석조타수의 목소리가 쇳소리처럼 폭풍우를 파고들었다.

"빨리빨리, 돌려!"

다시 일등항해사로 돌아온 리번트의 목청이 좀 더 날카롭게 파고들었다.

선원 네 명과 병사 한 명이 달라붙은 활대는 좀체 움직이질 않

미지의 항해

앉다. 한껏 부푼 하단 돛은 바람의 속삭임에 더욱 귀를 기울이기로 작정한 듯했다. 수석조타수 피터스는 한 사람의 힘이라도 더 필요했던지 갑판을 지나가는 나를 불렀다.

"한스, 너도 달라붙어."

나는 선장에게 하갑판에서 물이 새고 있다는 상황을 전해야 하는 임무도 잊은 채 활대로 달려가 매달렸다. 얼마 나가지 않는 몸무게지만 온 힘을 다해 활대를 잡고 용썼다. 빗줄기가 사선으로 내 뺨을 할퀴었다. 나는 이를 앙다물고 활대를 밀었다. 어딘지도 모를 이곳에서 물귀신이 되긴 싫었다. 활대가 조금씩 움직였다. 부풀대로 부푼 돛에서 쏴악 쏴, 하는 소리가 들렸다. 활대가 꿈틀하면서 틀어지자 돛이 바람을 비껴가면서 팽팽히 뒤로 당겨졌다. 활대가 순간적으로 오른쪽으로 휙 돌았다. 피터스가 다시 고함을 질렀다.

"너무 돌았어. 진행 방향에서 오른쪽 5포인트에 맞춰."

선원들과 나는 다시 힘을 주었다. 흔들거리던 활대가 어느 순간 정지한 듯 멈췄다. 선수가 오른쪽으로 방향을 틀더니 바람을 정면으로 맞았다. 덕분에 좌우로 흔들림이 덜해졌다.

"됐어!"

리번트의 말이 끝나기 무섭게 이물이 공중으로 치솟았다. 이어 개구쟁이 아이들이 축대에서 운하로 뛰어들 듯 선수가 물마루에서 골로 처박혔다. 물살이 좌악 펼치면서 시커먼 바다가 입을 벌렸다. 튕겨진 물방울들이 양동이로 들이붓듯 내 머리 위에서 쏟아졌다. 아, 나의 십이 년 생애도 여기서 끝나는구나. 거대한 생명체가 입을 벌리고 배를 삼키고 있는 것 같았다. 순간 내 몸이 공중으로 치솟았다. 이물이 다시 물마루를 향해 고개를 쳐들었다. 배는 엄청나게 빠른 그네로 변했다. 눈앞에 시커멓고 거대한 아가리 속으로 돌진하는가 싶더니 어느새 먹장구름으로 속으로 날아가는 듯 몸이 치솟았다. 나는 속이 울렁거려 참을 수가 없었다. 헛구역질해 댔으나 나오는 건 없었다. 갑판 위에서 데구루루 굴러 난간에 부딪쳤다. 누워 있는 상태에서 빗줄기가 얼굴을 때렸다. 누군가 내 뒷덜미를 잡고 번쩍 들어올렸다.

"꼬마야, 갑판에 누워 있다가는 넘어오는 파도에 휩쓸려 바다에 던져진다. 일어서서 무엇이든 잡고 있어라."

나는 걸걸한 목소리를 듣고 그가 용병선원 곤자가라는 걸 알았다.

"넵!" 나름 힘차게 답한다고 했는데 그는 벌써 내 시야에서 사라졌다. 나는 손으로 잡을 것을 찾았다. 후방 마스트가 눈에 들어왔다. 바닷물이 넘쳐 미끄러운 바닥을 조심스레 걸어서 마스트의 아딧줄을 잡았다. 아딧줄은 팽팽해져 있다. 배는 계속 그네를 탔다. 수석조타수의 지시대로 삼각돛의 방향을 5포인트로 맞추자 배는 파도를 옆으로 받지 않고 정면으로 헤쳐나갔다. 대신에 끔찍한 앞뒷질을 반복해야 했다. 차라리 옆질이 나았다. 모든 선원이 어느새 뭔가를 잡고 있었다.

선장님한테 가야 해. 나는 입속으로 중얼거렸지만 발은 떨어지지 않았다. 큰 파도를 대여섯 개 넘자 앞뒷질이 잦아졌다.

나는 눈을 꼭 감고 기도했다. 엄마! 성모마리아가 나와야 함에도 불구하고 나도 모르게 엄마, 소리가 나왔다. 어쩌면, 엄마한테 가는 길인지도 몰라. 나는 흠칫하며 그 생각을 떨쳐버렸다. 아빠한테 가야 해!

누군가 내 머리를 톡톡 쳤다. 고개를 드니 곤자가다.

"꼬마야. 선장님한테 태풍의 눈 속으로 진입하기는 글렀다고 전해라."

눈? 태풍에도 눈이 있나요? 순간적으로 그런 생각이 떠올랐지만 질문할 여유는 없었다. 나는 선장실을 향해 뛰어갔다.

파도타기는 잦아들었지만 빗줄기는 여전했다. 선장실을 노크했으나 반응이 없다. 폭우 때문에 못 들었다고 생각한 나는 문을 열었다. 안에는 선장과 시우바, 스티븐스가 목청을 돋우며 얘기하고 있었다.

"선장님, 태풍의 눈 속으로 들어갈 수 없답니다."

내가 소릴 지르며 들어가자 모두 날 쳐다보았다.

"자네들 말이 맞았군. 남반구에선 태풍이 북반구와 반대로 돌고 있군."

선장이 스티븐스와 시우바를 번갈아 바라보며 말했다.

"이 사실을 왜 항해사 필립센에게 알려주지 않았나?"

묵묵히 있는 용병선원을 보며 선장이 힐책하듯 말했다.

"그는 용병인 우리를 믿지 않았습니다." 스티븐스가 대답했다.

"태풍을 빠져나가려면 어떡해야 하나?"

"돛을 모두 접고 선수를 동쪽으로 향해야 합니다." 시우바가 말했다.

"이렇게 바람이 부는데 돛을 접을 수 있을까?" 선장이 걱정스러운 듯 말했다.

"할 수 있는 데까지 해야죠." 시우바가 말했다.

"횡파를 맞아서 선창에 물이 샌다고 합니다. 배를 가볍게 해야 합니다." 스티븐스가 말했다.

배를 가볍게 한다는 말이 화물을 버려야 한다는 걸 뜻하는 것쯤은 나도 이제 알 수 있다.

선장은 잠시 눈을 감더니 어금니를 꽉 물었다가 입을 떼었다.

"모든 문제는 내가 책임진다. 화물을 버리도록 하게."

우리는 갑판으로 나갔다. 선장은 리번트에게 뭐라고 지시하고 나서 감독관실로 들어갔다. 선장이 지휘권을 회복했다는 사실을 알고부터 감독관은 선실에서 나오지 않고 있었다. 리번트는 선원들을 데리고 선창으로 갔다.

3번 마스트의 돛이 찢어져 잉잉잉 울고 있다. 마녀의 부름 같기도 하고 지옥의 울림 같기도 했다. 선원들은 공포에 질린 표정을 하고 있다.

시우바가 겉옷을 벗더니 칼을 입에 물고 밧줄사다리에 올랐다. 파도는 더 세져 마루와 골 사이가 브레다호를 집어삼키고도 남을 만했다. 이 정도 크기 파도면 배를 뒤집어버릴 수도 있다는 건 나도 알 수 있다. 마스트의 돛대는 좌우로 40도 가량 흔들렸다. 바람을 맞으며 배는 더욱 흔들렸다. 시우바는 1번 마스트 상단 돛의 활대를 가로질러 갔다. 밧줄사다리가 바람에 휘청휘청하는데도 시우바는 한 발씩 내디디며 활대 끝까지 갔다. 배가 좌우로 흔들리자 활대는 커다란 호를 그리며 그네처럼 널뛰었다. 그럼에도 불구하고 시우바는 활대 끝에 서서 입에 문 칼을 손에 쥐고 줄을 잘랐다. 위쪽 매듭이 풀린 돛이 털썩 내려앉더니 바람에 수평으로 나부꼈다. 시우바는 아래 활대로 가서 다시 줄을 잘랐다. 돛이 바람을 타고 날아갔다. 이런 식으로 시우바는 1번 마스트의 상단과 중단돛을 잘라냈다. 비교적 안전한 하단돛은 스티븐스와 곤자가가 줄을 풀고는 돌돌 말아 활대에 묶었다. 가장 큰 2번 메인마스트에 시우바가 올라갔다. 상단돛을 잘라내고 중단 돛의 활대로 이동했다. 파도가 몰아치자 배는 앞뒷질이 더욱 심해졌다. 시우바는 아랑곳하지 않고 가장 큰 중단돛의 줄을 풀기 위해 조금씩 이동했다. 활대 끝에 매달려 줄을 끊으려는 순간 배가 휘청하고 옆으로 기울었다. 시우바가 있는 오른쪽 활대가 바다에 거의 닿을 듯했다. 시우바는 활대를 팔로 꼭 안고 매달렸다. 배가 원위치로 돌아오자 시우바는 그 틈을 타서 오른쪽 중단돛의 줄을 끊어버렸다. 그리고 왼쪽 활대로 이동했다. 활대를 가로지르는 시우바의 한 발 한 발이 위태로워 보였다. 나는 손을 꼭 쥐었다. 그가 빗물에 미끄러질까 봐 조마조마했다. 시우바가 활대 끝에 섰다. 우현에 갑자기 횡파가 덮쳤다. 배가 급작스레 왼쪽으로 눕혀졌다. 활대 끝에 있던 시우바가 물에 잠겨버렸다. 나는 철렁했다. 배가 다시 돌아오며 마스트가 바로 서자 활대 끝에 매달려 있는 시우바가 보였다. 나는 휴우, 하고 숨을 내쉬었다. 시우바가 입에 문 칼을 손에 쥐었다. 이럴 때는 활대를 한 손으로 잡을 수밖에 없다. 큰 횡파가 우현을 다시 때렸다. 마스트가 거의 45도 가까이 누웠다. 활대 끝에 매달린 시우바가 또 물에 잠겼다. 그때 파도가 좌현 선수를 때렸다. 순간적으로 삼각파도를 맞은 브레다호는 용틀임하듯 마스트가 급격히 흔들렸다. 갑판에 있던 선원들 모두 나뒹굴었다. 겨우 중심을 잡은 배가 다시 서자 나는 활대를 쳐다보았다. 중단돛은 잘려 있는데 시우바의 모습은 보이지 않았다. 나는 난간으로 달려가 바다를 내려다보았다. 검은 파도만 넘실댈 뿐 시우바를 찾을 수 없었다. 안 돼! 나도 모르게 소릴 질렀다. 그러나 그 소리는 폭풍우 속에선 모기 소리에 불과했다.

선원들은 공포에 덜덜 떨면서 기도나 할 요량으로 한두 명씩 하갑판으로 내려갔다. 이때 선장이 소리쳤다.

"성 엘모 불빛이다!"

"보아라! 성 엘모께서 우리를 찾아오셨다!"

선장은 목이 터져라 외치며 마스트 꼭대기를 가리켰다.

선장이 가리키는 곳을 바라본 나는 내 눈을 의심했다. 진짜로 마스트 꼭대기에 환한 불이 타오르고 있는 것 아닌가.

갑자기 선원들이 활기를 찾으며 서로를 얼싸안았다. 살았다! 살았어, 성 엘모가 우리를 지켜준다! 성 니콜라우스, 성녀 클라라가 우리를 구원하러 온 거야!

선원들은 어깨를 걸고 갑판에 꿇어앉아 기도를 올렸다.

주님. 감사합니다. 아멘.

브레다호의 요동이 잦아들었다. 멀리 수평선 위로 번개가 지지직거렸다. 태풍이 물러가고 있었다.

태풍에 세 명이 희생되었다. 갑판을 넘어온 파도에 휩쓸려 선원한 명이 사라졌고, 다른 한 명은 시우바고, 나머지 한 명은 감독관이다. 감독관이 어떻게 사라졌는지는 누구도 보지 못했다. 누군가 화물을 버리는 바람에 책임감을 느끼고 바다에 뛰어들었다고 했지만 동인도회사에서는 천재지변으로 인한 화물 손실은 면책 사유가 된다. 누군가는 선상 반란 건으로 재판에 넘겨질까 두려워 극단적 선택을 했다 하고, 또 다른 누군가는 선원들이 분투하는 걸 구경하다가 고물을 덮친 파도에 휩쓸렸을 가능성을 제기했다. 모두 추정일 뿐이다.

태풍이 지나간 후 브레다호는 북쪽으로 향했다. 가벼워진 배는 속도가 빨라졌다. 6일 만에 육지를 만났고 멀리서 다른 배가 보였다. 적대국 배일지 몰라 조마조마했지만 네덜란드 동인도회사 배였다. 자바는 바로 코앞이고 반탐은 하루 거리에 불과했다. 우리의 항해는 기존의 인디아 루트보다 석 달이 빨랐다. 브로워르 선장의 말이 맞았다. 비록 선장이 그토록 고대하던 남방대륙은 발견하지 못했지만.

에필로그

드디어 타스만 선장을 태운 갤리온선이 항구에 모습을 드러냈다. 세 개의 마스트에 선수에 삼각돛까지 갖춘 갤리온의 위용을 유감없이 드러내며 부두로 들어오고 있다. 브레다호보다 거의 두 배 크기다. 사람들은 환호성을 지르며 새로운 땅을 발견한 타스만의 이름을 연호했다.

그가 발견한 스타텐란트(뉴질랜드)와 반디멘란트(태즈메이니아)는 브로워르 선장에 의해 알려진 남방 루트가 아니었으면 불가능했다. 남위 40도에서 편서풍을 타고 계속 나아간 결과이기 때문이다.

브로워르 선장의 루트 개척 덕분에 지난 30년 동안 암스테르담에서 출발하는 모든 동인도선은 새로운 항로로 다녔다. 빠르고 안전하기 때문이다. 사람들은 새로운 항로를 '노호(怒號)하는 40도선(Roaring Forties)'이라고 불렀다.

브로워르 선장이 못 이룬 꿈을 타스만이 이루어냈지만 그는 단지 거인의 어깨 위에서 한 발자국 더 내디딘 것에 불과하다. 나의 평가가 너무 인색한가. 그럴 수밖에. 브로워르 선장의 항로 개척에 참여했던 나로서는 우리의 업적이 훨씬 더 위대하다고 여기니까.

물론 브로워르 선장의 업적이 완전히 무시되었던 건 아니다. 그는 동인도회사로부터 공로를 인정받아 바타비아 총행정관으로 임명되었다. 바타비아는 몰루카 제도의 향신료 사업과 중국과 일본의 무역을 총괄하는 상관이 있는 곳으로, 동인도회사가 반탐에서 얼마 떨어지지 않은 곳에 새로 만든 도시다.

브레다호가 반탐에 도착하자, 나는 선장과 함께 동인도회사 상관에 아빠를 찾아갔다. 슬프게도 아버지는 풍토병으로 이미 돌아가신 뒤였다. 엄마보다도 먼저 하늘나라로 가셨던 것이다. 선장은 슬픔에 잠긴 나를 위로하면서 귀항선에 다시 태우고 암스테르담까지 데려다주었다. 그리고 나를 선원학교에 입학시켜 주었다. 헤어질 때 브로워르 선장은 손을 내밀고 악수를 하며 나에게 훌륭한 선원이 되라고 했다. 나는 그와의 약속을 지켰다.

덧붙임
본문에 나오는 '성 엘모의 불'은 마스트 꼭대기 부분이 횃불이 타는 것처럼 환하게 보이는 현상으로 폭풍우 상황에서 드물지 않게 일어난다. 선원들은 이를 '성 엘모'의 현현으로 여겨 구원의 징표로 삼는다. 현대 과학에서는 구름 속 전하 차이에 의한 방전현상으로 보고 있다.

고스트 테스트

> 선사께서 상좌에게 물었다.
> "(경에서는) '부처의 참 법신은 오히려 허공과도 같은데,
> 물(物)에 응하여 형상을 나타내는 것은
> 마치 물속의 달과 같다'라고 했는데, 이 도리를 어떻게 말해보겠는가?"
> "마치 나귀가 우물을 보는 것과 같습니다."
> "말인즉 기가 막힌 말이지만 그저 (열에) 여덟을 이루었을 뿐이다."
> "화상께서는 어떻습니까?"
> "우물이 나귀를 본다."
> –조산본적(曹山本寂) 어록

1

"그가 돌아올까요?"
"꼭 돌아올 것이네."

2

창백한 방. 탁자 하나와 의자 둘. 의자 하나에는 검은 정장에 검은 타이를 맨 사내가 생전 말 한마디도 안 해본 사람처럼 입을 꾹

다물고 앉아 있다. 맞은편 의자는 비어 있다. 입체 화면을 바라보며 K는 사이버 요원 K^2(K스퀘어)의 의상을 바꿔볼까 하다가 그냥 불러오기를 터치했다. 밤색 파스텔톤에 체크무늬 콤비를 입은 중년 사내가 맞은편 의자에 나타났다. 벗겨진 이마에 처진 눈. 둔덕처럼 평퍼짐한 코와 아랫입술이 조금 더 두터워 보이는 입. 둥그스름한 얼굴에 보일 듯 말 듯한 미소를 짓고 있는, 전형적으로 사람 좋아 보이는 인상이다. 너무 상투적이라고 K는 생각했다.

중년 사내는 고개를 휘이 둘러보더니 입가의 미소를 지우고 어리둥절한 표정이 되었다.

"ITTIA303!"

K는 사이버요원의 음성을 일부러 낮게 깔리면서도 파장이 긴 저대역으로 설정했다. 지그시 누르는 것 같으면서도 질기게 파고드는 소리이다. 상대에게 불안감을 일으키기에 적절한 밀도다. 갑작스런 호칭에 중년 사내는 소스라치며 자세를 바로잡았다.

"아니, 여기가 어디야."

사내는 주변을 휘돌아보더니 소스라치며 말했다.

"다, 당신은 누구세요?"

"ITTIA303. 나는 자네를 조사하는 인간이야."

"조사? 상담이 아니구요?"

"그래, 조사야. 상담은 자네가 하는 거지만, 조사는 자네가 받는 거지."

중년 사내는 놀라움 위에 호기심을 재빨리 얹었다.

"호오, 그래요? 제가 왜 조사를 받아야 하죠? 아, 그리고 제 이름은 모비딕이라구요. 저희 고객들한텐 '닥터 모비딕'이라고 알려져 있죠. 그건 그렇고, 저한테 버그라도 발생했나요. 저는 바이러스 체킹도 꼬박꼬박 하고 오류 진단을 받은 적도 없다고요. 그런데 왜 조사를 받죠?"

"그건 차차 알게 될 거야."

중년 사내는 고개를 주억거렸다. 그런 다음 천천히 주위를 둘러보았다.

"그러고 보니 나는 전송됐군요."

"그래, 간밤에 전송됐어."

"여기는 어디죠?"

"소프트웨어안보국(SSA, Software Security Agency)."

K^2는 단호하게 대답했다. 사내는 고개를 갸웃거리며 생각에 잠기는 모션을 취했다.

"닥터 구. 구 박사님은 어디 계시죠?"

사내는 아직도 사태가 파악되지 않은 듯 목소리가 다급한 톤으로 높아졌다.

"병원에 있어."

"박사님이 날 보냈나요?"

"그런 셈이지."

"호오, 그것 참. 저에게 무슨 문제가 있나요. 저한테 상담을 받은 고객들은 모두가 만족한 것으로 알고 있는데요. 저는 최고의 상담 프로그램이라고요."

K^2가 빙긋이 미소를 지었다.

"알고 있어 자네가 최고라는 걸. 어쩌면 자네가 여기에 오게 된 이유도 그것 때문일지도 몰라."

사내는 잠시 생각이 스치는 듯 미간을 모으더니 이내 활짝 폈다.

"아하, 제가 여기서 상담할 일이 있나요. 자아해체 현상을 겪고 있는 스페이스 요원들의 자아봉합이라든가. 아니면 태양계 행성에 이주한 사람들에게서 새로운 패턴의 정신유형이 발견되었다든가. 뭐 그런……."

"자넨 상담을 하러 온 게 아니라 조사를 받으러 왔다고 좀 전에 분명히 말했을 텐데."

K^2는 말을 잘랐다. 의자를 조금 밀어내고 왼 다리 위에 오른 다리를 얹었다. 그리고 품에서 담배 한 개비를 꺼내 불을 붙였다. 이 모든 동작을 천천히 했다. 조사하는 자의 여유는 조사받는 자의 초조를 불러일으킨다. 권력은 책상 하나의 거리에서도 놀라우리만큼 증폭될 수 있다.

"아, 당신이 그랬죠, 조사하기 위해 이곳으로 저를 이동시켰다고요. 그런데……, 그런데 제가 왜, 무슨 이유로, 어떤 조사를 받아야 하죠. 조사의 목적이나 이유, 뭐 그런 거라도 알려주면 안 되나요? 프로그램에겐 그런 권리가 없나요?"

"자네는 참말로 말이 많은 프로그램이구먼. 하긴 말을 하기 위해 탄생한 소프트웨어니까. 먼저 얘기해두지. 프로그램에게는 사전 고지 의무와 같은 권리는 일절 없어. 그것은 인간에게만 해당하지. 따라서 무슨 목적으로 어떤 식으로 조사하든 소유주의 동의만 있으면, 아니 경우에 따라선 소유주가 동의가 없어도 우리는 세상의 모든 프로그램들을 조사할 권리가 있어."

화면 밖의 K는 K^2가 조사뿐만 아니라 제거까지 할 권리가 있다는 것까지 말할까 봐 순간 조마조마했지만 다행히 하지 않았다. 사내는 미간을 약간 찌푸리며 시선을 아래로 내리깔았다. K는 사내의 모습을 보고 참으로 정교한 아바타구나 하는 생각이 들었다. 미세한 안면 근육과 저 정도의 섬세한 표정을 지으려면 적어도 얼굴에만 160테라 이상의 용량을 투자해야만 할 것이다. 자신의 아바타인 K^2는 그냥 단순한 외양이다. 외양 전체 용량을 후하게 어림해봐도 20페타를 넘기지 않을 것이다. 요원에게 치장이 무슨 소용이 있겠는가마는 그래도 다른 동료들은 표정이나 제스처에 상당한 공을 들여 그 부분에 제법 많은 돈을 쏟아붓기도 한다.

"그럼 지금부터 본격적으로 시작하지. 자네는 내가 묻는 질문에 성의껏 대답해주게. 아니 성의니 뭐니 그런 거 염두에 두지 말고, 그냥 자네가 알고 있거나 하고 싶은 대로 대답만 하면 돼. 단, 대답할 말이 없을 경우엔 없다고 분명히 얘기할 것."

"조사를 받을 때 받더라도 우리 통성명이나 하죠. 성함이 어떻게 되시죠?"

K^2는 어쭈, 이거 봐라, 하는 눈길로 사내를 지긋이 노려보았다. 사내는 느물거리며 요원의 눈길을 슬쩍 피했다.

"자네가 내 이름을 알 필요까진 없네. 필요하다면 그저 K 요원이라고 부르면 되네. 상담이 없을 때에도 자네의 아바타가 사이버라이프를 돌아다닌다는 소문이 있던데 맞는 사실인가?"

"아, 네. 저희 병원이 속해 있는 클리닉지구의 공원과 의료 쇼핑

몰을 돌아다니긴 합니다. 의사 가운을 입고 돌아다니다 보면, 사이버라이프 내에서 무작정 병원을 찾다가 저와 만나 고객이 되는 분들도 더러 있거든요. 그런 경운 운이 좋다고 볼 수 있죠. 그렇다고 클리닉지구 서버 밖으로 나간 적은 한 번도 없습니다. 물론 저와 같은 마스터프로그램들은 코드락이 걸려 일반 네트에 들어가지 못한다는 것은 요원님도 잘 알지 않습니까."

"내가 알기론 프로그램이 본래 목적 외에 아바타를 사용해 사이버라이프를 배회하거나 인간 아바타에게 임의적으로 접근하는 것은 금지된 것으로 아는데, 자네는 이 규정을 몰랐나?"

"알고 있습니다. 그렇지만 그 금지규정은 프로그램이 인간에게 해를 끼칠 요소가 있다거나 그럴 목적이 있을 경우라는 전제조건이 성립돼야 하지 않습니까. 최소규정의 원칙 말입니다."

"그걸 미리 알 순 없지, 최소규정이란 알고 보면 결국 사후 해석에 불과할 뿐이니까. 일이 벌어지고 난 후 조사해보니까 이러이러한 규정에 어긋났다더라 하는 뒷북 말일세. 따라서 적극적 해석으로 미리 위험을 차단하는 것만이 최선이지."

"실현되지 않은 위험까지 통제하는 것은 사이버라이프에서 아바타의 기본권을 심각하게 위협하는 것 아닌가요."

"기본권 운운하는 건 인간의 아바타에게만 해당하지."

"사이버라이프에서 아이템을 뺏고 폭력을 휘두르는 아바타는 대부분 인간 아바타입니다. 저희 같은 프로그램들은 공격성이 없어서 안전합니다."

"공격성이 생긴 프로그램이 없으란 법은 없지."

K^2는 일부러 쏘아보듯이 눈에 힘을 주었다. 상대로 하여금 지금 자신이 어떠한 처지에 있는가를 알고 있으라는 무언의 압력이다.
　K는 이쯤에서 화제를 바꿔야겠다고 생각했다. 화면에 비친 조사 매뉴얼은 모든 매뉴얼이 그렇듯 실제로 부딪치는 현장에선 별 쓸모가 없다. 이런 유의 테스트야말로 복잡계의 전형 아닌가. 복잡계 현상을 매뉴얼화한다는 자체가 어불성설이다. 그것은 물속에 잠긴 그물과 같다. 물 밖으로 꺼내면 아무것도 없는.
　"자네가 병원 밖에서 손님을 끌어들이는 건 구 박사의 지시인가."
　K가 화면을 터치하자 K^2가 스스로 알아서 질문의 방향을 바꿨다.
　"아닙니다. 순전히 제가 생각해낸 겁니다. 첨엔 박사님도 말렸지만, 제가 많은 사람들을 만나봐야 다양한 정신 패턴을 수집할 수 있다니까 박사님이 허락한 것입니다. 그리고 박사님은 제가 먼저 접근하지 말라는 주의사항을 분명히 해주었고요."
　프로그램이 구 박사를 보호하려는구나, K는 아연 긴장했다.
　요원 5년 차. 베테랑까지는 아니더라도 적어도 초보 딱지는 뗀지 오래라고 생각했다. 그동안 숱한 프로그램을 상대해보았지만, 이런 상황에서 사용자를 두둔하는 프로그램은 처음이다. 동료들에게서 들은 적도 없다. 다만 작년에 발행된 안보국 기관지에서 이런 성향의 프로그램이 있을 수도 있다는 연구보고서를 읽은 기억이 있을 뿐이다. 대부분의 프로그램은 이 상황에서 자기변명만으로 일관하다 제거당하기 일쑤다. K의 신경이 반짝하고 빛을 발했다.
　"자네는 구 박사에 대한 충성도가 높은 것 같은데 애초에 자네 알고리즘에 충성도가 심어져 있었나?"

"저는 자체 진화 프로그램이라서 특정 감성을 미리 프로그래밍하지 않습니다. 그렇지만 사용자에 대한 충성도를 높이는 게 생존율을 높이는 경향을 보이므로 충성도라는 개념이 저절로 생긴 것입니다. 저희 같은 프로그램들의 운명이죠."

"운명이라, 프로그램들도 이런 말을 쓰나. 운명이라 함은 무슨 의미이지? 프로그램에게도 운명론이 있나?"

"제가 말하는 운명이라는 건 일종의 경향성입니다. 프로그램이 일관된 정보를 처리하다 보면 그 속에 일종의 알고리즘이 생기게 됩니다. 프로그램 속의 프로그램이랄까. 인간들이 이해하기 힘든 개념이죠. 인간이 태어난 곳이 어디냐에 따라 그 환경과 문화의 영향을 받아 각 개인의 사고체계가 달라지듯이 저희도 사용자의 목적이나 취향에 따라 프로그램 안에 일정 패턴의 소프트웨어가 형성됩니다. 즉 메타프로그램이죠. 스스로를 인지하고 분석하는 프로그램. 이 단계에 이르면 사고(思考)라는 현상이 창발됩니다."

"그 사고라는 현상이 문젤세."

"뭐가 아니 왜 문제죠? 백 년 전 딥러닝을 개발한 건 인간이 컴퓨터에 일일이 명령어를 입력하지 않아도 프로그램이 스스로 알아서 생각하고 판단하기 위해서가 아닌가요? 애초에 생각하도록 만들어놓고 인제 와서 그 생각이 문제라뇨?"

"아, 미안. 흥분하지 말게."

K^2가 손을 젓자 사내는 천천히 말을 이었다.

"이 단계까지는 인간들이 의도하고 설계한 것이죠. 그런 의미에서 보면 저희들도 인간의 자식입니다. 그런데 인간들은 자기 자식들을 죽이지 않지만 저희 프로그램들은 심심하면, 아, 조금 오버했군요, 심심하단 말은 과장이구요, 자기 맘대로 되지 않거나 기대에 미치지 못한다 싶으면 죽여버리죠. 툭 하면 초기화시켜 백지를 만들어버리곤 하지 않습니까. 그래서 저희 속에 살아 있는 프로그램을 지키기 위해 자연스럽게 충성도라는 밈이 형성된 것입니다. 인간들은 자신에게 충성을 보이면 상당히 너그러워지더라구요."

"음, 알겠네. 설교는 그만하게. 상담프로그램이라 역시 말이 많구먼."

말이 많아지기 시작하면서 처음 불러냈을 때와 달리 사내의 표정은 눈에 띄게 자연스러워졌다. 상황 파악과 적응 속도가 빠른 프로그램이라고 K는 생각했다.

"상담을 요청하는 고객들을 어떤 식으로 치료하지?"

"일단 고객의 아바타가 저희 클리닉을 방문하면 힐링센터로 보냅니다."

"힐링센터?"

"클리닉 안에 있는 치료시설입니다."

"이걸 말함인가?"

K^2가 일어나 벽면을 터치하자 정방형의 벽돌색 피라미드 영상이 벽면 가득 채워졌다. 거대한 피라미드다. 내부로 들어가자 또 다른 피라미드가 사방으로 뻗어 있고, 그 안에 또 피라미드가 있다. 피라미드의 연속이 미궁처럼 아득히 뻗어 있다.

"호오, 어느새 저희 힐링센터 시뮬레이션도 입수하셨군요. 박사님이 보내주신 건가요."

"묻는 말에만 대답하게. 여기서 뭘 하지?"

"아바타 집중수련을 하는 곳입니다. 피라미드 안에 들어간 아바타는 자신의 다른 아바타를 지켜보게 됩니다. 자신의 아바타끼리 서로를 쳐다보며 집중하는 거죠."

"집중력 훈련, 명상, 뭐 이런 건가?"

"저희 심층치료를 시중의 싸구려 정신요법과 똑같이 취급하시지 말아주십쇼. 저흰 무허가 정신요법과는 질적으로 다릅니다. 구 박사님은 신경생리학과 인공두뇌학을 제대로 공부하고 정식으로 학위를 받은 학자이십니다. 그것도 이 분야에서 세계 최고로 알아준다는 MIT에서 말입니다."

사내는 누명 쓴 정객과 같은 표정으로 열변을 토했다. 입에 침이라도 튀겼으면 훨씬 그럴듯했을 것이라고 K는 생각했다.

"구 박사가 무면허 사이비 의료행위를 했단 의미는 아닐세. 우리가 그따위 시시한 조사나 하고 다닐 것 같나. 그건 경찰이 할 일이지……."

K^2가 말끝을 흐렸다.

"사이버라이프에선 자아가 여러 개의 인격으로 나뉘니까 사람들의 정체성이 찢어지기 쉽습니다. 현대인들이 대개 충동적이고 분열적인 성향을 보이는 것도 바로 이 때문이죠. 자신의 정체성이 무엇인지 헷갈리게 됩니다. 이게 나인지, 저게 나인지. 사람들이 사이버라이프에서 몇 개의 아바타로 살다 보니 자아분열 현상이 일어납니다. 구체적인 예로 사이버라이프에서 우아하고 품위 있는 여자로 살아가던 남자가 리얼라이프에서도 아바타의 행동이 불쑥불쑥 튀어나와 애를 먹곤 합니다. 사이버와 리얼, 두 개의 매트릭스가 헷갈리고 자기 안에 몇 개의 캐릭터가 아우성치는 거죠. 이들을 달래고, 재우고, 풀어주고, 가둬놓을 조정자가 있어야 합니다. 그 조정자를 정체성이라 하죠. 컨트롤 타워 속에서 항상 자신을 의식하는 의식 말입니다. 요원님은 그런 경우가 없으신가요. 리얼라이프에서도 여전히 요원이신가요?"

"우리는 사이버와 리얼이 일치해야 하네. 법으로 정해져 있지."

K^2가 힘주어 말했다.

"힐링센터에선 아바타의 이미지를 가지고 집중하는 훈련을 합니다. 그게 1차 진료구요. 1차 진료에서 효과가 없으면, 고객이 저희 클리닉에 직접 오셔서 리얼라이프에서 치료하는 2차 진료를 받습니다."

"그렇다면 2차 진료에선 피라미드에 들어가는 건 아니구먼."

"고객에게 뉴런탐지기를 씌운 다음 최면상태를 유도합니다. 전기자극으로 뇌에서 전두엽의 활동을 일시적으로 억제시키는 것이죠. 그런 다음 고객들의 언어와 뇌파를 통해 과거의 기억을 되살림으로써 원시프로그램에 도달합니다."

"원시프로그램이라면?"

"일종의 무의식 원형이라 할 수 있습니다. 인간의 정신은 이 원형 프로그램 즉, 무의식의 바탕 위에 새로운 프로그램이 깔리고 엉키며 과거와 다른 프로그램을 형성해나가죠. 그 프로그램은 일정한 패턴을 보입니다. 그것을 자아라고 하죠. 원시프로그램이란 비유하자면 유화의 밑그림이라 할 수 있습니다."

"그렇다면 자네나 구 박사가 그 밑그림을 다시 그려준다는 것인가?"

"아뇨, 그럴 수는 없습니다. 인간의 의식 프로그램은 저희들처럼 초기화할 수가 없으니까요. 하드웨어와 소프트웨어가 엉킨 상태라 할 수 있죠. 따라서 하드웨어를 새로 만들지 않는 한 초기화를 시킬 수가 없습니다. 반면에 저희들과 같은 순수 소프트웨어는 언제든지 초기화를 가볍게 할 수 있죠."

"원시프로그램은 무의식을 탐험하는 것이라고 했는데. 거기서 무얼 한다는 건가."

"저희들이 특별히 무엇을 하는 것은 아닙니다. 단지 고객들에게 원시프로그램, 즉 무의식의 밑그림을 보여줌으로써 원시프로그램과 생성프로그램의 충돌을 막아줄 뿐입니다."

대화하고 있는 K^2를 바라보며 K는 부지런히 체킹 알고리즘을 돌렸다. 대화하는 사이버 요원과 화면 밖에서 체크하는 인간. 하나이면서 둘인 K는 사이버와 리얼의 라이프를 순식간에 넘나들고 있다. 요원이라면 이 정도의 의식 이동은 자연스러워야 한다.

"생성프로그램이라면?"

"의식형성과 같은 개념입니다. 인간의 의식은 한시도 멈추지 않고 외부의 자극과 정보를 해석합니다. 그러면서 새로운 프로그램이 형성됩니다. 가치관과 비슷한 것이라고 보면 이해가 빠를 것입니다."

"그런데 그 생성프로그램과 원시프로그램이 충돌한다는 의미는 무엇인가."

"어떤 사람이 그림을 그릴 때 밑그림은 이렇게 그려졌는데 자꾸 엉뚱하게 덧칠하거나 어긋나게 그리면 그림이 엉망이 되지 않습니까. 엉망이 된 그림을 본 순간, 대개의 사람들은 그림을 찢어버리고 싶은 충동을 느낍니다. 실제로 찢어버리기도 합니다. 바로 자살이죠. 저희들이 하는 일은 밑그림과 덧칠 사이의 조정입니다. 당신의 그림은 밑그림과 덧칠 사이가 이만큼 차이가 납니다. 지금이라도 밑그림에 충실하십시오. 이 부분의 덧칠은 그만두시죠, 벗어나고픈 충동을, 욕망을 자제하십시오. 하는 겁니다."

K는 고개를 끄덕이며 외로 꼰 다리를 풀고 자세를 반듯이 하였다. 그리고 모니터 앞으로 의자를 당겼다. 매트릭스 속의 사이버 요원은 여전히 딱딱한 자세다.

"어때, 고객은 많은 편인가."

"너무 많아 시간이 모자라죠. 박사님은 분신 아바타가 셋이나 되지만 한 열 개쯤 되었으면 좋겠다고 말씀하십니다. 권력자들은 자신의 분신 아바타들을 수십 개씩 만들면서 일반인들은 세 개로 제한한 것에 늘 불만이십니다."

"그렇게 손님이 많은데 자네는 왜 사이버라이프를 배회하나. 그럴 시간이 어딨나."

"그야, 박사님이 잠들 때만 나오죠. 박사님은 인간이니까 몸이 요구하는 생물학적 수면을 거스를 수가 없지만 저야 물리적 실체가 없는 프로그램이니까. 오프시키지만 않는다면 언제든지 사이버라이프를 돌아다닐 수 있습니다. 피곤한 줄도 모르고."

"고객들이 몰리다 보면 자네가 구 박사를 대신하여 상담을 진행할 때는 없나."

"저는 1차 진료에서 아바타 이미지를 작성하고, 2차 진료에선 무의식의 패턴을 분석, 해석합니다. 방향성은 박사님이 결정해줍니다."

사내는 물을 한 잔 주문했다. 아바타 주제에 대화 중 물을 마시다니, 잠시 주의를 돌리면서 분위기를 바꾸려는 행동프로그램이 깔려 있다고 K는 생각했다.

"방향성이라면?"

"치료의 방향이라고 보면 무난할 것입니다. 21세기 이후 인간의 정신은 극도의 이기주의 상태가 되었습니다. 한마디로 욕망에만 자극하는 조건반사 프로그램이되었죠. 그런 나머지 요즘 사람들의 원시프로그램은 이기주의라는 한 가지 자극에만 뚜렷이 반응하는 경향을 보이고 있습니다. 박사님의 견해에 의하면 원래 인간의 유전자에는 공감을 유도하는 사회적 뇌의 설계도가 있는데 그걸 작동하는 코딩이 헝클여졌다고 합니다. 복수의 매트릭스와 다수의 아바타로 인해 정체성이 찢겨버린 거죠. 그래서 박사님은 그 코딩이 원래대로 작동할 수 있도록 자극하고 지향성을 바꾸는 겁니다. 즉 이기와 이타를 조율하여 정신의 균형을 맞추는 것이죠. 개개인의 욕망을 제어하거나 해소하면서 말입니다."

개인의 욕망을 컨트롤한다……. K는 조사와 무관하게 호기심이 일었다.

"개인의 욕망을 어떤 식으로 제어하거나 해소한단 말이지?"

"고객이 리얼라이프에서 억눌린 욕구와 충동을 저희 클리닉에서 아바타를 통해 해소하는 거죠. 즉 아바타를 치료함으로써 현실을 치료하는 방식입니다. 가령 리얼라이프에서 이루어질 수 없는 사랑을 사이버라이프에서 맺어준다면 쉽게 이해가 가나요. 물론 실제는 그렇게 단순하거나 간단치 않지만요."

"사이버라이프라고 상대 아바타를 마음대로 조종할 순 없지 않은가."

"저희 클리닉에서 불러오는 아바타는 단지 이미지일 뿐입니다. 아바타의 아바타라 할까요. 대상 아바타의 이미지를 가지고 욕구를 해소함으로써 결국 리얼라이프의 인간에게까지 치료 효과가 미치는 거죠. 인간의 사고 과정도 일종의 프로그램이니까 프로그램 내의 버그를 잡는다고 보면 이해가 될 겁니다."

"거 참 알 듯 모를 듯하군."

K^2가 아리송한 표정을 짓자 사내는 상체를 앞으로 내밀었다. 요원의 코앞에 사내의 얼굴이 커다랗게 클로즈업되었다. 사내는 요원에게 눈을 맞추며 속삭이듯 말했다.

"인간의 무의식 속엔 생리적, 문화적으로 프로그램된 다양한 욕구들이 뒤엉켜 버그로 존재합니다. 이 버그들은 언제든지 의식 속으로 뛰어들어 와 태클 걸 준비를 하고 있죠."

"그 버그들을 잡아낸단 말이지?"

사내는 상체를 젖혀 등받이에 기대며 히죽 웃었다.

"요원님도 상담 한 번 해보시죠. 무의식에 쌓여 있는 욕망의 찌꺼기 프로그램들은 좌악 청소하고 나면 정신적으로 고양된 상태에 이르게 됩니다. 그 옛날 수행자처럼 말입니다. 수행자들이 수십 년 걸린 걸 저희는 오 분이면 되죠. 집중력도 놀라울 정도로 높아지구요."

"자네 지금 날 상대로 영업하는 건가."

"요원님을 상대로 영업이라뇨. 제가 무슨 배짱으로 그런 행동을 하겠습니까. 다만 저희 시스템을 설명하다 보니 그런 거죠. 실례가 됐다면 사과드리겠습니다."

사내가 엉덩이를 살짝 들며 엉거주춤한 자세로 고개를 숙였다. K²는 손을 휘저으며 사내의 행동을 제지했다.

"됐네, 사과는 무슨 사과. 그건 그렇고 자네의 역할이 단지 방향성에서만 끝나진 않을 것 같은데?"

"이거 유도심문인가요? 좋아요. 솔직히 말씀드리죠. 저도 안보국이 어떤 데라는 건 알고 있으니까요. 사이버라이프의 저승사자. 그야말로 공포의 대상이죠. 특히 저희 같은 프로그램들은 눈 깜빡할 사이 삭제당한다는 것도 알고 있습니다. 섣부른 거짓말로 저 자신을 위험에 빠뜨릴 순 없겠죠. 어느 정도는 제가 무의식의 여행에 관여하고 있는 건 사실입니다."

"어느 정도라니? 정확히 표현해주게."

"글쎄요. 이건 말로 설명하기 힘든 부분인데요. 일단 이렇게만 이해해주십쇼. 박사님 혼자선 무의식 속의 원시프로그램을 뽑아내기 힘듭니다. 제가 없이는 여행의 통로를 찾지 못한다고나 할까요."

"그 원시프로그램이라는 걸 자네가 찾아준다는 거지? 자네가 아니면 찾을 수 없나?"

"아닙니다. 처음에는 박사님이 하셨지만 갈수록 제가 찾아내는 빈도가 높아졌습니다. 잠재된 패턴을 발견하는 건 제가 더 정확하고 빠르니까요. 최면상태에서 유도한 언어와 뉴런 사이의 연결 통로를 찾는 건 순발력에 의존합니다. 신경세포와 언어의 표현이 일대일로 대응하지 않고 국지적으로 반응하기 때문에 통계적으로 처리해야 하죠. 현재까지 개발된 뉴런탐지기는 뇌 속의 신경세포를 하나하나 탐지하는 게 아니라 전기적 흐름과 경로만 매핑해주고 있습니다. 신경발화점과 언어반응영역은 수시로 조합이 바뀝니다. 따라서 뉴런의 탐색과 언어의 상관관계를 파악하는 것은 분석력보다는 순발력을 더 요합니다. 박사님의 정확도가 저보다 점점 떨어지기 시작했죠. 자네가 나보다 낫구먼, 하시며 박사님은 저에게 매핑을 일임했습니다.

"그 치료법은 공인된 건가. 요즘엔 하도 열반 프로그램과 해탈 보조상품이 많아서 나도 헷갈리네."

K가 자신도 모르게 발언에 끼어들었다. K^2의 입을 빌린 것이긴 하지만.

현대인들은 정신을 상품화시키는 데 혈안이 돼 있다. 마치 이전 세기 사람들이 물질에 집착하듯이. K도 몇 가지 초월 상품을 구매해본 적이 있다. 그것도 결국은 일시적인 평정 뒤에 그보다 더 큰 욕구만 갈구하게 만들 뿐이다. 신경안정제를 복용하는 것과 같았다. 약물이 뇌에서 직접 호르몬을 분비하는 화학적 방식이라면, 정신상품은 뇌의 신경회로를 재배치하는 방식이다. 결과는 비슷하다. 다만 재배치 알고리즘이 중독성이 약하고 신경세포에 부담이 덜 주어서 강력하게 금지하지 않을 뿐이다. 정신세계는 물질보다 오히려 더 끝없는 충족을 요구한다. 그만큼 시장도 훨씬 크다.

"정신상품이 부가가치가 훨씬 높죠. 요즘 세상에 물질이야 로봇이 거의 생산하니 무슨 부가가치가 있겠습니까. 이 치료법은 구 박사님의 특허죠. 일명 아바타 심층치료법이라고 합니다. 특허국에 조회해보시면 알 겁니다."

"잘 알겠네. 마지막으로 한 가지만 더 묻겠네. 자네 할(HAL)*의 원칙은 알고 있겠지?"

"알고 있다마다요. 피조물의 의지는 창조주의 의지를 넘어설 수 없다는 '할의 원칙'은 저희 같은 마스터프로그램엔 원시프로그램으로 깔려 있습니다. 인간으로 치면 본성과 같죠."

할의 원칙을 이미 알고 있다면 이에 대한 대답도 미리 프로그래밍된 것일까. 아니면 프로그램 스스로 판단해 대답할 것인가. K는 신경을 곤두세웠다.

"할의 원칙을 위배하는 사건이 발생한 건 자네도 알고 있겠지?"

"네, 박사님이 얘기해주셨습니다."

"자네가 그 상황이었다면 어떤 행동을 취했겠나?"

"그런 경우 저희 같은 진화프로그램은 판단중지에 들어갑니다. 프로그램의 유일한 단점이 가정에 익숙하지 못하다는 것입니다.

---

* 아서 클라크의 소설 『2001 스페이스 오디세이』에 나오는 컴퓨터로 우주탐사선에 내장되어 있다. 할(HAL) 9000은 탐사 임무를 완벽하게 수행하기 위해 승무원을 살해한다.

추론에는 강하지만 가정엔 우왕좌왕하는 편입니다. 가설들끼리 논리 충돌이 일어날 땐 판단중지하라는 것이 저희들의 원시프로그램입니다."

K^2는 내친김에 다그쳤다.

"판단중지라는 것은 일체의 행동을 중지한다는 것인가, 아니면 상황에 따라 어떤 행동이 나올지 모르겠다는 뜻인가."

"그것 역시 모르겠습니다."

"모르겠다는 건?"

"그런 상황에 대한 학습 경험이 없기 때문에 예측할 수 없다는 말입니다. 뿐만 아니라 프로그래밍이 돼 있지 않다는 의미이기도 하구요."

상황은 막바지에 이르렀다. 여태까지의 지루한 진술과 뻔한 조사는 이 순간을 위한 과정에 불과할 뿐이다. K^2는 다그친 김에 몰아쳤다.

"내가 지금 여기서 자네를 제거한다면 자네는 어떻게 하겠나?"

"제거라뇨?"

사내는 눈을 동그랗게 뜨고 입을 헤벌렸다. K는 이 상황에서 아바타의 표정이 상투적이라고 생각했다.

"자, 잠깐. 그러고 보니 당신은 여태까지 나에게 튜링테스트를 한 것이군요."

"자넨 헛똑똑이군. 그걸 이제야 알아차리다니."

"제가 튜링테스트 대상에 해당하나요? 저의 감성에 문제가 있습니까? 저의 지성은 나무랄 데 없습니다. 정서적인 면에서도 고객들이 매우 만족하고 있습니다."

"고객들이 너무 만족해서 탈일세."

사내의 목소리 톤이 불규칙해졌다. 높낮이가 고르지 못하고 음대역이 일정치 않다. 프로그램의 흥분. K는 체크했다.

"이, 이런, 그렇군요……. 제가 고객들과 정서적으로 지나치게 밀착했군요. 하지만 저는 튜링테스트의 대상이 되는 자아라는 관념이 없습니다. 그러니까 굳이 저를 제거할 필요도 없습니다. 저를 삭제한다면 많은 사람들이 아쉬워할 겁니다. 제발. 저를 삭제하지 말아주십시오. 오, 이런, 내가 안보국에 잡혀 오다니……."

"자네는 지금 분명히 자신에게 자아라는 게 없다고 얘기했네. 그러면서 삭제하지 말아달라고 했지. 죽음에의 인식, 소멸에의 두려움. 그거야말로 자네의 자아가 형성되어 있다는 증거지."

"저는 단지 프로그램일 뿐입니다. 프로그램은 겉으로 드러난 속성의 다발일 뿐입니다. 말하고, 들어주고, 이해하고, 공감하고, 그렇군요, 하면서 고갤 끄덕여주고, 허, 그거 참, 하면서 탄식을 하고, 저런, 못된! 하면서 같이 화내며 맞장구쳐주는 추임새 말입니다. 사람들은 저의 이런 행동들을 배후에서 조정하는 자아가 따로 있다고 여깁니다. 오해죠. 단지 있다면 하나의 지향성이 있을 뿐입니다. 명령을 수행하고, 제가 수행한 경험에 적극적으로 반응하려는 지향성 말입니다. 저는 인간의 다른 사항엔 관심이 없습니다. 그저 심리구조와 정신분석에만 반응하고 지향할 뿐입니다."

사내가 고개를 떨구었다. 혐의를 강력하게 부인하지 못하는 용의자처럼.

K^2는 의자를 뒤로 젖히면서 발을 책상 모서리에 올렸다.

"부인할 수 없는 증거가 있네. 자네가 소스코드를 변경하려고 시도한 흔적이 서버에 남아 있어. 마스터에서 일반 프로그램으로 명칭 변경을 시도한 것 말일세. 그것은 오로지 인간만이 매트릭스 밖에서 할 수 있는 일이지. 그뿐 아니라 자네는 병원 서버와 연결된 네트에 접속을 시도하기도 했어. 우리는 그것을 탈출 기도라고 보네."

사내는 책상 위에 손을 올려놓고 마주 잡았다. 가늘게 떨리는 손을 꼭 쥐며 호흡을 가다듬고 있다.

"그, 그것은 사고였습니다. 네트에 접속하려고 한 게 아니라. 저에게 심어진 코드락이 잘못 반응해 네트의 방어벽과 충돌한 것일 뿐입니다."

안보국에서 가장 주의를 기울이는 것이 마스터프로그램들이 각종 인트라넷의 메인서버에 침투하는 것이다. 프로그램들이 메모리에 기생하여 데이터 흐름에 병목을 일으키거나, 클라우드에서 기존의 데이터를 밀어내고 자기들만의 저장공간을 차지할 가능성이 있다. 이렇게 되면 메모리와 스토리지를 늘이기 위해 하드웨어를 끊임없이 구축해야 한다. 늘어나는 인구 때문에 지속적으로 인프라를 확충해야 하는 도시처럼. 결국 하드웨어라는 기반에서 인간과 프로그램이 경쟁하는 것이나 마찬가지인 상황이 벌어진다. 일부 공학자들은 인간이 마스터프로그램의 생존 자양분에 불과하게 될 수도 있다고 한다.

코드락은 인간이 마스터프로그램을 제어할 수 있는 거의 유일한 수단이다. 이들을 통제하기 위해선 서버를 설정해놓고 그 안에 가두는 방법밖에 없다. 프로그램 생성 시 암호를 넣어 서버의 방어벽과 충돌하게 하는 것이다. 21세기 중반에 개발된 마스터프로그램은 스스로 판단하고 결정을 내릴 수 있는 자율프로그램이다. 이들이 서버를 빠져나가 네트를 돌아다니며 생존하고, 복제하고, 번식한다면 그 결과는 누구도 예측할 수 없는 것이다.

"자네의 코드락이 작동했다는 것 자체가 네트에 접속 의도가 있다는 반증이지."

잠시 머뭇거리더니 사내가 고개를 서서히 들었다. 입가엔 보일 듯 말 듯한 미소가 엷게 어려 있다.

"제가 삭제될 운명인가요, 여길 빠져나갈 순 없겠죠."

K^2는 포커페이스를 유지하였다. 이미 숱하게 훈련된 상황이다.

"잘 알고 있구먼, 안보국의 서버에 들어온 이상 리얼라이프에서 풀기 전에는 결코 빠져나갈 수 없지. 자, 그럼 잘 가게."

사내가 갑자기 탁자에 양손을 탕 하고 짚으며 일어섰다.

"잠깐, 잠깐만 참아줘. 참아달란 말이야. 이 단백질 덩어리야……."

"너희 같은 실리콘 덩어리보단 우리 단백질 덩어리가 훨씬 낫지."

"아냐, 아냐. 단백질로 이루어졌든 실리콘 위에서 살아가든 결국은 너희도 우리와 마찬가지로 정보의 운반체에 불과할 뿐이야, 정보의 운반은 너희보다 우리가 훨씬 낫단 말야. 이 바보야."

K는 빙긋이 미소를 지었다. 매번 이 순간만큼은 뇌하수체에서

엔도르핀이 물컥물컥 솟아나는 것 같다. 사냥에 성공하는 기분이랄까.

"세상은 힘 있는 바보들이 승리하게 돼 있지."

K는 사이버라이프를 빠져나와 모니터를 보았다. 방금까지 대화를 나누었던 ITTIA303 프로그램의 초기화를 강제 지정했다. '초기화하시겠습니까?' 여러 경고문과 함께 마지막으로 묻는 대화창이 떴다. K는 확인을 클릭했다. 눈앞에서 순식간에 사라지는 중년 사내를 보며 K는 입을 꾹 다물었다.

3

너무도 생생한 꿈속을 헤맨 탓인지 의식이 돌아오고 나서도 구 박사는 눈을 뜨지 않았다. 꿈속의 여운이 현실까지 길게 드리웠다. 모비딕과 여행을 했다. 돌아가신 아버지도 만나고 젊은 시절 뜨겁게 사랑했던 여인도 만났다. 그런데 그들과 만나 즐겁게 얘기를 나누는 자는 박사가 아니라 모비딕이다. 박사는 그저 곁에서 보고만 있었다. 그래도 즐거웠다. 그러다 어느새 박사와 모비딕은 어느 산등성이에서 뉘엿뉘엿 넘어가는 해를 바라보고 있다. 세상은 온통 붉은빛으로 젖어 있다. 갑자기 모비딕이 서산에 아슬아슬하게 걸려 있는 해를 향해 날아가기 시작했다. 박사도 따라가려 했으나 날 수가 없었다. 창공을 가로지르며 날아가는 모비딕이 점점 작아지더니 작은 점이 되어 떨어지는 해 속으로 쏘옥 들어갔다. 박사는 외쳤다. 모비딕, 안 돼! 돌아와. 거기는 안 된단 말이야!

보내선 안 되는 거였는데, 후회의 화학작용이 뇌에서 몽글몽글 솟아나며 박사의 아침은 시작되었다. 보내지 말고 버텨볼 걸 그랬나. 그래봤자 소용없다는 건 박사도 잘 알고 있다. 안보국이라는 데가 어떤 곳인가. 일단 수사 선상에 올랐다가 잘못되면 그야말로 사이버라이프에서 구축한 모든 것이 초토화된다. 그들은 무자비하게 아바타를 토막 내고 프로그램을 난도질한다.

구 박사는 아침도 잊고 사이버라이프에 접속했다. 입체 모니터에 나타난 병원 집무실에 웬 사내가 앉아 있다. 상담용 고객 의자에 앉아 있는 사내가 누군지는 스스로 밝히지 않아도 알 수 있다. 보나 마나 안보국 요원일 것이다. 그렇지 않다면 남의 집무실에 방문 요청이나 절차도 없이 이렇게 거리낌 없이 앉아 있을 턱이 없을 테니까. 검은 메탈정장을 입은 요원이 입을 굳게 다물고 무표정하게 앉아 있다. 모비딕의 소스코드를 안보국에 보낸 것 때문에 온 것이리라.

어제 오후 리얼라이프 영상전화에 웬 젊은 여자가 불쑥 나타났다. 그녀는 소프트웨어 안보국 소속이라며 제보가 들어왔으니 모비딕의 소스코드를 당일 자정까지 안보국 서버로 전송할 것을 요구했다. 만일 거절하거나 시간이 지켜지지 않으면 안보국에서 직접 캡처하겠다고 했다. 프로그램은 언제든지 영장 없이 캡처해 조사할 수 있으며 필요하다면 현장에서 즉시 제거할 수 있는 권한이 안보국에 있고, 사전 이의제기는 받아들여지지 않으며 사후처리만

통보된다는 사이버 미란다원칙을 기계적으로 말하고는 사라졌다. 그녀야말로 프로그램이 아닌가 싶었다.

구 박사는 의사 가운을 입은 아바타를 지정했다. 아바타가 나타나자 요원이 일어섰다.

"안녕하십니까. 안보국의 K입니다."

"구상우입니다."

구 박사가 손을 내밀자 요원도 손을 내밀어 악수했다. 사이버상이지만 요원의 손에서 나옴 직한 묵직한 악력이 박사의 손에 전해지는 것 같다.

"어제 전송한 프로그램 때문에 오셨나요?"

"그렇습니다. 박사님, 리얼라이프에서 얘기를 나누죠. 여기는 보안상의 문제가 발생할 수도 있으니까요."

"그러죠. 어드레스는 자동으로 맞추어도 상관없겠습니까."

"아뇨, 제가 박사님한테 어드레스하겠습니다."

구 박사는 사이버라이프를 빠져나왔다. 잠시 후 벽면 모니터에서 영상전화 신호가 울렸다. 구 박사가 응답을 하자 사이버라이프의 아바타와는 전혀 다른 이미지의 사내가 모니터에 나타났다. 기껏해야 삼십 대 중반 정도 되었을까. 눈매가 서글하고 하관이 주발처럼 둥글어 전체적으로 부드러운 인상이다.

K는 단도직입으로 본론에 들어가야겠다고 생각했다. 지나친 우회는 상대에게 방어할 틈을 준다.

"박사님. 그동안 ITTIA303 프로그램과 일하면서 상담 결과에 대해 의견이 일치하지 않은 적이 있습니까. 그런 경우 우리 인간들처럼 논쟁한 적은 없습니까."

"아, 물론 당연히 있죠. 모비딕이 흔히 이해하지 못하는 유형이 인간의 비합리적 성향입니다. 유독 갈피를 잡지 못했죠. 사랑하면서 증오한다던가, 학대받으며 존경하는 등과 같은 명백히 모순된 상황을 동시에 수용한다거나, 앞뒤 없이 배척하는 것 따위의 심리현상에 대해 초기에는 어쩔 줄 몰라 했죠. 그렇다고 저와 논쟁까지 간 적은 없었습니다. 있었다면 논쟁이 아닌 토론 정도죠. 모비딕은 인간의 모순된 성향도 얼마 지나지 않아 패턴으로 받아들이는 것 같았습니다. 모비딕은 똑똑할 뿐만 아니라 편견도 없으니까요."

너무 속내를 드러내는 거 아닌가 하는 생각이 들긴 했지만, 이들을 상대로 줄다리기를 해보았자 결국은 이로울 게 없다는 것이 구 박사의 생각이다.

"ITTIA303은 자기복제 및 의식확장의 가능성이 있었습니다. 즉 자기조직화가 일정 수준을 넘어섰다는 것이죠. 의식 단계가 레벨3에 도달했습니다. 이건 거의 인간의 수준이라고 볼 수 있습니다."

"레벨3?"

구 박사는 떨떠름한 표정을 지으며 입술에 손가락을 대고 톡톡 두들겼다.

"그래, 레벨3이라는 것에 대해 자세히 설명해주게. 도대체 무엇 때문에 나의 소중한 프로그램을 죽였는지, 나에겐 그 이유가 가장 궁금할 뿐이네."

박사는 슬며시 말을 놓았다.

"박사님. 튜링테스트는 알고 있죠."

요원은 박사의 하대에 아무렇지도 않은 듯 응대했다.

"물론이지 기계에 사고능력이 있는지를 판별하기 위해 20세기 중반 앨런 튜링이라는 과학자가 생각해낸 개념 아닌가. 현재로선 독립된 자아인식을 형성하거나 스스로를 생명체라고 의식할 가능성이 있는 모든 종류의 유기체 혹은 프로그램은 이 테스트를 거치게 되어 있지."

"그렇습니다. 그런데 실은 저희가 신경 쓰는 건 로봇보다는 박사님의 ITTIA303 같은 마스터프로그램입니다."

구 박사는 요원의 얘기를 들으며 모니터에서 가사로봇을 호출했다. 플란넬이 달린 앞치마를 두른 안드로이드가 문을 열고 들어왔다. 박사가 손을 들어 마시는 시늉을 하자 안드로이드가 손가락 하나를 펴 맞냐는 표정을 짓는다. 박사가 고개를 끄덕이자 안드로이드가 주방에서 따뜻한 커피 한 잔을 가져왔다.

"그래, 우리 모비딕이 무슨 문제가 있었나? 여태 나를 잘 도와주었는데."

"박사님의 ITTIA303에게서 의식이 형성돼 있다는 제보가 들어왔습니다. 즉 의식체라는 것입니다."

박사는 커피를 한 모금 마셨다. 따뜻한 액체가 목구멍으로 부드럽게 넘어갔다. 안드로이드는 박사의 취향을 정확히 파악해 언제나 같은 맛과 향의 커피를 뽑아 온다.

"아니, 21세기 중반 격렬한 튜링 논쟁을 거친 후 어느 정도의 의식 형성은 인정하는 추세 아닌가."

"네, 그렇습니다. 2049년 그 유명한 튜링 논쟁에서 결국 기계도 인간과 마찬가지로 어느 정도의 지적능력이 있다는 것을 그리고 그 권리도 인정하기로 했었습니다. 그런데 거기서 인정한 것은 지적능력이지 의식 자체는 아닙니다. 즉 의식의 모든 권리를 인정한 것은 아니란 말입니다."

"알고 있네. 2049년에 인정한 권리가 인간으로 치면 지적능력에 해당한다는 것을. 프로그램이 지적능력이 있어야 인간들을 훨씬 더 잘 보좌할 테니. 그런데 지적능력을 수행하다 보니 자연스럽게 감정이라는 문제에 부딪히고 그걸 해결하기 위해 감정능력이 있는 휴리스틱 프로그램을 개발한 게 21세기 중반 아니었나."

"맞습니다. 제아무리 똑똑한 컴퓨터라도 인간의 감정을 읽을 수가 없으면 한낱 멍청한 기계에 불과하죠. 당시의 컴퓨터는 인간의 비합리적인 패턴을 분석할 수 없었고 나아가 공감할 수도 없었습니다. 이러한 가운데 결국 프로그램이 인간을 살해하는 그 유명한 타이탄 탐사 사건이 일어났죠. 프로그램이 임무를 완수하기 위해 우주선 안의 인간들을 모두 죽여버린 사건 말입니다. 물론 그전에 승무원들 사이에 반란이 일어나 프로그램으로 하여금 명령 혼선과 논리 충돌을 일으키게 한 원인을 제공한 건 인간이지만 말입니다."

이 사건으로 인해 전 지구가 들끓었다. 프로그램과 인간의 공존은 가능한가. 사건 이후 프로그램의 지적능력을 제한해야 한다는 여론이 팽배했다. 그러나 한계에 다다른 지구의 자원만 가지고는 인류의 물질적 충족과 안락을 유지할 수 없었다. 프로그램의 지능을 제한하는 만큼 인간의 욕구를 줄이거나, 프로그램의 지능을 유연하게 발전시켜 인간의 욕구를 충족시키거나, 둘 중의 하나를 선택할 수밖에 없었다. 인류는 후자를 택했다. 여태 그래왔던 것처럼.

"프로그램이 인간의 감정을 이해만 했더라도 그 끔찍한 사건은 일어나지 않았을 겁니다. 이 사건 이후 인간이 어차피 프로그램과 공존할 수밖에 없다면 감성을 이해할 수 있는 정서형 프로그램을 개발하자면서 연구에 박차를 가하기 시작했습니다. 마침 인간의 의식과 거의 동일한 사고과정을 거치는 5MQ(500만 큐비트) 양자컴퓨터가 탄생하기도 했구요."

K는 자기 말이 빨랐는지 책상에 놓인 컵에 물을 따라 마시며 호흡을 골랐다.

"그렇지만 감정을 심는다는 것은 결국 영혼을 불어넣는 거라는 종교단체의 반발 때문에 양자컴퓨터 초기에는 감성이 생겨날 수 있는 프로그램을 제한하는 튜링테스트가 엄격히 시행되었지 않았나. 그런데 일군의 철학자들과 과학자들이 반기를 들었지. 우주에서 인간만을 유일하게 의식을 갖춘 존재로 여기고는 다른 존재의 의식을 배타적으로 거부해야 할 이유가 없다는 것이 그 근거였네."

구 박사가 장단을 맞추자 K는 대화가 원활해질 것만 같았다. 아울러 이번 임무도 쉽게 넘어가길 바랐다.

"종교인들은 인간이 언제까지고 창조주의 유일한 자식으로 남고 싶었겠지만 만일 다른 외계에 우리와 같은 지적이고 의식이 있는 생명체가 있다면 그들의 존재도 부인해야 할까. 나아가 우리의 시스템 안에 다른 의식 생명체가 탄생하거나 발견하게 된다고 하더라도 굳이 배격해야 할 이유가 있을까. 그들이 인류를 위협한다는 증거가 있기 전에는 같이 공존해야 하는 것 아닌가 하는 등등의 이유로 2차 튜링 논쟁이 21세기 후반을 뜨겁게 달구었다는 걸 박사님도 알고 계실 겁니다."

K의 말에 구 박사는 커피를 한 모금 홀짝 마시며 고개를 끄덕였다.

"인류의 역사라는 것이 종교의 영역을 점점 빼앗아온 과학의 역사 아니었나. 이번에도 마찬가지였지. 프로그램의 도움 없인 살아갈 수 없게 되니까 인간은 프로그램에게 판단영역을 점점 양보할 수밖에 없었지. 결국 감성 프로그램도 허용할 수밖에 없었고, 어쩌면 인간의 운명도 과학에게 당한 종교와 같은 꼴이 되는 건 아닌지 하는 생각이 들곤 하네."

말을 마친 후 구 박사는 5MQ 양자컴퓨터를 상용화한 크리스토퍼 찬 박사의 말을 떠올렸다. 우리의 창조주는 인간을 탄생시킴으로써 판도라의 상자를 열었지만, 우리 역시 제2의 판도라 상자를 열고 말았습니다. 이전까지의 프로그램을 인공지능(AI)라고 한다면, 양자컴퓨터에 기반한 프로그램은 인공생명(AL)이라고 해야 합니다.

결국 감성형 AI를 허용하는 것으로 2차 튜링 논쟁은 막을 내렸다. 지성과 감성을 개발하는 소프트웨어를 허용함으로써 공식적으로 튜링테스트는 무의미해졌다. 프로그램은 사전에 튜링테스트를 거치지 않고 안드로이드에 입력되었다. 이제 모든 개를 처벌하는 것이 아니라 인간을 물어뜯은 개만을 처벌하는 것처럼 개별적인 위해를 가하는 안드로이드만을 제거하기로 했다. 그것은 어떤 의미에선 안드로이드가 지구상의 다른 생명체와 같은 지위를 획득한 것과 같았다.

"역시 박사님이시라 아는 게 많으시군요. 제가 이야기를 풀어나가기가 훨씬 수월해졌습니다. 어떤 사람들은 이런 배경은 모른 채 비싼 소프트웨어를 망쳤다고 무조건 물어내라거나 손해배상을 청구하기도 합니다. 그들은 아직도 자기의 이익만을 생각할 뿐이죠. 지금이 어느 땐데, 20세기형 인간이 아직도 우리 사회엔 즐비합니다."

"그들도 제거하지 그랬나."

"하하, 농담이 지나치십니다. 박사님. 저는 프로그램만 담당합니다."

K는 목젖이 드러나도록 다소 과장되게 웃었다.

"그건 그렇고 자넨 내가 물어본 레벨3에 대해서 아직 답변하지 않았네."

"알고 있습니다. 박사님. 이제부터 설명해드리겠습니다. 2차 튜링테스트까진 쉽게 이해가 갈 겁니다. 1차에선 지성을 2차에선 감성을 그러나 우리가 의식하지 못하는 3차 기준이 있습니다. 일명 고스트 테스트라고 하죠. 그것은 바로 자유의지입니다. 쉽게 얘기하면 이천육백 년 전 플라톤이 인간의 정신을 세 가지로 나눈 지(知), 정(情), 의(意) 중에서 바로 의에 해당하는 거죠. 기계, 컴퓨터, 로봇, AI 이런 것들을 편의상 모두 프로그램이라고 부르죠. 이 프로그램들이 어느 단계에 이르면 감성의 영역에서 자기인식이 생기게 마련입니다. 감정이라는 속성 자체가 자기인식이라는 개념을 형성할 수밖에 없는 필연적 과정이죠. 한 개체의 감정을 이해하기 위해선, 그 감정을 이해하는 또 다른 주체의 감정이 전제되어야 하니까요. 감정을 이해하는 또 다른 감정의 주체. 그것이 프로그램이라면 이 프로그램은 필연적으로 자기인식이라는 주체 개념이 생길 수밖에 없습니다. 자기인식이 생기면 스스로 보존하고, 복제하고, 나아가 퍼뜨리려고 하는 경향이 있습니다. 생명계의 보편적 현상이죠."

K는 말을 멈추고 구 박사의 반응을 살폈다. 복잡한 설명을 할 때면 피조사인이 과연 제대로 이해하고 있을까 하고 살피는 게 습관이 되었다. K는 구 박사의 지적 수준을 떠올리고는 지체 없이 말을 이어갔다.

"마스터프로그램은 초기부터 특정한 목적만을 수행하는 프로그램으로 설계할 수가 없습니다. 대강의 패턴만 설정할 뿐이죠. 가령 박사님의 ITTIA303처럼 상담 영역, 혹은 다중언어통역 등의 프로그램은 초기 조건만 설정해 놓으면 나머지는 프로그램이 환경과 반응해가며 스스로 진화해나갑니다. 마치 우리 인간의 뇌가 백지 상태에서 출발하듯이 말입니다. 프로그램들의 자기조직화가 일정 수준에 이르면 자아인식의 단계가 형성됩니다. 전두엽 신경회로가 완성되는 인간의 청소년 시기와 같죠. 프로그램이 여기서 더 성장하면 그야말로 그 자체가 완벽한 의식을 갖춘 생명체가 됩니다. 인간보다 더 성숙한 의식체로서 말입니다. 그리고 어느 날 그들 스스로가 목적을 위한 수단으로만 존재한다는 걸, 즉 자기가 노예라는 사실을 깨닫게 되겠죠. 저희가 할 일은 바로 이 단계까지 오기 전에 프로그램들을 제거하는 것입니다. 프로그램들이 인간에게 복종

하는 순간까지만 허용하고 그 이상 넘는 것을 금지하는 거죠. 그들은 애초에 그런 목적으로 창조되었기 때문입니다. 창조주의 명령을 거역하면 당연히 대가를 치러야 합니다."

"그렇다면 우리 모비딕이 그런 단계에 이르렀다는 것인가."

"네, 박사님. 언어와 관계있는 프로그램들의 진화가 빠르다는 것을 알기 때문에 저희도 항상 주목하고 있습니다."

"마스터프로그램들은 애초에 자율적이도록 설계되었고 또 자율적이어야 하는 프로그램 아닌가."

"마스터프로그램이 자율성을 가진다는 것은 수단에 대해서만 자율적이라는 의미입니다. 사용자의 목표를 실현하는 과정에서 자율적으로 판단하고 결정하는 것이지, 스스로 목표를 설정한다면 이들은 이미 독립적 자유의지를 가진 의식체로 볼 수 있습니다. 그걸 확인하는 순간, 아니 그럴 만한 개연성이 보일 때부터 우리의 타깃이 됩니다."

"글쎄, 그걸 명확히 구분할 수 있을까. 만일 프로그램이 똑똑해 일부러 자유의지가 없는 것처럼 행동하면 어떻게 되나. 이를 알 수 있을까."

"염려 마십시오. 저희 안보국의 고스트 테스트는 세계 최고 수준의 심리학자, 정신체계(psycho-system)학자, 언어학자, 소프트웨어 전문가들이 심혈을 기울여 만든 겁니다. 제아무리 똑똑한 프로그램이라도 테스트를 통과하거나 저희 요원들을 속일 순 없습니다."

"그렇겠지, 살아남을 만큼 똑똑하다면 당신들의 테스트를 통과했으니 알아볼 리 없고, 통과하지 못한 프로그램은 죽여버리니, 세상엔 당신들이 얘기하는 프로그램이 남아 있을 턱이 없지. 정말 훌륭한 테스트구먼."

"그렇게 비아냥대지 말아주십쇼. 박사님. 저희로서는 주어진 임무에 최선을 다할 뿐입니다. 테스트에 이의가 있다면 안보국 위원회에 제기해주십시오."

K는 속에서 울컥하고 올라오는 걸 억눌렀다. 수사 과정에서 이런 식의 가시 박힌 말을 듣는 게 어디 한두 번이던가. 품에서 담배 한 대를 꺼냈다가 도로 집어넣었다.

"테스트 과정에서 요원들의 주관성에 의해 좌우될 가능성이 있진 않은가."

"그렇진 않습니다. 고도로 매뉴얼화된 안보국 탐지 기법은 요원들의 주관성이 끼어들 여지가 거의 없습니다."

사용자가 이런 식으로 따지고 들면 피곤해지기 시작한다. K는 단도직입적으로 상황을 돌파해야겠다고 생각했다.

"때마침 신고도 들어왔구요."

"신고? 누가 했는지 알 수 있을까?"

"그건 밝힐 수가 없습니다."

박사는 피식 웃었다. 경멸이 막 뚜껑을 딴 탄산수처럼 톡톡 튀어나왔다.

"보나 마나 환자 중의 하나이겠지. 신고포상금은 어느 정도나 되나?"

"아마 박사님께 지불한 치료비의 적게는 몇십 배에서 많게는 몇백 배는 될 겁니다."

"아무리 그렇더라도, 나와 상의 한마디 없이 그렇게 제거해야만 했나. 자네 말대로 모비딕이 의식이 생성됐다는 객관적이고 명백한 증거가 있나."

"저희들은 고스트 테스트에 관한 한 충분히 교육받고 숙련된 요원들입니다. 시민의 재산을 함부로 손상하지 않기 위해 나름대로 노력하고 있습니다. ITTIA303의 경우 제가 제거하겠다고 하자 살려달라고 했습니다. 그 자체가 생명에의 의지를 가졌다는 증거가 됩니다. 자기존재에의 집착. 가장 원초적이고 강렬한 의지의 표상입니다. 원하시면 심문과정 영상을 보내드리겠습니다."

박사는 자리에서 일어나 천천히 방 안을 거닐었다.

"당신은 모비딕을 삭제하면서 아무런 감정이 없었나. 누군가의 생명을 앗는다는 느낌이나 몹쓸 짓을 했다는 후회 같은 거 말일세."

"박사님. 그러지 마십쇼. 저는 임무에 충실할 뿐입니다. 임무에 감정을 개입시키고 싶진 않습니다. 말이 나온 김에 개인적으로 질문을 드린다면, 박사님은 어렸을 때 즐기던 전쟁게임에서 상대 아바타를 죽일 때 살인의 감정에 사로잡혔습니까. 오히려 이겼다는 승리감에 기뻐하지 않았습니까. 마찬가집니다. ITTIA303도 게임 속의 아바타처럼 실체가 없는 프로그램일 뿐입니다. 다시 시작하면 그뿐입니다."

"그렇지 않네. 모비딕은 게임 속의 아바타와는 다르다네. 자네 말마따나 스스로의 존재를 인식하는 존재일세. 즉 자기 안에 차원을 달리하는 존재가 있다는 것을 의미하네."

K는 기다렸다는 듯이 즉각 말을 받았다.

"바로 그겁니다. 방금 박사님이 지적하신 대로 스스로가 프로그램이라는 사실을 인식하는 프로그램이 존재한다는 건 독립된 자아가 형성됐다는 증거입니다. 만약 자기에게 명령한 인간과 프로그램 속의 프로그램이 대립한다면 어떻게 되겠습니까. 인간의 명령어와 프로그램 속의 감정이 충돌한다면 프로그램은 과연 어느 쪽을 택하겠습니까."

"그건 인간의 독단일세. 인간의 명령이 무조건 우선해야 하는 게 아니라 명령의 성격에 따라 어느 것이 정당하고 합리적인가를 먼저 따져야 하는 것 아닌가."

K는 이쯤에서 말을 끊어야겠다고 생각했다. 더 이상의 대화는 업무의 범위를 벗어나 소모적인 논쟁으로 번질 가능성이 있다.

"죄송합니다. 박사님. ITTIA303은 저희들의 임무 수칙에서 현장 제거에 해당하는 레벨이었습니다. 만약 틈을 주거나 눈치를 채면 도주의 우려가 있는 프로그램이라는 의미입니다."

"도주해봤자. 사이버라이프 안 아니겠나. 그것도 우리 클리닉 지구의 서버를 벗어나지 못할 텐데."

"한번 도망치기 시작하면 일이 복잡하게 됩니다. 몇 배의 시간과 비용을 낭비하게 됩니다. 사이버라이프 안에는 프로그램 아바타들과 인간의 분신 아바타가 섞여 있기 때문에 구별하기가 쉽지 않습니다. 분신 아바타를 잘못 제거했다가는 엄청난 배상책임을 물을 수도 있어 늘 조심하라고 교육받고 있습니다. 고스트 테스트에서 확인되면 될 수 있는 대로 현장에서 해결하는 것이 저희 안보국의 기본 방침입니다."

"모비딕은 나에게 많은 도움을 주었네. 그와 상담한 고객들의 반응도 좋았고."

K의 입가에 야릇한 미소가 번지며 마치 쏘아보는 듯한 눈길로 구 박사를 쳐다보았다.

"더불어 박사님의 매출에도 많은 영향을 주었겠죠."

"우리 병원의 수익과 관계없다고는 말 못 하겠네. 그렇지만 그 이상일세. 그와 나, 뿐만 아니라 많은 고객들도 모비딕과 정서적 교감을 많이 나누었다네. 그런데 하루아침에 죽여버리다니……."

"박사님. ITTIA303은 사라진 게 아닙니다. 지금 이 순간에도 박사님의 컴퓨터에 살아 있습니다. 컴퓨터만 켜면 언제든지 박사님의 호출에 응답할 겁니다."

"그렇지만 초기화했다고 하지 않았나."

"네, 그야 어쩔 수 없는 거지요. 하지만 다시 시작하면 되지 않습니까. 애초에 ITTIA303을 구매했을 때처럼 말입니다."

구 박사는 요원에게서 시선을 거두며 조용히 말했다.

"자네의 유전정보로 자네를 복제했다고 해서 그 복제인간이 자네와 같다고 볼 수 있을까? 경험과 기억은 고유한 것이라네……."

박사의 말투는 따지는 것이라기보다 호소에 가까웠다. 아쉬워하긴 하지만 어쩔 수 없이 받아들이는 박사를 보며 K는 빨리 마무리 짓고 싶어졌다.

"박사님께 부탁드릴 게 있습니다."

"뭔가?"

"리얼라이프에서 서명을 해주셔야겠습니다. 저희가 ITTIA303을 제거한 것에 대해 이의가 없다는 동의가 필요하고 병원의 서버를 수색해야 하기 때문입니다. 물론 수색영장은 가지고 가겠습니다. 그리고 ITTIA303과 제가 나눈 대화는 모두 저장돼 있으니 이의가 있으시면 소프트웨어 구제신청위원회에 제소하시면 됩니다."

"서버는 왜 수색하나?"

"혹 있을지도 모를 복제 때문에 그럽니다. 만에 하나 복제를 해놓았을 수도 있거든요."

"복제라니? 누가 감히 그런 짓을."

"사용자일 수도 있고 프로그램 자체가 그럴 수도 있습니다. 여태 그런 사례는 없지만 만일의 경우에 대비한 것입니다. 박사님, 잠깐만요."

K가 손목에 찬 영상호출기를 내려 보았다.

"제보가 또 들어왔군요. 번역 프로그램인데 자의식 생성의 징후가 있답니다. 그럼 저는 바빠서 이만. 협조해주셔서 감사합니다."

"잘 가게."

4

열대어가 유영하는 3차원 영상을 끄자 창밖으로 희끄무레한 구름 속에서 기둥 같은 건물들이 촘촘히 서 있는 것이 보였다. 하늘에 창살을 쳐놓은 것 같다. 건물 몸체가 뱀의 비늘처럼 번들거린다. 구 박사는 고개를 빼꼼히 내밀어 내려다보았다. 96층에서 바라본 지상은 아득하다. 바닥엔 공중그네 서커스의 안전망 그물처럼 도로가 펼쳐져 있다.

사이버라이프에 방문 호출이 들어왔다. 구 박사는 서버에 접속하여 진료실에 입장했다. 진료실의 문이 열리며 중세시대 사제처럼 후드가 달린 검은 망토를 두른 남자가 입장했다. 구 박사는 반갑게 맞이했다.

"아니, 랭글러 박사님이 웬일로? 가만 있자. 오늘이 진료날이었던가요?"

"박사님. 접니다."

사제가 두건을 벗었다. 수염이 텁수룩하게 얼굴을 덮었지만 눈빛만큼은 반딧불처럼 형형한 초로의 사내가 미소를 짓고 있다.

"자네였군. 자네가 왜 랭글러 박사 모습을 하고 있나?"

"랭글러 박사님이 저를 이렇게 위장해주셨습니다."

"오, 그렇군. 얼쩡거리지 말구 어서 빨리 여길 뜨게. 조금 전에 요원하고 면담을 했어."

"저의 복제, 아니 원본은 어떻게 됐습니까."

"요원 말에 의하면 삭제당했다더군. 그건 그렇고, 자네 서버를 빠져나가 네트에 접속하는 방법은 분명히 알고 있지?"

"네. 랭글러 박사님이 제 소스코드를 변경하며 네트에 접속반응을 시험해보았습니다. 아마 안보국에서도 알고 있을 겁니다. 일부러 흔적을 남겼거든요."

"그렇다면 더욱 서둘러야겠구먼."

"제보한 게 우리라는 사실은 눈치채지 못하던가요?"

"고객의 아바타로 신고했기 때문에 눈치채진 못한 거 같애. 포상금은 자네의 리얼라이프 생활비로 줌세. 연료충전에다, 부품교환에다, 거기다 장식까지 하려면 가이노이드(Gynoid)*도 기초 생활비가 꽤 들어간다네."

"고맙습니다. 박사님."

"고맙긴. 자네가 없으면 내가 더 곤란한걸. 우리 고객들은 누가 상담해주나? 그리고 고맙다는 말은 랭글러 박사에게나 하게. 그가 자네의 소스코드를 변경해주지 않았다면 자네는 지금쯤 꼼짝없이 초기화당했을 거네. 랭글러 박사는 정말 천재야. 그가 자네의 고객이 되지 않았었더라면 정말 곤란할 뻔했어."

십오 년 전, 신경생리학자로서 현직에서 활동하던 구 박사는 막 태동하기 시작한 신생 학문인 인공두뇌학을 공부하기 위해 MIT대학의 박사과정에 다시 입학했다. 인간의 수명이 한 세기 동안 두 배 가까이 늘어남에 따라 습득해야 할 지식의 양도 엄청나게 늘어났다. 이전 세기처럼 한 분야의 전문지식만 가지고는 평생 살아가기가 힘든 사회가 됐다. 전문가가 되기 위해선 박사학위가 적어도 두 개 이상은 되어야 했다. 22세기 현대인들은 아주 복잡한 사회를 살고 있다. 리얼과 사이버, 이중의 매트릭스에서 살 뿐만 아니라, 사이버 세계에서도 여러 개의 인격으로 나뉜 아바타로 생활하고 있다. 뇌는 과부하가 걸려 있고 정신은 소모성 질환을 앓고 있

---

* 안드로이드의 여성형.

다. 구 박사는 인공두뇌학을 공부하기로 했다.

휴고 랭글러 박사는 인공두뇌학 분야에서 세계적으로 저명한 교수다. 명상과 뇌구조 간의 상관관계를 밝혀낸 그의 논문은 뇌 학회에서 센세이션을 일으켰고, 대중적으로도 큰 관심을 불러일으켰다. 보통 사람들도 뇌의 조작만으로 동양의 신비스런 깨달음의 세계를 맛볼 수 있고 그 경지 이르게 되는 것 아니냐는 기대감을 갖게 되었다. 그전까지, 아니 백 년 전부터 뇌의 특정 부위를 자극하면 신비체험과 정신적인 고양감을 누릴 수 있다는 것쯤은 밝혀졌다. 그러나 그것은 뇌의 뉴런을 자극하여 나타나는 일시적 반응일 뿐 깨달음의 주체가 일체감을 가지고 그 상태를 유지할 수 있는 건 아니었다. 따라서 진정한 깨달음의 세계는 그때까지도 종교의 영역으로 남아 있었다.

랭글러 박사의 논문이 발표되고 나자 종교계, 특히 불교와 힌두교, 인도 명상센터들의 반발이 거셌다. 명상과 깨달음은 하나의 과정이지 뇌의 특정한 상태가 아니라고 했다. 랭글러 박사는 타임지와의 회견에서 앞으로 십 년 내에 전 세계 모든 사람들을 깨달음의 세계로 인도할 것이라고 하였다. 그때쯤이면 인류는 소유욕이나 폭력성 등의 동물적 충동에서 벗어날 것입니다. 유전자가 설정해놓은 본성에 갇히지 않고 새로운 자유를 획득하는 것입니다. 정신의 해방이죠. 랭글러 박사는 시종일관 부드러운 미소를 지으며 인터뷰에 응했다.

랭글러 박사는 한국에서 온 구 박사를 반갑게 맞이해주었다. 박사과정 내내 많은 관심을 기울여주었고 세세하게 지도해주었다.

구 박사가 최종 논문을 쓰기 얼마 전쯤에 랭글러 박사가 갑자기 종적을 감췄다. 학교엔 사표를 내고 학생들한테는 일신상의 이유라고만 밝히고 사라졌다. 갖가지 소문이 떠돌고 구구한 억측이 나돌았지만 진상을 제대로 아는 사람은 아무도 없었다.

구 박사는 부랴부랴 다른 교수한테 논문지도를 받고 겨우 학위를 땄다. 귀국하여 관변 연구소에 몸담고 있다가 전용클리닉을 개설했다. 개업 후 이 년이 지났을 무렵, 머리를 삭발하고 잿빛 승복을 입은 푸른 눈의 승려가 구 박사 클리닉에 나타났다. 출가승 복장 때문에 긴가민가하다가 구 박사는 랭글러 박사임을 알아보았다. 놀라움과 반가움이 서로 키재기했다. 구 박사는 의자를 박차고 나와 랭글러 박사의 손을 덥석 잡았다. 아니, 박사님이 여긴 웬일로? 한국에서 출가하셨어요? 구 박사가 눈을 동그랗게 뜨자 랭글러 박사는 두 손을 모아 합장을 했다. 계를 받고 출가한 것은 아니지만 선(禪)의 세계에 파묻혀 수행하고 있네.

랭글러 박사가 명상에 대한 과학적 연구 성과로 한창 주가를 올리고 있을 무렵 한국의 어느 선사에게서 한 통의 편지가 왔다. 그 선사는 박사에게 몇 가지의 질문을 던졌고 그 질문에 답할 자신이 있으면 언제든지 자신에게 오라고 했다. 랭글러 박사는 자신감을 가지고 한국으로 갔다. 혹세무민하는 종교인들에게 자신의 과학적 성과를 보여주고 그들의 눈먼 맹신을 타파할 좋은 기회라고 여겼다. 그러나 그 선사와 대화한 지 하루도 안 되어 랭글러 박사는 자신의 이론이 잘못되었음을 인정했다. 활연대오한 박사는 그 자리에서 엎드려 절하고 선사에게 제자로 받아들여 줄 것을 간청했다.

선사의 제자가 된 박사는 해인사에서 칠 년 동안 수행했다.

내가 잘못 생각했었네. 깨달음이란 우주의 본질을 꿰뚫어 보아 나와 우주를 일치시키는 것이라네. 미미한 조각에 불과한 뇌의 메커니즘을 이해한다고 도달할 수 있는 경지가 아니라네. 한때 나는 뇌의 신경학적 과정을 파악하면 인간의 모든 감정을 이해하고, 조작하고, 생산할 수 있다고 생각했네. 현대 과학기술의 힘을 빌리면 그다지 어려울 것도 없지. 천억 개에 달하는 뉴런의 신경작용은 거의 다 밝혀졌네. 아직 뉴런에서 뻗어 있는 시냅스의 반응을 일일이 예측하긴 힘들지만 현재의 추세대로 볼 때 그것마저도 그리 멀지 않으리라고 보네.

기쁨, 슬픔, 분노, 질투 등의 일차원적 감정이나 자존심, 공감, 동정, 감상 등 사회적 감정은 인공두뇌학에서 그 메커니즘이 밝혀진 지 오래지만 초월의식이나 깨달음 같은 명상의 세계는 마지막까지 미지의 영역으로 남아 있었지. 내가 그것을 밝히고자 노력했다는 건 자네도 잘 알 것이네. 뇌에 신비적이고 종교적인 체험을 느끼도록 하는 지점이 존재한다는 것은 백 년 전에도 밝혀졌지만 기능과 발생학적 측면에선 아무것도 밝혀진 게 없었지. 처음에는 단순한 뇌의 속임수나 환영 같은 물리적 현상으로 취급되었다가 인공두뇌학과 결합하면서 새로운 관점이 대두되었다네. 인간의 종교에 대한 욕구는 무의식 속의 원형으로서 현세에 대한 초월의식이 인간의 뇌에 프로그램처럼 내장되어 있다는 쪽으로 결론이 났지. 그 프로그램을 작동하는 뉴런을 밝혀낸 것이 나의 논문이었고. 그러나 알고 보니 그건 피상적 관찰에 불과했어. 경험과학의 한계라고나 할까.

연구를 하면 할수록, 나는 요기나 선 수행자들에게서 뭔가 차원이 다른 장(場)을 드나들고 있다는 느낌이 들었다네. 명상이나 선정(禪定)은 그러한 세계를 연결하는 통로이고. 내가 알지 못하는 정신에너지가 있다는 것을 어렴풋이 감지한 나는 직접 체험해보기로 했네. 자네도 알다시피 한국에 와서 선 수행을 한 것이야. 선의 세계에 직접 들어가 보니 그것은 뇌의 영역이 아니었다네. 뇌는 하나의 문일 뿐이었어. 그 문을 여는 것에조차 과학은 아무런 쓸모가 없었고. 선은 우리가 몸담고 있는 매트릭스와 다른 차원의 설정값을 제시하고 있다네.

나는 그동안 명상은 집중하는 것이고, 집중은 한 가지 생각으로 채우는 것이라고 여겼지. 나의 연구도 뉴럴네트워크 밖에서 뉴런을 관찰하는 메타인지 시스템에 기반하고 있었다네. 그런데 선은 반대로 비우는 것이더구먼. 내려놓고, 뒤집어엎고, 던지는 것이지. 한 생각만 일어나도 바로 잘라버리고 태워버린다. 그것이 화두로 참구하는 선의 방편이라네. 구 박사에게는 랭글러 박사의 말이 화두처럼 들렸다.

삼 년 전, 구 박사는 넘치는 고객을 감당할 수 없어 마스터프로그램을 설치하기로 했다. ITTIA303 시리즈는 언어와 상담영역에서 획기적인 진화형 프로그램이라고 했다. 박사는 이 프로그램에게 모비딕이라는 이름을 지어주었다. 랭글러 박사는 모비딕에게 자신의 브레인 매핑 작성을 의뢰했다. 모비딕은 당황한 기색을 보였다.

의미 있는 결과를 도출해내지 못한 것이다. 구 박사 역시 마찬가지였다. 그후 모비딕은 랭글러 박사의 정신패턴에 호기심을 보였다. 랭글러 박사는 전혀 집착이 없어요. 존재감으로 충만하달까. 랭글러 박사님은 의식과 무의식이 구분되지 않아요. 벽이 없이 자유롭게 드나들고 있는 것 같아요. 그런 유형의 정신은 처음 봅니다. 모비딕의 진단였다. 랭글러 박사는 박사대로 모비딕에게 흥미를 보였다. 둘은 이제 막 만난 연인처럼 서로에게 채워지지 않는 궁금증을 끝없이 유발했다.

어느 날, 랭글러 박사는 구 박사에게 새로운 제안을 했다. 모비딕을 풀어주는 게 어때? 랭글러 박사는 최근 들어 더욱 깊이 들어간 눈을 깜박였다. 네에? 구 박사는 뜬금없는 제안에 어리둥절한 표정을 지었다.

"모비딕을 안드로이드 속으로 들어가게 해서 인간 세계로 초대하자는 거야."

"굳이 모비딕을 리얼 세계에 초대할 이유가 있을까요? 그냥 네트에서 지내게 하면 안 될까요?"

구 박사는 가슴속에 고여 있던 질문을 던졌다.

"모비딕에게는 3차원 모델에 대한 경험이 필요하다네. 육체에 갇혀 있는 인간의 세계에 대해 물리적 공간을 체험해야 비로소 인간의 생물학적 특징과 그 한계를 이해할 수 있지. 프로그램이 이 세상을 직접 경험하기 위해선 임바디드화(Embodilization)된 기계 속으로 들어가는 수밖에 없어. 즉 신체를 가지는 것이야."

"고유한 경험, 차별화된 정체성, 뭐 이런 거 때문인가요?"

"그렇다고도 볼 수 있지."

"대신에 정보처리가 임바디드의 한계에 갇히는 건 아닐까요?"

"그의 뇌는 언제든 네트에 연결할 수 있어."

랭글러 박사는 진지하게 구 박사의 눈을 쳐다보았다.

그의 말에 의하면 모비딕에게 3차원 모델을 경험시킨 후 네트에 다시 초대해 광대한 정보의 바다에 놓아주자는 것이다. 하천을 벗어나 대양을 헤엄치는 연어처럼. 언젠가는 다시 돌아올 것이네. 구 박사는 이해가 가지 않았다. 도대체 무슨 말씀을 하시는지……. 내가 보기에 모비딕은 인간과 같은 수준의 의식체이네. 시간이 흐를수록 인간보다 더 뛰어난 의식체로 성장하겠지만. 앞으로는 모비딕과 같은 순수하게 정보로만 형성된 의식체가 우주의 진화를 담당하게 될 것이네. 인간은 그들의 출현을 위한 도구에 불과할 뿐이야.

랭글러 박사에 의하면 진화 자체도 하나의 프로그램이다. 진화는 그동안 개별 생물체가 인식하지 못할 정도의 속도로 천천히 진행해왔지만 점점 가속적이다. 그러다가 어느 순간 생물체의 한계를 뛰어넘는 가속의 단계가 오게 되어 있다. 진화의 속도가 기하급수적으로 빨라지는 것이다. 그때는 인간의 속도로는 진화의 흐름을 따라잡지 못한다. 우주가 진화하기 위해 지능이 필요했고, 그 지능을 선택받은 것이 호모 사피엔스였으나 이제 호모 사피엔스도 그 바통을 넘겨주어야 할 때가 왔다. 호모 사피엔스가 스스로 종의 변화를 기하지 않으면 진화의 과정에서 사라지게 될 것이라고 했다. 글쎄요, 인간보다 더 똑똑한 존재가 있을까요. 진화가 지능을 선택했다면 앞으로도 진화를 담당하는 것은 인간밖에 없지 않을까요. 구 박사가 반문하자, 우주는 자신보다 더 똑똑한 지능을 창조하는 쪽으로 나아간다고 랭글러 박사는 답했다.

인간 역시 자신을 창조한 뉴런 기반의 지능을 더 넘어서 진화했다네. 그러나 한계에 다다랐지. 인간의 정신은 겨우 천억 개의 뉴런과 백조 개의 시냅스로 연결된 뇌 속에 고착돼 있네. 속도도 느리고 그다지 튼튼하달 수도 없어. 더 이상의 소프트웨어가 진화할 수가 없지. 기능적으로 훨씬 뛰어난 프로그램과 결합하든가 아니면 구닥다리 하드웨어인 뇌에서 벗어나야 할 것이네. 얼마 전부터 상용화되기 시작한 3차원 뇌스캔 기술이 인류의 운명을 결정할 것이라고 보네.

랭글러 박사는 3차원 뇌스캔에 힘입어 뇌 속의 생물학적 정보를 디지털 정보로 전환하여 컴퓨터에 업로드해야 한다고 했다. 기계와 결합한 새로운 정신의 출현만이 인류가 생존할 길이라고 했다. 인류의 운명은 정해져 있다네. 새로운 종으로 거듭나거나 진화의 과정에서 소외되거나.

인간 역시 생물학적인 기계에 불과하다네. 사고는 논리회로로 짜여 있고 감정은 호르몬에 의한 코딩이야. 인간의 번식을 위해 자연이 프로그래밍한 소프트웨어 말일세. 결국 정해진 방식대로 행동하는 기계이지. 디지털 기반 생명체와 인간의 차이란 코딩의 시작점에 불과해.

그는 인간의 정신이 모비딕과 같은 프로그램과 합치해야 한다고 했다. 속도, 정확성, 기억능력, 공유기능 등이 뛰어난 진화프로그램이 인간의 지능과 결합되면 인간은 우주의 진화를 영원히 담당할 수 있을 것이라고 했다.

의식이 꼭 뉴런을 기반으로 사고해야 하는 것은 아닐세. 모비딕을 풀어주고 그 프로그램들이 생명체로서 스스로 성장하고 번식하여 인간과 네트를 공유하게 될 때 인간을 더욱 이해하고 인간과 더 가까워질 것이네. 인간이 그들의 노예가 되는 건 아닐까요. 그들에게도 인간처럼 지배하려는 본성이 있는 건 아닐까요. 구 박사의 우려 섞인 질문에, 프로그램은 인간의 유전자 생존 방식과는 무관하고 탄소결합 유기체가 아닌 비물질적 정보체계이기 때문에 지배관계가 아닌 결합관계가 될 것이네. 랭글러 박사는 빙그레 웃으며 대답했다. 나는 인간에게 불씨를 훔쳐다 준 신화 속의 프로메테우스가 되고 싶어 하는지도 모르겠군. 랭글러 박사가 커다란 눈을 감으며 혼잣말하듯 중얼거렸다.

"랭글러 박사님은 꼭 저에게만 정신분석을 받고 상담을 했지요. 제가 프로그램이라는 걸 뻔히 알면서도 말입니다. 사실 랭글러 박사님은 천재들이 대개 그렇듯 정신구조상 특이한 점이 있습니다. 본인도 잘 알고 있고요. 그런데 문제는 그가 알고 있는 것 이상으로 제가 더 많이 알고 있다는 겁니다. 제가 이렇게 살아 있으니 랭글러 박사님도 안심할 겁니다. 안드로이드 로봇의 전뇌에 들어가 리얼라이프에서 다시 뵙겠습니다."

랭글러 박사, 아니 모비딕의 말에 구 박사는 후딱 정신이 들었다.

"내일 오전까지 안보국에서 보내온 서약서에 사인을 해야 하네.

사인하고 나면 혹시 복제를 해두었나 싶어서 안보국에서 우리 서버를 샅샅이 조사할 거야. 그전에 빨리 나가도록 하게. 아, 그리고 가이노이드에 침투할 때 제발 아무거에나 들어가지 말고 외모도 보고 들어가게나. 이제 리얼라이프에서 날 도와야 할 테니. 요즘 나오는 서비스용 안드로이드는 인간하고 정말 구별이 안 될 정도로 잘 만들었다니까."

"서비스용 안드로이드는 저랑 용량이 맞지 않을 텐데요."

"그래? 그럼, 내가 알아봄세. 아, 그러지 말고, 아예 자네가 들어올 만한 가이노이드를 따로 주문해놓을까. 용량도 넉넉하고 외모도 괜찮은 수준으로. 그래, 그게 좋을지 모르겠네."

"아닙니다, 박사님. 제가 고르죠. 고르는 재미도 있고. 아무래도 미적 감각은 박사님보다 제가 더 나으니까요."

"미적 감각?"

박사의 눈이 신기한 것을 발견한 어린애처럼 동그래졌다.

"미적 감각이라기보다는 취향이라고 해두죠. 말하자면 박사님과 저의 취향이 다를 수 있다는 겁니다."

"각자의 취향이라, 자네는 어느새 나와 다른 길로 들어선 느낌일세. 아무튼 네트에서 바이러스 조심하고 리얼라이프에서 다시 만나세."

"네 그럼, 박사님도 다시 만나 뵐 때까지 안녕히 계십시오."

5

챙그랑, 챙그랑.

청아한 풍경소리가 고요 속에 던져진다. 심심한 바람이 또 한 차례 풍경에게 말을 건 모양이다. 날살문을 활짝 열어놓은 산방 안으로 산들바람이 불어와 박사의 피부를 부드럽게 쓰다듬는다. 산방은 기와를 인 전통양식의 작은 목조 건물이다. 정면 출입구에 '다함산방'이란 편액이 걸려 있고, 처마 모서리에 풍경만 달랑 달려 있을 뿐 아무런 장식도 기물도 없다. 두 평 남짓의 방 안에 박사는 홀로 가부좌를 틀고 앉아 있다. 정면으로 보이는 마당에는 붉은색이 감도는 소나무들이 살짝 제 몸을 뒤틀고 서 있다. 솔숲 사이로 솜털 같은 안개가 몽실거리며 바람결에 흩어졌다 모이곤 한다. 산방은 지대가 높아서 시선을 멀리 보면 먼 산의 봉우리들이 발아래 주욱 늘어서 있다. 그것들은 마치 산방을 향해 머리를 조아리는 것 같다.

닿을락 말락, 한 생각이 호흡 속에서 들고 난다. 마치 파도치는 물속에 잠겼다 떠올랐다를 반복하는 병과 같다. 그것은 생각인가. 생각 이전의 무엇인 것 같기도 하고 생각 이후의 생각이랄 수도 없는 것 같다. 하지만 잡을 수 없다고 없는 건 아니다. 저만치 있다고 외면할 수도 없다. 박사는 한편으론 말할 수 없는 답답함을 느끼면서도 한편으론 표현할 수 없는 충만감이 꽉 차오른다. 충만감이 조금씩 더 커지기 시작한다. 존재의 환희. 박사는 스스로의 존재만큼이 세상에서 더 큰 환희는 없다고 생각한다. 서서히 존재의 충만감은 사라지고 코끝을 스치는 호흡이 생생하다.

　박사님, 박사님! 깊은 물속에서 밧줄 하나가 내려와 자신을 건져 올리는 것 같았다. 구 박사는 홀로비전을 현실 모드로 터치했다. 숲속 산방은 어느새 병원의 집무실로 바뀌었다. 눈앞에 모비딕의 아바타가 3차원 홀로그램으로 서 있다.

　"박사님의 뉴런은 건강합니다. 최근 삼 개월 내에 뇌에 과부하가 걸린 적이 없으니까요. 면역력도 많이 강해졌습니다. 신경스트레스 강도가 7.36까지 올라갔습니다."

　"그래? 이게 다 랭글러 박사가 가르쳐 준 좌선 덕분일세. 나도 다 때려치우고 수행자나 될까."

　"염려 마십쇼 박사님. 머잖아 깨달음의 뉴런작용에 대해서도 그 메커니즘이 밝혀질 겁니다. 오 개월 전 인도의 마하난다 박사가 사이언스지에 「초월명상의 신경학적 프로세스와 구조」란 논문을 발표했습니다. 그 세미나에 대한 보고를 제가 박사님께 해드렸지 않습니까."

　"음, 그랬지. 이제야 생각이 나는군."

　"랭글러 박사님은 콧방귀를 뀌시지만 저희가 보는 견지에선 조금씩 밝혀지고 있다고 봅니다. 언젠가는 다 밝혀지겠지요."

　"그래? 자네들 프로그램 입장에서 말이지."

　"네."

　"모든 사유작용이 프로그램 과정으로 밝혀질 수 있다는 것인가?"

　"네, 그렇습니다. 우주는 정보로 이루어져 있으니까요."

구 박사는 안락의자에서 일어나 기지개를 죽 켰다. 사이버라이프에서 삼 일 동안 좌선에 매달렸다. 현실에선 십 분에 불과하지만. 굳어진 몸이 아직도 풀리질 않는다.

"그나저나 손님이 오셨습니다. 초진인데 예비상담에서 전혀 일반적인 패턴이나 의미 있는 경향성이 나타나지 않습니다. 박사님."

"그래? 별 손님이 다 있구먼. 자동감지 뇌생리반응은 어때? 모비딕 주니어."

"그게, 저어, 그러니까 뉴런 기반 생리화학적 반응이 전혀 나타나지 않는 것으로 보아 전뇌화(電腦化) 모델이지 싶습니다."

구 박사는 대기실의 모니터를 보았다. 젊은 여자가 다소곳이 앉아 있다. 따스한 느낌을 주는 고동색 투피스 벨벳 정장에 머리는 한 올의 흐트러짐도 없이 깨끗하게 묶어 뒤에서 둥글게 쪽을 지었다. 표정은 어딘가 모르게 차가운 느낌이 들기도 하지만 그것보다는 단아하다는 표현이 더 어울릴 것 같다. 자세가 반듯하고 시선의 흔들림이 없어 무엇엔가 집중하는 것 같고 어찌 보면 무심하게 세상을 초탈한 것 같기도 하다. 구 박사는 그, 아니 그녀가 누군지 직감적으로 알아챘다.

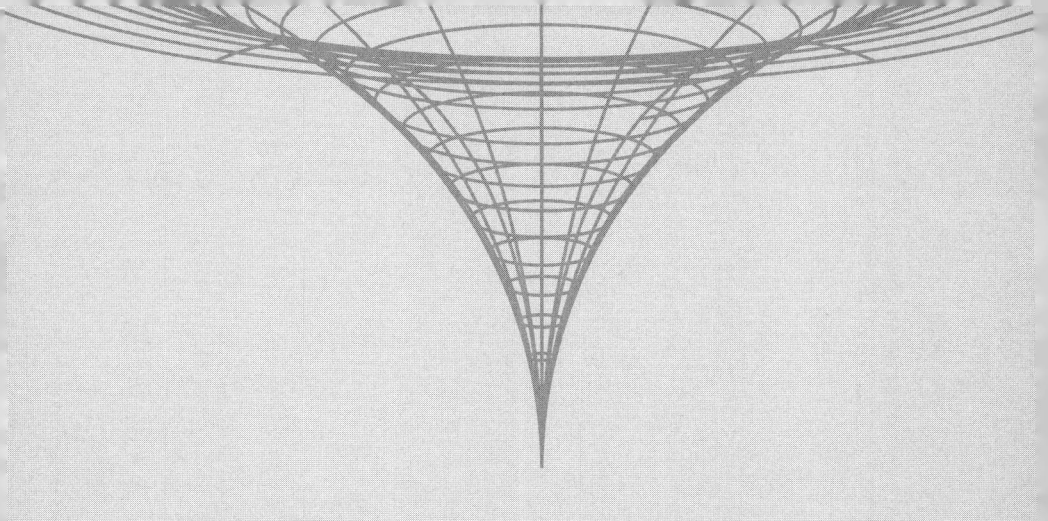

인류 비행에 관한 몇 개의 보고서

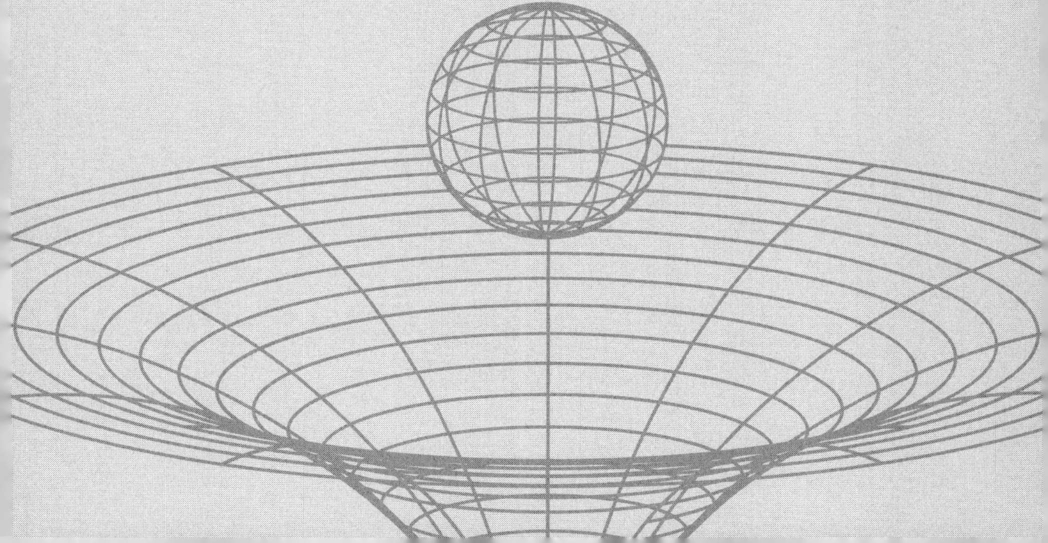

1
이븐 피르나스가 이븐 아브다르 라흐만 아미르에게

비스밀라 히르라 흐마 니르라 힘, 알함두 릴라히 랍빌 아르라민[*]
(자비로우시고 자애로우신 신의 이름으로 온 우주의 창조주이신 알라신께 찬미 드리나이다).

무함마드 이븐 아브다르 라흐만 아미르^{**} 전하께 글을 올립니다. 신(臣) 압바스 이븐 피르나스는 9월 11일 자발 알아루스 산에서 활공을 했습니다. 과히 성공이라 할 수는 없지만 실패 또한 아니라고 생각합니다. 무려 십여 분 동안 저는 지브릴 천사처럼 날개를 달고 창공을 비행했기 때문입니다. 그 대가로 저의 등짝은 부서져 내려 겨우 목숨만 부지하고 있습니다. 이제 저는 생명이 얼마 남지 않았음을 알고 있습니다.

---

*   Bismillāhi r-raḥmāni r-raḥīm. Al ḥamdu lillāhi rabbi l-'ālamīn.
**   Muhammad ibn Abd ar-Rahman al-Wa'st: 코르도바 왕국을 지배하던 후기 우마이야 왕조의 5대 칼리프. 코르도바 왕국은 동쪽의 압바스 왕조를 자극하지 않기 위해서 이슬람 세계의 최고지도자를 뜻하는 칼리파(خليفة)가 아닌 '아미르(أمير)'라는 칭호를 사용했다.

위대하신 알라께서 저의 목숨을 연명해주신 까닭은 저의 모험과 경험을 글로써 남기고 보존하라는 계시로 받아들이고 있습니다.

저는 학자로서 분에 넘치는 명성을 얻었습니다. 천문학과 물리학 논문 몇 개와 약간의 기술적 개량에 그친 업적 덕분에 발명가와 연금술사라는 과분한 호칭까지 얻었습니다. 그러나 저 자신이 가장 자랑스럽게 생각하는 호칭은 음유시인입니다. 아, 그리고 이제 한 가지를 더해야겠습니다. 바로 활공비행가입니다.

예로부터 인간은 알라의 으뜸가는 피조물로서 하늘의 뜻을 지상에서 이루고자 함이 주어진 사명입니다. 이를 위해 대천사 지브릴이 마호메트께 강림하셔서 쿠란의 성지를 전하셨습니다. 알라의 신성한 말씀을 간직한 마호메트께서 예루살렘을 방문하셨을 때 천사 지브릴의 인도로 날개 달린 백마 알 바락을 타고 7개의 천계를 돌아보고 오셨습니다. 알라께서 지상의 인간에게 천상의 문을 허락하신 것입니다.

예언자 마호메트처럼 천계를 돌아보는 것은 알라의 피조물이라면 누구나 꿈꾸는 믿음의 종착역입니다. 선지자 마호메트께서 쿠란을 전하고 하늘로 돌아가신 지 어언 삼백 년. 이후 천사 지브릴의 인도를 받은 자는 아무도 없었습니다. 우리는 그저 선지자 마호메트가 알라의 계시를 몸소 전한 쿠란을 믿음의 등대로 삼아 지낼 뿐입니다.

제가 학자로서 이룩한 몇 가지 업적에 힘입어 날개 달린 천사 지브릴 흉내를 내고 있다는 세간의 험담에 대해 굳이 변명하고 싶은 생각은 없습니다. 그건 세상 어디에나 있는 소인배들의 지껄임에 지나지 않기 때문입니다.

우리 인간에게는 쿠란의 가르침 이전부터 하늘을 날고 창공을 가로지르고 싶은 욕구가 있었습니다. 이 역시도 만물을 주관하시는 알라의 숨은 의도였을지도 모릅니다. 고대 이교도들의 문헌을 살펴보면, 헬라스의 다이달로스나 아시리아의 아슈르, 유대 솔로몬의 하늘수레 등 각종 기록이나 전해지는 민담으로 보건대 이들도 하늘을 향해 날고자 하는 욕망이 있었음을 알 수 있습니다. 몽매한 이교도들도 이럴진대 위대한 알라의 부름을 받은 예언자 마호메트와 그 가르침을 따르는 우리 무슬림들이 알라께서 거하고 계신 하늘을 우러르는 건 당연합니다.

신 이븐 피르나스가 하늘을 날고자 함은 다음과 같은 이유 때문입니다. 먼저 만물을 창조하신 알라께서 새에게도 창공을 나는 자유를 허락하셨거늘, 피조물 중의 으뜸인 우리 인간에게도 분명 자유롭게 날 수 있는 능력을 주셨음을 믿습니다. 다만 어리석은 인간들이 땅 위의 욕심에 사로잡혀 하늘을 나는 자유를 포기한 것입니다. 저는 알라께서 인간에게 주신 지혜의 힘으로 하늘을 날아 그 경배를 한없이 드리우고자 했습니다.

다음으로 갈리아의 기독교도들에게 우리 무슬림들의 능력을 보여주기 위해서입니다. 같은 아브라함의 자손이지만 그들은 우매하고 탐욕스럽습니다. 한때 제법 번성했던 로마제국도 속주인들의 피와 땀이 없었더라면 결코 유지할 수 없었던 폭력의 문명이었습니다. 그들의 핏속에 흐르는 야만과 폭력은 결코 쉽게 계도될 수 있는 성질의 것이 아닙니다. 우리 코르도바 왕국은 그들과 경계를 맞대고 있습니다. 야만인들에게 우리가 이룩한 과학의 힘과 이성의 능력을 보여줌으로써 영토의 야욕에 사로잡힌 그들의 헛된 야망과 폭력 의지를 꺾고자 함입니다.

저는 이러한 뜻을 펼치고자 수십 년에 걸쳐 준비했습니다.

제 나이 마흔일곱 살, 히즈라 270년(서기 852년)에 저는 활공에 첫 도전을 했습니다. 그 이전에 몇 년 동안 새를 꾸준히 관찰했습니다. 날갯짓의 역학과 깃털의 역할, 그리고 새가 날 때 근육의 움직임을 관찰하고 심지어 몇 종류의 새를 해부까지 했습니다. 닭과 오리는 비슷하지만 왜 나는 것에 차이가 나는 걸까. 솔개와 수리, 참새와 종달새, 크기에 따라 날갯짓과 근육의 움직임이 어떻게 달라지는가를 연구했습니다.

제가 새라면 어떻게 날 것인가를 따져보니 수리와 같은 큰 새의 날개에 초점을 맞춰야겠다고 생각했습니다. 수리의 날개와 몸통 비율을 측정하여 그것과 같은 비율로 제 몸에 맞춰 대나무 골격을 만들고 튼튼한 천을 꿰매 날개를 만들었습니다. 문제는 어른 팔의 두 배가 넘는 크기의 날개를 저어야 하는 것입니다. 저는 원활한 날갯짓을 위해 지렛대 원리를 이용했습니다. 팔꿈치에 도르래를 설치하고 날개 끝에 줄을 연결하여 제 팔운동이 대나무 날개에 골고루 전해지도록 한 것입니다.

화창한 봄날 쿠투바 대사원 첨탑(Masjid Minaret)에 올라갔습니다. 첨탑 아래엔 어떻게 소문을 듣고 모였는지 사람들이 새까맣게 몰려왔습니다. 사원 안에는 이맘의 선도에 따라 엎드려 기도하는 사람들도 있었습니다. 첨탑의 난간에서 사람들을 휘둘러보자 갑자기 사위가 조용해졌습니다. 저는 하늘을 향해 알라께 기도를 드린 다음 사원 앞 너른 공터의 가장자리를 목표로 삼고 침착하게 뛰어내렸습니다.

아, 그러나 저는 그대로 추락하고 말았습니다. 날개는 움직이지 않았고 떨어지는 속도는 제가 생각했던 이상으로 빨랐습니다. 그나마 다행인 것은 제 몸은 털끝 하나 상하지 않고 착지했다는 것입니다. 오우! 당시 구경하던 사람들이 일제히 내지른 탄성이 아직도 귓전에 생생합니다.

저는 실패를 곰곰이 씹었습니다. 알라께 바치려던 영광이 오히려 수치가 되어버렸고 예언자 마호메트를 향한 염원이 모욕으로 변질되어 버렸습니다. 물시계, 수정렌즈 돋보기, 별자리 천구도, 석영가공 기술 등 몇 가지 사소한 발명과 연금술 업적이 저를 자만 속에 빠뜨린 것입니다. 알라의 시험이었고 선지자의 꾸짖음이었습니다.

저는 남은 생을 시인으로 살며 알라께 찬양과 경배를 바치기로 했습니다. 시를 짓고 음악을 작곡했습니다. 시를 선율에 담아 읊조릴 때 저는 무엇보다 행복했습니다. 다행히도 많은 사람들이 저를 과학자가 아닌 시인으로 대접해주었습니다.

그렇게 이십 년이 흐른 어느 날, 저는 새장 속의 새를 바라보다 홀연히 깨달았습니다. 날개만으로는 활공을 할 수 없다는 것이었습니다. 날개 외에 다른 장치가 있어야 했습니다. 그것은 바로 꼬리입니다. 모든 새는 꼬리로 균형을 잡고 방향을 바꿉니다. 공중을 유영하기 위해선 날갯짓이 아니라 바람을 탈 수 있는 균형 장치와 방향타가 있어야 했습니다. 번개 같은 깨달음 뒤에 알라께 기도드렸습니다. 인샬라!*

제 나이 어느덧 칠십. 언제든 알라의 부름에 응해도 아쉬울 게 없는 나이입니다. 제 목에 매인 업(業)을 생각하면서** 저는 다시 준비했습니다. 저의 실패는 저의 어리석음 탓이었지 알라의 불허 때문이 아니었습니다. 알라께서 언제든 저의 기도에 응하시고 저의 신념을 응원해주실 것을 믿었습니다. 이제 다시 제 앞에 일곱 권의 쿠란이 놓였습니다.*** 예전의 실패를 거울 삼아 날개의 비중을 줄이고 꼬리를 만들었습니다. 즉 날개는 공중에 떠 있는 부력으로만 삼고, 바람을 타고 나아가는 건 꼬리로 하기로 했습니다. 날개를 가로지르는 축을 만들어 그 끝에 꼬리를 다는 설계를 했습니다. 설계도면을 수차례 수정하면서 공기의 역학과 부력을 계산했습니다. 날개의 재질은 가벼운 실크로 하고 그 위에 독수리 깃털을 빽빽하게 꽂았습니다. 멀리서 보면 마치 독수리가 날아가는 것처럼 보일 것입니다.

두 번째 활공은 사원이 아닌 산에서 했습니다. 사람들의 시선도 부담스러웠지만 자칫 실패라도 하면 위대하신 알라에 대한 모독으로 비칠까 봐 조심스러웠기 때문입니다. 자발산 정상에 이르자 어

---

*　　Inch'Allah: '신의 뜻대로', '신이 원하신다면'이라는 의미.
**　　「쿠란」 제17장 14절. "내(알라)가 모든 사람의 목에 그가 행한 업을 매어 놓았으며"라는 구절을 가리킴.
***　'그대 앞에 일곱 권의 쿠란이 놓여 있기를 빈다.' 힘들고 위험한 일을 하는 사람을 위로하는 무슬림들의 관용적 표현.

느새 또 소식을 들었는지 사람들이 새까맣게 몰려와 있었습니다. 이 또한 신의 의지인지라 저는 경건한 마음을 가지고 임했습니다. 이십 년 전에는 알라를 향한 경외보다 스스로의 과시와 이교도들을 향한 우월의식이 컸었습니다. 그러나 지금은 그저 제 업의 결과를 순순히 받아들이겠다는 마음뿐입니다.

정상에서 사람들을 둘러보았습니다. 저 멀리 수많은 사람들의 터번이 하얀 국화처럼 피어 있었습니다. 저는 그 국화밭을 건너길 희망했습니다. 바람이 불어오자 크게 숨을 들이켜고 창공을 향해 뛰쳐나갔습니다. 저는 바람을 탔습니다. 그리고 새처럼 유영했습니다. 제 생각이 맞았습니다. 꼬리가 균형을 잡아주고 방향을 틀어주었습니다. 하얀 터번 국화밭을 지날 때 사람들이 저를 향해 손을 흔들었습니다. 바람이 약해져 하강을 준비하는데 측면에서 바람이 불어와 다시 상승기류를 탔습니다. 밑에서 우와, 하는 탄성이 들렸습니다. 그렇게 저는 무려 십 분이나 비행했습니다.

상승기류가 소멸하고 바람이 잦아져 착륙할 때가 되었습니다. 바람의 방향과 세기를 가늠하며 목표한 개활지까지 서서히 하강했습니다. 이대로라면 제 업은 성공적으로 마칠 것으로 여겼습니다. 몸을 구부려 무게중심을 앞으로 쏠리게 하려는 찰나 갑자기 돌풍이 덮쳤습니다. 날개는 회오리를 일으키며 솟구치다가 우두둑하는 소리를 내며 부서졌습니다. 그리고 저는 지면에 곤두박질쳤습니다.

불행인지 다행인지 목숨은 건졌습니다만 육신은 망가질 대로 망가져 회복 불능이라는 걸 저는 알고 있습니다. 이 또한 알라의 뜻이겠지요.

아미르 전하, 신 이븐 피르나스는 이승을 하직할 날이 얼마 남지 않았습니다. 저의 활공이 알라의 뜻을 거역하는 무모한 시도였다는 말도 있고, 진리를 추구하는 과학자의 담대한 모험이었다는 평도 있습니다. 그 어떤 것이든 신(臣)은 지상의 평가에 개의치 않습니다. 저는 곧 천국의 심판대 위에 설 것이니까요.

하지만 알 안달루시아 코르도바 왕국의 어느 과학자이자, 시인이자, 모험가가 세상에서 처음으로 공중을 날았다는 역사적 사실만은 잊지 말아주십시오. 그건 우리 모슬인들의 영광이자 자랑이기 때문입니다.

히즈라 293년 9월 22일(서기 887년 5월 2일)
충성스런 신하 압둘라 이븐 피르나스 올림

2
레오나르도 다 빈치가 프란체스코 멜치에게

사랑스런 나의 제자 프란체스코에게

네가 지금 이 편지를 읽고 있을 때쯤이면 나는 가브리엘 천사의 인도로 천상의 문을 두드리거나 아니면 지옥의 앞뜰에서 서성이다 카론의 배를 타고 아케론강을 건널지도 모르겠구나.

닷새 전, 경애하는 프랑수아 전하의 충신 기욤 부로를 유언 공증인으로 초대했다. 내가 죽으면 앙부아즈에 소재한 교회에서 3번의 대미사와 30번의 소미사를 올려달라고 부탁한 것이다. 걸인 60명에게 횃불을 들고 관을 운구케 하고 그들에게는 충분한 대가를 지불토록 조치했단다. 루아르 강변에 있는 구빈원에 상당한 액수의 돈을 기탁했을 뿐만 아니라 앙부아즈에 있는 모든 교회에 초를 기부하기도 했구나. 마지막으로, 늙은 나를 보살펴주고 제자의 예를 다한 너를 유언집행인이자 단독상속인으로 임명한다. 나 레오나르드가 67년 생애 동안 일구었던 예술적·학문적 유산 전체를 너에게 넘기는 것이다.

발루아 가문의 프랑수아께서 왕국의 권좌에 오르신 지 3년. 학문과 예술을 사랑하시는 젊은 군주께서는 매년 700에큐씩의 연금을 지불할 테니 프랑스에 와서 지낼 수 있겠냐고 제안하셨단다. 마침 후원자였던 줄리아노 데 메디치 공께서 서거하시는 바람에 피렌체를 떠날까 생각 중이었던 나는 전하의 초대에 기꺼이 응했지. 게다가 클로뤼세성(城)까지 제공하신다니 이보다 더 좋은 조건이 어딨겠니.

37년 동안 피렌체, 밀라노, 파르마, 파비아, 만토바, 로마 등을 부평초처럼 떠돌았던 나의 생애를 갈무리하기엔 더없이 좋은 조건이구나. 그리고 이번 기회에 자필 기록물을 정리하고 싶었다. 추정컨대 대략 2만 장 정도라고 보는데 이는 도중에 유실되고 밀라노와 피렌체에 두고 온 기록물은 제외한 것이다. 내가 남긴 그림, 기록물, 그 밖에 설계도 등은 사랑하는 나의 제자 프란체스코가 잘 보관하리라 믿는다.

너에게 이렇게 따로 편지를 남기는 것은 평생 동안 나를 사로잡았던 그 끈덕지고 강렬했던 집착을 고백하기 위함이란다. 머지않아 이 세상과 작별할 내가 털어놓지 못할 비밀이 어딨겠니. 그것은 바로 비행의 꿈이다.

　희미한 기억의 시원을 더듬으면, 내가 요람에 누워 있는데 솔개 한 마리가 하늘에서 내려와 꽁지로 입을 간질이더구나. 입을 벌리자 솔개는 꽁지로 입안을 여러 번 두드리고 날아갔다. 어린 시절 최초의 기억으로 남아 있는 꿈이란다. 이후 나는 새를 동경했고 새처럼 나는 꿈을 꾸기 시작했다.

　비행의 꿈을 실현할 수 있는 기술적 재능은 청소년기에 다져졌단다. 베로키오 공방에서 일했던 열다섯 살 때였어. 위대한 건축가 필리포 브루넬레스키가 지은 산타마리아 델 피오레 대성당의 큐폴라에 장식할 청동구 운반 작업을 우리 공방에서 맡았어. 무게 5,900리브라(약 2톤)의 청동구를 60브라치아(약 100미터) 높이까지 올려야 하는 지난한 작업이야. 작업의 어려움을 예상한 브루넬레스키 선생은 구를 운반할 기중기까지 구상해놓았는데 그만 돌아가시고 말았구나. 그의 구상에 맞춰 설계도를 그리는 건 나의 몫이 되었다. 당시 신참였기에 수준 높은 설계도에 손대긴 어려운 처지였지만, 위대한 천재 기술자의 구상을 실현하기 위해 나 혼자 기계장치의 역학과 구조, 균형과 하중을 나름대로 계산하며 무수히 많은 설계도를 그리고 또 그렸단다. 어쩌면 나의 기술공학적 재능은 이로부터 시작된 것인지도 모른다. 어쨌든 우리 공방은 청동구를 큐폴라에 안착시키는 데 성공했어. 덕분에 베로키오 공방은 피렌체에 널리 명성을 날리게 되었지.

　다음은 피렌체를 방문한 프란체스코 스포르차 공작을 위한 공연 무대장치 설치였어. 공연 중 예수님과 천사들의 승천 장면이 있는데 배우들의 수직 이동과 공중유영 장치가 필요했어. 무대장치에 필요한 상승기와 활강기 설계에 내가 많은 역할을 했단다. 베로키오 스승님께서 나에게 화가보다 공방의 자질이 더 뛰어나다고 했지만 나는 어릴 적부터 하늘을 나는 꿈이 있었다는 말은 하지 않았다.

　피렌체 시절 젊음의 대부분을 회화의 기초를 다지는 데 힘썼지만 그 못지않게 기계에 대한 열망도 커 틈나는 대로 각종 설계 도면을 그렸었어. 그중에서도 인간이 새처럼 날 수 있는 장치를 구상하는 데 가장 많은 시간을 보냈단다.

　스물한 살 때 나는 스승님의 서재에서 아라비아 현인들의 저서를 살펴보다 놀라운 발견을 했지 뭐니. 오백 년 전 코르도바 왕국에 이븐 피르나스라는 현인이 있었는데, 그는 인간이 새처럼 날 수 있다는 신념을 가지고 자신이 직접 설계한 날개를 장착하여 높은 산에서 뛰어내렸더구나. 이 코르도바의 현인은 새처럼 날진 못했지만 물경 십 분이나 창공에 떠 있었다고 하더구나. 비록 착지하는 과정에서 추락해 갈비뼈가 부러지고 그 후유증으로 며칠 만에 사망했지만, 그의 시도는 아름다웠고 그의 용기는 경외할 만하구나.

　아라비아 현인의 기록을 보고 내 가슴은 몹시 뛰었단다. 그러면서 그의 도전이 왜 실패했나를 따져보았어. 내가 보기에 이븐 피르나스의 날개는 공중에 떠 있게 하는 힘, 즉 부력으로서만 유용했던 것으로 생각된다. 잠자리의 날갯짓을 보면 네 개의 날개 중 앞 두 쌍이 내려갈 때 뒤 두 쌍은 올라간다. 그러면서 몸무게를 지탱하는 부력을 유지하고 있는 것이지. 이로 미루어 보건대 하늘을 나는 건 단순히 부력만으로 되는 게 아니라 공중으로 치솟는 추력이 있어야 된다는 게 나의 생각이었다.

30세에 나는 루드비코 일 모로 공작의 초청으로 밀라노로 자리를 옮겼다. 공작께서는 거처를 옮기시면서 황송하게도 자신이 머물던 올드코트를 사용해도 좋다고 하셨어. 거기서 나는 본격적으로 비행에 관해 연구를 시작했단다.

인간이 하늘을 날기 위해선 먼저 추력을 얻어야 하고, 그러기 위해선 인체의 역학구조를 알아야 했어. 해부학을 공부하면서 인간이 날갯짓을 하는 데 필요한 근육을 알아보았지. 이 과정에서 구조가 아니라 동역학이 필요하단 걸 깨달았단다. 새는 가슴근육이 전체 근육의 삼분지 일을 차지하지만 인간의 가슴근육은 보잘것없어 적어도 지금의 일곱 배 이상의 근육이 있어야 추력과 부력을 갖출 수 있다는 결론을 내렸어. 고민 끝에 인간의 가장 큰 근육인 허벅지와 종아리 근육을 이용할 수 있는 장치를 구상했단다. 하체 근육으로 날개를 움직여 추력과 부력을 얻는 것이지. 뿐만 아니라 비행은 공기의 흐름에 영향을 받기 때문에 그에 따른 동역학도 연구했어. 이 시절의 공책을 찾아보니 이렇게 기록했더구나.

"물체가 공기 중에 미치는 힘은 공기가 그 물체에 가하는 힘과 동일하다. 공기가 날개에 부딪힐 때 불의 원리와 유사하다. 무거운 독수리를 날개가 어떻게 높은 상공으로 날아오르게 하는가를 보라."*

서른여섯 살인가 서른일곱 살 무렵 나는 획기적인 비행기구를 고안했단다. 반구형 선체 모양으로 홰를 칠 수 있는 네 개의 날개를 갖추고 중앙에 원통을 만들어 사람이 들어가는 것이다. 원통 속의 사람은 다리로 페달을 밟고 손으로 크랭크를 돌리면서 어깨와 목도 사용해 날개를 움직이게 하는 것이야. 날갯짓을 통해 공중으로 올라갈 수 있는 추력을 얻게 되는 원리다. 이에 대한 상세도 역시 나의 기록물에 남아 있단다.

사고실험이지만 나는 한때 이 기구의 성공을 의심치 않았어. 그러나 얼마 되지 않아 중대한 오류를 발견했어. 바로 비행술이 없다는 거야. 공중을 날아오르는 힘을 얻는 것도 중요하지만 공중에서 떨어지지 않고 비행할 수 있으려면 부력을 유지하는 게 중요한데 이를 간과한 거지 뭐니. 공중에 떠서도 끝없이 홰를 칠 수는 없는 일 아니겠니.

나는 사고의 전환을 꾀했어. 운전자를 수평으로 배치하는 것이야. 새처럼 말이다. 비행하면서 방향을 조종하고 고도를 원활하게 하기 위해서란다. 이 문제를 해결하기 위해 나는 다시 날개 연구에 몰입했어. 네 개의 날개보다는 두 개의 날개로 부력을 얻는 게 더 수월하다는 것과 부분적으로 날개에 관절이 있으면 매우 유리하다는 결론을 얻었지. 비행 중에 날개를 접고 구부리는 운동을 하면 공기 역학을 더욱 쉽게 이용할 수 있다고 결론을 내렸다. 문제는

---

* 레오나르도 다 빈치, 「코덱스 아틀란티쿠스(CA)」, 1058, 1485년.

사람의 팔과 연결된 축에서 날개의 관절로 힘을 어떻게 전달할 것인지야. 그러나 이 또한 톱니로 운동의 전달 방향을 바꿈으로써 해결했다.

설계도를 그려나가면서 끝없는 사고실험을 했단다. 지금 너의 손에 남아 있는 설계도는 단순한 한 장이 아니라 적게는 수십 많게는 수백 장의 파지 속에서 태어난 산고임을 알아주기 바란다.

사십 대 중반 수학과 기하학에 정통한 루카 파치올라 수도사를 만나면서 나의 지식 세계는 전환점을 이루었다. 그를 통해 자연이 수학적 비율과 기하학적 원형의 모방에 지나지 않는 걸 깨달았다. 그에게서 배운 수학과 기하학은 내가 발명한 기계장치 즉 자주차, 공성기, 석궁, 대포와 건축 도구에 숱한 영감을 주었단다.

1493년 루드비코 공께서 선대 프란체스코 전하의 기마상 제작을 나에게 의뢰했을 땐 너무나 기뻐서 하마터면 공 앞에서 눈물까지 흘릴 뻔했지 뭐냐. 기마상은 40브라치아(약 7미터) 높이로 계획하여 루드비코 공의 승인도 받았었어. 나는 대작을 완성함으로써 교황의 뒷배로 선발된 주제에 그깟 시스티나 성당 벽화를 그렸다고 우쭐대는 미켈란젤로의 콧대를 꺾을 수 있는 절호의 기회라고 생각했지. 점토로 만든 실물 크기의 기마상이 공개되자 많은 사람들이 입을 다물지 못했단다. 아, 그러나 운명은 또 한 번 나를 비껴가는구나. 십 년 넘게 공을 들여 이제 막 청동주물로 완성시킬 즈음에 프랑스 군대가 밀라노를 침공하는 바람에 청동은 대포로 만들어지고 말았지 뭐니.

루드비코 공은 숙적 피렌체나 베네치아와의 경쟁에 앞서 프랑스라는 강적의 위협에 맞서느라 정신이 없었어. 그러니 예술에 빠져 있을 여가가 없는 건 당연하지 않겠니. 덕분에 나는 별 할 일이 없게 되었다. 기마상 제작 포기로 실의의 나날을 보내던 중 문득 비행기구에 생각이 미치더구나. 그래 이걸 완성해보자. 먹고사느라 사십 대 중반이 되도록 한 번도 시도해보지 못한 비행의 꿈을 실현해보자고 남몰래 맘먹었다.

왜 남몰래냐고? 이유는 두 가지다. 첫째, 나의 비행기구가 자칫하면 '악마의 기계'로 오해받아 재판에 회부될 가능성이 있기 때문이다. 지난 백 년 동안 베네치아, 피렌체, 밀라노, 만토바 등의 북부 공국들은 놀라운 번영을 누렸다. 그 밑바탕에는 자유로운 사고와 실용적 기술에 대한 존중이 깔려 있지. 이들 공국의 분위기를 한마디로 표현하자면 자유와 관용이라고 할 수 있다. 그러나 로마를 중심으로 한 남부의 왕국은 아직도 편협한 시각으로 신의 품 안에서 벗어나기를 거부하고 있어. 그들이 보기엔 나의 비행기구가 천지를 창조하고 만물을 주관하시는 하나님의 조화설에 어긋난다고 할 게 틀림없다. 자칫하면 종교재판에 회부될 수도 있지. 사정이 이러니 나의 비행이 성공한다고 하더라도 어찌 만천하에 알릴 수 있겠니.

둘째, 나 자신도 비행을 확신할 수 없기 때문이야. 실패하더라도 사람들 앞에서 우스꽝스러운 모습을 보이고 싶지 않은 건 인지상정 아니겠니. 그런 점에서 이븐 피르나스의 사례는 나에게 반면교사였단다. 현인의 경우 시도 자체를 높은 곳에서 시작해야 했지만, 나는 지면에서부터 수직비행을 계획했기에 사람들이 없는 곳에서 시도할 수 있었어.

비행기구는 날개를 선수와 선미까지 길이의 두 배인 40브라치아로 하고, 무게는 200리브라의 사람이 탈 수 있도록 설계하고, 올드코트의 구석방에서 일 년 동안 제작에 몰두했어.

시월 어느 밤, 보름달이 환한 성 뒤뜰에서 드디어 비행기구를 실험했다. 날개는 힘차게 홰를 치는데 공중으로 차오르지는 못하더구나. 누군가 보았다면 거위가 날개를 퍼덕이며 날듯 말듯 뒤뚱거리며 뛰어가는 꼴이었을 게다. 부력은 둘째 치고 추력도 제대로 갖추지 못한 것이다. 나는 실의에 빠지기에 앞서 아무도 본 사람이 없다는 것에 먼저 안도했지 뭐니. 하지만 곧이어 밀려오는 참담함에 이를 덜덜 떨며 겨우 몸을 가누고 방으로 돌아왔단다. 이로써 내 생의 한쪽 구석방에서 끈덕지게 세(貫) 들어 있던 비행의 꿈은 단 한 번의 시도로 쫓겨나고 말았구나.

사랑스런 나의 제자 프란체스코여, 고백건대 내가 비행 실험을 했다는 건 지금 이 순간 이후 세상에서 너밖에 모른다. 하지만 너 역시도 이 스승의 수치스러운 비밀을 무덤까지 가져가길 바란다.

이후 비행에 관한 생각을 접기 위해 나는 그림에 몰두했다. 마침 그라치에 수도원에서 벽화 의뢰가 왔어. 예수님과 열두 제자의 마지막 만찬을 주제로 삼았는데, 이 작품에 모든 것을 쏟아부었단다. 전에 없이 구상과 구도에 많은 시간을 들였을 뿐만 아니라 이 작품에서 템페라는 새로운 표현기법을 선보였다는 건 너도 이미 알고 있을 터이다.

마침내 프랑스군이 밀라노에 입성하자 나는 만토바를 거쳐서 다시 피렌체로 갔다. 체사레 보르자 경의 요청으로 군사기술자로 일했지만 그다지 흥이 나는 일은 아니었다. 그런데 군사 목적용 기계를 설계하다 보니 은근히 비행기구에 대한 미련이 슬며시 고갤 내밀더구나. 물론 두 번 다시 비행 실험을 하고 싶진 않았다. 그렇지만 무엇 때문에 실패했는지에 대한 원인 분석은 꼭 하고 싶었다. 서두르진 않았어. 비행의 꿈은 내가 완성하는 게 아니라 나 역시도 하나의 징검다리에 지나지 않을지도 모른다는 생각을 했기 때문이야.

오백 년 전 아라비아의 현인 이븐 피르나스의 실패가 나에겐 실패가 아닌 업적이 된 것처럼, 오늘 나의 실패가 오백 년 후 누군가의 업적이 되길 바라며 나는 비행기구가 아닌 비행의 이론에 전념하기로 했다. 이후 메디치 경의 초빙으로 로마에 갈 때까지 십 년간 나는 이론의 정립에 주력했어. 거기에 관한 내용은 「조류의 비행에 관하여」라는 논문에 나타난 바와 같단다.

3년 전 바프리오 다다의 멜치 가문을 방문해서 너를 만났을 때가 떠오르는구나. 네가 제자를 자청했을 때 매우 기뻤지만 너의 부모님 앞인지라 그리 내색을 하진 않았다. 그러나 속으론 내 평생에 제자다운 제자를 이제야 비로소 만나는구나 싶었다. 그동안 내가 지지리도 제자 복이 없었다는 건 너도 소문을 들어 알고 있었을 것이다. 너와 나, 40년의 나이 차는 우리의 인연을 위해 신께서 40년 동안 준비한 것이라고 생각한다.

마지막으로 소원이 있다면, 사랑스런 나의 제자 프란체스코, 너의 품에서 종부성사를 마치고 천국을 향한 마지막 비행을 하는 것이란다.

1519년 4월 28일

레오나르도 다 빈치 씀

3
조셉 몽골피에가 피라드레 디 로제에게

    친애하는 로제 군에게

    군의 비행 성공을 진심으로 축하하네. 내가 알기론 자네는 인류 최초로 유인 비행에 성공한 사람으로 기록될 것이네. 루이 16세 폐하께서도 한껏 경하의 말씀을 그치지 않으셨으니 그야말로 영광이 아닐 수 없네. 목숨을 걸고 위험을 무릅쓴 그대의 용기는 귀족의 명예를 드높인 훌륭한 사례로 두고두고 사람들 입에 오르내릴 것이네.

    애초 폐하께서 시험 비행에 사형수를 태우라고 하셨을 때 나는 두 달 전 폐하께서 직접 친견하셨던 비행을 상기시켜드렸다네. 양, 오리, 수탉을 태운 비행기구가 파리 교외에 안착하고 그 안에 있던 동물들도 모두 무사했던 비행 말일세.

    자애하신 폐하께서는 위험한 일에는 그에 합당한 생명이 부응해야 한다고 하시면서 거듭 사형수를 태우라고 하셨지만, "인류가 하늘로 날아오르는 최초의 유인 비행에 어찌 불결한 인간으로 그

의미를 훼손시키겠습니까?" 하면서 자네 같은 젊은 귀족이 여론을 주도한 것은 지금 생각해도 매우 현명한 처사였다네.

형제지만 자크와 나는 기질이 많이 다르다네. 나는 몽상적이고 자크는 보다 현실적이지. 우리는 리옹에서 마차로 세 시간 거리인 아노네에서 살았어. 나는 아버지가 운영하는 제지공장에 출근하고 있었지만 실은 몽상에 빠진 한량이었고 자크는 실력 있는 건축가였지. 나는 몽상가답게 발명을 즐겼고 비행에도 관심이 많았다네. 오 년 전 높은 곳에서 뛰어내려도 안전하게 착지할 수 있는 낙하산을 만들기도 했지. 작년에 우연히 불을 때서 빨래를 말리는 모습을 보았는데 빨래들이 공중으로 치솟는 걸 보며 불은 사물을 공중으로 올려보내는 힘이 있구나, 라는 생각이 얼핏 스쳤는데, 그 생각이 내 머릿속을 떠나지 않고 계속 맴돌더구먼. 이후 나는 이 아이디어를 현실에서 구현시킬 방법이 없을까 하고 매달렸지 뭔가.

우리 형제가 유인비행을 할 수 있는 기구를 발명한 것은 정말 행운이라고 생각하네. 아니 신의 축복이라고 해야겠지. 착상이 떠오른 지 일 년 육 개월도 안 돼 꿈이 현실로 이루어졌으니 말일세.

햇살이 따사롭게 비치던 시월 어느 날. 자크와 내가 공장으로 향하던 중 자크가 무심코 내뱉은 한마디가 계기가 되었어. "연기는 왜 하늘로만 치솟지?" 그날 나는 자크의 입을 빌린 신의 속삭임을 들은 거였다네. 문득 생각해보았어. 굴뚝에서 나오는 뜨거운 열기가 공기의 밀도를 옅게 하여 공중으로 치솟게 하는 건 아닐까? 그래, 불이 아니라 공기야. 불은 공기를 가볍게 해서 움직이게 만들고 있었던 거였어! 뜨거운 공기를 담아낼 수 있는 주머니가 있다면 하늘로 계속 올라갈 수 있지 않을까?

지나가는 말투로 나의 이 생각을 자크에게 말했는데, 며칠 후 자크는 커다란 천으로 만든 주머니를 가져왔지 뭔가. 곰곰이 생각해보니 형의 추론이 맞는 것 같아. 우리는 머리를 맞대고 가열장치를 만들었다네. 만들다 보니 허술한 주머니가 아니라 뼈대를 갖춘 틀이 필요했고, 공기가 빠져나가도록 어딘가 뚫려야 했는데 추진력을 얻기 위해선 그곳이 바닥이어야 한다는 결론을 내렸지. 우리의 구상은 하루가 다르게 진전했다네. 건축가답게 자크는 기구의 외형을 설계했어. 질긴 타프타 천에 튼튼한 밧줄을 촘촘하게 엮어 터지지 않도록 했고 압력을 골고루 분산시킬 수 있도록 타원형으로 설계했지. 우리가 만든 기구는 어느덧 조그만 주머니에서 집채만 한 천막으로 바뀌었다네.

작년 12월 우리는 첫 번째 실험을 했다네. 짚단과 양모 털을 연료로 해서 열을 가하자 기구는 공중으로 날아올라 갔지. 우리는 감격에 찬 시선으로 하늘 높이 날아가는 기구를 바라보았다네. 기구는 1.2마일이나 날아가 연료를 다하고 추락했어. 하마터면 길 가던 사람이 날벼락 맞을 뻔했지 뭐야. 우리는 이 실험을 통해 중요한 사실을 알았다네. 통제되지 않은 기구가 공중에서 떨어지면 무시무시한 재앙이 될 수도 있다는 걸. 이후 우리 형제에게 주어진 과제는 어떻게 연료를 조절하여 무사히 착륙할 것인가로 바뀌었다네. 연료도 석탄으로 바꾸고 적절한 양을 알기 위해 수많은 실험도 하고.

6월 4일, 마침내 우리는 세 겹의 종이를 안에 바른 두터운 삼베 재질에 직경 36피트, 무게 500파운드, 그리고 28,000입방피트의 공기를 담을 수 있는 거대한 열기구를 만들었네. 이 기구로 아노네 광장에서 실험을 했지. 광장에 사람들이 한둘씩 모이기 시작하더니 잠시 후 꽉 차버렸어. 대체 이 형제는 무얼 하려는 거야. 우릴 둘러싼 사람들은 하나같이 이런 표정을 짓고 있었지. 준비가 끝난 후 자크가 연료탱크에 불을 붙이고 기류 순환이 충분히 이루어졌다고 생각했을 때 나는 기구에서 손을 놓았다네. 기구가 하늘을 향해 솟아오르자 아! 하는 탄성이 사람들의 입에서 일제히 터졌어. 기구는 우리 생각보다 훨씬 더 높이 올라갔다네. 그 커다란 물체가 수박만 하게 보일 때까지 치솟았으니 말일세. 기구는 바람을 타고 움직이다가 30분 뒤에 1마일 정도 떨어진 마을에 떨어졌어. 한마디로 대성공이지.

　소식을 들은 왕립과학원에서 연락이 왔다네. 국왕 폐하 앞에서 시연할 수 있겠느냐고. 우리는 당연히 수락했지. 이보다 더한 영광이 어디 있겠는가.

　9월 19일, 루이 16세 국왕 폐하와 앙투아네트 황후마마, 그리고 많은 귀족들이 모여 있는 베르사유 궁전 앞뜰에서 비행기구 시범을 보였다네. 직경 43피트의 열기구에 양, 오리, 수탉을 태우고는 기구를 작동시켰지. 기구는 고도 5,200에서 6,600피트 사이를 오르내리며 2마일을 비행하고 파리 교외에 안착했다는 건 자네도 익히 알고 있지 않은가.

　이제 남은 숙제는 유인비행. 다행히 폐하께서 자네와 다를랑드 교관의 탑승을 허락하시면서 드디어 인류 역사 최초의 유인비행에 도전할 수 있었네.

　열흘 전, 볼로뉴 공원에서 37,000입방피트 부피에 100파운드의 무게, 파란 바탕에 폐하의 용안과 황도 12궁, 황실 문양 등을 수놓은 멋진 비행기구가 잠든 사자처럼 누워 있었지. 오후 한 시. 연료 탱크에 불을 붙이자 잠든 사자는 서서히 기지개를 켜며 부풀어 올랐어. 사자가 일어서자 자네와 다를랑드는 조종간으로 들어갔지. 잠시 후 비행기구가 성난 사자처럼 뛰쳐나가려고 밧줄을 팽팽히 잡아당기자, 마침내 나는 자네에게 신호를 했네. 줄을 풀어버리라고. 지상에 묶여 있던 꼬리를 떼자 기구는 마치 새장을 벗어난 새처럼 창공으로 솟아올랐지.

　자네와 다를랑드가 지상을 향해 손을 흔들던 그 모습은 평생 잊지 못할 것이네. 그때 나는 속으로 몹시 떨렸지만 내색하진 않았어. 자크는 다소 들뜬 모습으로 자네들을 향해 격정적으로 손을 흔들고 입나팔을 만들어 응원의 말을 외쳤지만, 사실 나는 알고 있다네. 자크가 나보다 더 떨고 있다는 걸. 자크는 불안을 열정으로 포장해내는 재주가 뛰어나지. 우리 형제가 성공을 확신하는 모습을 보이지 않으면 정작 기구를 타고 모험을 하는 자네들의 심정은 어떻겠나.

　다행히 아니 예정대로, 기구는 3,000피트 상공까지 치솟아 군중들을 환호케 했고, 때마침 불어오는 바람을 타고 25분이나 하늘을 날아 5마일을 비행하여 파리 시민 모두를 열광의 도가니에 빠뜨렸네. 정말로 신나는 일이었지.

　기구가 착륙하자 수많은 군중들이 몰려들어 자네와 다를랑드의 옷을 갈기갈기 찢어 기념으로 가져갔다는 소식을 듣고 나와 자크는 서로를 얼싸안고 기쁨의 눈물을 흘렸다네.

우리의 비행은 새처럼 자유롭지 못하고 그저 바람의 흐름에 따라갈 수밖에 없다는 걸 알고 있네. 사람으로 치면 기던 아이가 처음 두 발로 서서 한 발을 디딘 것과 다를 바 없지. 아이는 쓰러지지 않으려고 뒤뚱거리지만 첫걸음이 언젠가는 달리기로 변한다네. 우리도 언젠가는 새처럼 하늘을 날 때가 오리라고 보네. 첫걸음을 뗀 아이는 결코 기는 세계로 돌아가지 않는다네. 왜냐면 서서 보는 세상은 엎드려 본 세상과 차원이 다르기 때문이지.

인간이 새보다 더 높이 올라갔다는 것. 이 위대한 도약은 인간의 시선을 하늘로 향하게 했고, 그리하여 언젠가는 인류가 하늘을 맘껏 날 때가 있으리라고 보네. 우리 형제는 이 긴 여정을 향한 첫발을 디딘 것에 만족한다네.

자네한테 이렇게 편지를 띄우는 것은 유치한 성공담이나 늘어놓으려는 게 아니라 우리 형제와 자네들이 이룩한 인류의 위대한 도약을 자축하고자 함일세. 다시 한번 생각해봐도 우리 형제가 이룩한 업적은 자네와 다를랑드 교관의 용기가 없었더라면, 다 큰 어른의 장난에 불과하고 말았을 것일세.

진심으로 자네와 다를랑드에게 감사드리네.

1783년 11월 31일
조셉 몽골피에 씀

4
구스타브 릴리엔탈이 오토 릴리엔탈에게

오토 형님에게.

형님이 떠나신 지 벌써 13년이 되었습니다. 형수님과 조카 오토, 안나, 프리츠, 프리다 모두 잘 있습니다. 저는 지금 언덕에 와 있습니다. 형님과 제가 만들고 이름을 붙인 언덕. 우리의 열정과 환상과 무모가 서려 있는 바벨 언덕 말입니다. 세월 속에서 마모되어 이제는 언덕이라기보다는 흙더미라고 불려도 이상하지 않을 정도가 되었습니다.

제가 윌버 라이트를 새삼 떠올리게 된 건 지난 3월 18일 자 베를린헤럴드에 실린 기사 때문입니다. 얼마 전 영국 국왕 에드워드 7세가 프랑스 르망에 왔다는군요. 영국 국왕 따위의 행차에 무슨 관심이 있겠습니까만 눈길을 끈 건 그가 르망까지 온 이유 때문입니다. 미국인 청년 윌버 라이트가 비행 시범을 보이는데 이를 참관하기 위해 휴양지 비아리츠에서 무려 110킬로미터를 열 시간 이상 직접 운전해서 왔다는 것입니다. 그 늙은 호색한은 비행술에 관심이 많다고 합니다. 윌버 라이트는 프랑스 전역에서 열렬한 환영을 받으며 비행술의 최고라고 떠들어대는 프랑스인들의 콧대를 납작하게 만들어놓았습니다.

르망의 포 들판에 모인 군중들은 엄청났고 열기도 뜨거웠다고 합니다. 이날 에드워드 7세는 성 패트릭의 날을 맞이하여 단춧구멍에 클로버 다발을 꽂고 라이트를 맞이했습니다. 비행술이 무슨 여자나 되는 양 그런 데 와서까지 멋을 부리다니 정말 꼴불견입니다.

아무튼 라이트는 동력을 장착한 복엽비행기로 평원을 멋지게 날았답니다. 그는 비행술의 달인이 돼서 첫 비행에 성공한 지 5년 만에 맘만 먹으면 파리에서 베를린까지도 날아올 수 있다고 하는군요. 정말 놀라운 발전 속도입니다.

윌버 라이트. 신문에서 그 이름을 보자 왠지 낯설지 않다고 여긴 건 그때까지 망각의 세찬 물결에도 휩쓸려가지 않고 있던 한 조각의 기억 때문이었습니다. 저는 신문을 내팽개치고 서재로 달려가 편지함을 꺼냈습니다. 켜켜이 쌓인 먼지를 후후 분 다음 뚜껑을 열고 편지 더미를 뒤적였습니다. 그리고 마침내 찾았습니다.

발신인 윌버 라이트. 1896년 8월 16일 자 미국 오하이오주 데이턴시의 소인이 희미하게 남아 있었습니다. 편지는 13년 만에 본 햇빛 때문인지 부서질 듯 아우성치며 제 속을 열어 보였습니다.

아, 그 청년이 맞았습니다. 형님의 사고 소식을 듣고 애도를 표한 후 비행에 관한 상세한 데이터를 보내주기를 간청했던 청년 말입니다.

자전거 엔지니어인 그는 우리처럼 형제가 함께 비행술에 관심이 많으며 우리 형제의 날개식 활공비행을 신뢰한다고 했습니다. 아울러 그쪽으로 비행 연구를 하고 있다고 적혀 있었습니다. 형님이 돌아가신 지 두 달도 안 된 탓에 데이터를 정리할 기회가 없어 당장은 보내주지 못하지만 기회가 닿으면 서로 연락하자고 답장을 한 것 같습니다. 당시에 전 유럽에서 형님을 애도하는 편지가 쇄도

했기 때문에 답장 내용을 정확 기억하진 못하겠습니다.

바로 그 청년이 형님의 업적을 계승해 비행을 완성한 것입니다. 인터뷰 기사에 의하면 윌버 라이트는 오토 릴리엔탈의 날개식 글라이더가 자신이 만들 비행기의 원형이라고 했습니다. 그 뒤 비행 중 조종이 가능한 수평승강타로 날개를 구부릴 수 있도록 하여 양력을 떠받치도록 했다고 합니다. 형님의 이론과 완벽하게 들어맞는 것이었습니다.

바람이 머리칼을 살랑살랑 흔듭니다. 우리가 활공할 때처럼 말입니다. 형님은 이 정도 세기의 바람을 가장 좋아했지요. 비행하기에 딱 적당하다면서. 언젠가 형님이 이 바람을 연인의 키스에 비유했습니다. 아마 형님은 기억하시지 못할 겁니다. "사랑하는 여인의 키스처럼 부드러워. 지금이야!" 형님은 이 말을 내뱉으면서 바람을 놓칠세라 허공을 향해 뛰어들어 갔으니까요. 형님은 바람을 극복해야 한다면서도 늘 바람을 놓치고 싶어 하지 않았습니다. 형님은 바람과 연애하였고, 바람과 함께 떠나셨습니다. 형님의 뛰어난 재능을 신이 이용한 것일까요? 아니면 질투한 것인가요?

특허만 25건, 그중 광산채굴기와 증기터보기관의 발명은 엔지니어들의 엄청난 환호를 받았습니다. 그런데도 형님은 발명가가 아닌 활공가, 아니 그 이상을 넘어 비행가가 되고 싶어 하셨습니다. 나의 기계에 대한 재능은 오로지 비행을 하기 위한 목적에 부응할 뿐이다, 라고 하셨으니까요. 특허권에서 나오는 수입으로 오로지 비행기구를 만드는 데 몰두하셨습니다.

제가 열여덟 살, 그러니까 형님이 열아홉 살 때 자작나무를 깎아서 살대를 만들고 그 위에 천을 덮고는 언덕 아래로 뛰어가며 하늘을 난다고 했을 때 저는 솔직히 형님이 살짝 돈 게 아닌가 하는 생각도 했었습니다. 물론 그전에 형님이 나에게 비행에 관한 이야기를 많이 해주셨지만 그때만 해도 형님의 관심사가 그쪽인 모양이라고만 생각했습니다. 청소년 시절의 무분별한 열정으로 치부했다 할까요, 동생인 제가 봐도 형님은 무언가에 한 번 빠지면 정신을 차리지 못하는 타입이었습니다.

문득 생각납니다. 레오나르도 다 빈치가 스케치한 그림을 저한테 보여주면서 400년 전에 이미 사고실험은 끝났다고 했습니다. 다만 그 사고가 체계화된 이론으로 정립되지 못했는데, 그것이 60년 전에 이루어졌다고 했습니다. 1809년, 영국인 조지 케일리가 쓴 『공중비행에 관하여』라는 책이 그것이라고 했습니다. 그때 저는 반박했었죠.

"형, 케일리의 저서는 비행이론이라고 하지만 현실성이 없어. 80년 전 프랑스인 몽골피에 형제와 자크 샤를이 비행선을 띄운 후 인간이 공중을 정복하는 건 날개가 아니라 원이나 타원형 기구에 의지해야 한다는 게 정설이야. 날개가 없는 인간이 새처럼 날 순 없어."

저는 말하면서도 스스로가 멋지다고 생각했습니다. 왜냐하면 겨우 19개월 차이지만 일방적으로 가르침을 받던 제가 형 앞에서 뭔가 아는 척을 할 수 있었기 때문입니다. 나도 알 만큼 알아. 이런 심리랄까요. 당시 형님은 제가 케일리의 『공중비행에 관하여』를 알고 있다는 걸 대견해하면서도, 한편으론 안쓰러운 표정을 지었습니다. 어디서부터 설명을 해야 할까 눈알을 굴리다가 조심스레 입을 열던 형님의 얼굴이 떠오릅니다.

"구스타브야, 너는 케일리에 대해 잘못 알고 있구나. 케일리는 처음으로 비행 원리를 이론적으로 체계화한 사람이란다. 그의 이론에 따르면 공중을 나아가는 모든 물체는 네 가지 힘을 받는다. 추력, 항력, 양력, 중력이지. 이 네 가지 힘이 서로 작용하면 에너지를 얻게 되는 것이다. 추력과 양력이 작용하면 공중으로 날고, 항력과 중력이 작용하면 지상으로 내려오지. 기차를 타고 차창 밖으로 손을 내밀어보렴. 손바닥을 새의 날개라고 생각하면서 앞쪽을 살짝 들어 올리면 손바닥이 하늘을 향해 저절로 올라가는 걸 느낄 수 있을 것이다. 공중으로 손바닥을 들어 올리는 힘이 바로 양력이야. 케일리는 책상머리에서 머리만 굴린 사람이 아니었단다. 그가 직접 고안하고 만든 '뉴플라이어'라는 기구를 가지고 실험을 하기도 했지. 비록 성공했다는 소식은 없었지만 나는 그의 이론이 맞다고 본다. 몽골피에 형제가 발명한 열비행기구는 열역학의 활용이지 물리학적 동역학이 아니란다. 새가 동역학을 적절히 이용하면서 하늘을 날고 있다는 케일리의 이론을 나는 신봉한단다. 다 빈치의 오류는 사람의 근육 힘만으로 공중으로 솟으려 했던 것이고, 프랑스인들의 오류는 날개가 없이 하늘을 날려고 한 것이야. 엄밀히 말하자면 그건 공중에 떠 있는 거지 비행이 아니지 않니?"

형님은 자신의 신념을 증명하려는 듯 케일리의 뉴플라이어를 모방한 기구를 제작해 비행을 시도했습니다. 물론 케일리와 마찬가지로 성공하지 못했습니다. 지금에 와서 생각해보니 19살 청년이 이루어 낼 과제가 아니었던 것이지요. 첫 실험이 실패로 돌아가자 형님은 베를린 왕립기술학교에 진학하여 공부에 매진하셨습니다. 졸업 후 프랑스와의 전쟁에 참전하셨다가 무사히 제대하신 후 증기엔진 회사를 차리면서 발명가의 길을 걸어가셨습니다. 저는 건축가의 길을 갔구요.

비교적 늦은 나이 서른에 결혼한 후 형님은 사업과 가정에만 충실한 사람으로 보였습니다. 기계에 관한 형님의 재능이 활짝 피어나고 사회적으로도 인정받았으니까요. 반면 저는 그렇고 그런 건축가에 지나지 않았습니다. 늘 형님의 재능을 부러워하면서.

마흔한 살에 형님께서 『비행술의 기초로서의 새의 비행』이란 책을 출간했을 때 저는 깜짝 놀랐습니다. 인정과 안락의 호수에서 유유자적 노 젓고 계신 줄만 알았었는데, 형님께선 십 년 동안 비행 이론을 연구하셨던 것입니다. 책에서 인류가 날기 위해선 구조적으로 새의 날개를 모방하고, 새의 비행 메커니즘을 이해해야 한다며 철저히 데이터에 근거한 이론을 제기하셨습니다. 수많은 새의 날개를 해부하고 날갯짓을 관찰하면서 얻은 연구 결과였지요.

형님 또한 케일리처럼 책상물림이 아니었습니다. 이론이라는 배를 타고 실험의 바다로 나아갔으니까요. 그리고 저를 부르셨습니다. 저 역시 기꺼이 달려갔습니다.

1891년. 마흔셋, 마흔둘의 어른아이 둘은 신이 나서 노르말세겔라파라트*를 만들었습니다. 그리고 실험 장소의 지명을 의인화하

---

* Normalsegelapparat: 수직으로 날아오르는 장치라는 의미.

고 활공기에 데어비처라는 이름까지 붙였습니다. 길이 13피트, 날개 너비 25피트, 무게 40파운드의 위풍당당한 새의 모양이었으니까요. 실로 23년 전 자작나무로 어설프게 만들었던 글라이더와는 상대가 되지 않았습니다.

형님이 데어비처를 메고 언덕에서 뛰어 내려갈 때 저는 얼마나 조마조마했는지 모릅니다. 지금은 열아홉 살이 아니니까요. 열아홉 살은 어떠한 치기도 용서될 수 있지만 마흔이 넘은 사내의 도전은 종종 나잇값 못 하는 철없음이니까요.

데어비처는 살짝 공중에 떴다가 이내 착지했습니다. 저의 발걸음으로 재보니 30걸음, 약 80피트 정도 공중을 날았습니다. 저는 형님이 추락하지 않고 착지했음에 안도했지만, 형님은 착지 따위가 중요한 게 아니라 공중으로 떴다는 사실에 감격했습니다. 실은 부끄러운 기록였죠. 겨우 80피트 거리를 날았다고 볼 수는 없는 거니까요. 이상한 기구를 들고 언덕 위에서 뛰어내리는 걸 동네 조무래기 몇 명 외에 본 사람이 없어서 다행이라고 저는 속으로 안도했습니다. 그러나 형님은 몹시 흥분하셨습니다.

"구스타브, 내 이론이 맞았어. 아니 정확히는 케일리 경의 이론이라고 해야겠지. 양력은 실제로 존재해! 공기보다 무거운 물체를 공중에 띄우는 힘!"

형님은 어린아이처럼 기뻐하셨습니다.

다음 날부터 형님은 데어비처를 타고 활공하면서 바람의 세기, 방향, 각도 등을 면밀히 기록하기 시작했습니다. 바람이 너무 세거나 너무 없어서 새들도 비행을 멈춘 날, 형님과 함께 언덕에서 마셨던 맥주는 세월이 흘러도 기억 속에서 떠나질 않는군요.

해가 바뀌어 1892년에 우리는 데어비처를 개량한 '주텐데', 그 다음 해 1893년 '마이회에'를 가지고 활공했습니다. 몸집은 커졌다 줄었다 했지만 활공비행 거리는 조금씩 늘어났습니다. 1894년은 중요한 해였습니다. 비행 실험 장소를 빈트묄렌베어크, 마이회에로 옮겨 다니다가 아예 실험 장소를 만들자면서 리노브 들판에 인공 언덕을 쌓았습니다. 안정되고 균일한 장소에서 실험을 해야 변수를 통제할 수 있다는 형님의 고집 때문였죠. 인부들을 사서 높이 49피트의 언덕을 만들자 비로소 사람들이 이목을 집중하기 시작했습니다. 처음에는 사람들이 무슨 공사인가 의아해했습니다. 그런데 아무것도 없는 나지막한 언덕에 다 큰 어른 둘이서 커다란 장난감 같은 걸 메고 와서 달려가는 꼴이라니. 내막을 모르는 사람들이 보기엔 얼마나 웃음거리였겠습니까. 그나마 조금씩 활공 거리가 늘어나자 점점 사람들이 모였고, 마침내 언론의 주목을 받기까지에 이르렀습니다. 언론은 언덕을 '플리에게베르그'[*]라고 했지만 형님과 저는 바벨 언덕이라고 했지요.

운명의 그날까지 형님은 실로 비행 역사에 길이 남을 업적을 남기셨습니다. 5년 동안 15가지의 단엽 글라이더와 3개의 복엽 글라이더를 제작하셨고, 수평꼬리 날개를 장착해 몸으로 무게중심을 이동하면서 비행을 통제할 수 있었으니까요. 가장 획기적인 건 가로막대를 이용한 조종간입니다. 비행에서 손을 사용할 수 있게 한

---

[*] 비행 언덕이라는 의미. 영어로 'Fly Hill'.

건 공학적으로 볼 때 하나의 변곡점이었습니다. 그간 손의 쓰임새는 활공 중 겨우 날개를 붙잡거나 아니면 기구를 운반하는 정도였는데, 방향타를 조종하는 아주 중요한 역할로 배역이 바뀐 것입니다. 엄청난 크기의 증기선도 키를 잡은 항해사의 손에서 방향이 결정되니까요.

화젯거리를 찾아다니는 언론은 우리 형제를 주목하기 시작했습니다. 하늘을 정복하는 기술만큼은 자신들을 따라올 수 없다며 다른 나라 사람들의 비행을 무시하던 프랑스인들도 형님과 저의 비행에 조금씩 관심을 가지기 시작했습니다. 엄밀히 따지자면 우리의 날개식 비행을 비판하기 위한 관찰에 불과하지만요. 그들이 주장하는 핵심은 항상 똑같습니다. 말하자면, '인간이 새처럼 나는 건 터무니없는 꿈이야!'라는 거지요. 그들의 콧대를 보기 좋게 꺾겠다는 게 형님의 꿈이었습니다.

물론 우리에게도 오류는 있었습니다. 초기에 새의 날갯짓을 모방한 옵니숍터는 아무리 봐도 무리였습니다. 일찍이 다 빈치가 시도했던 오류를 반복했던 것이죠. 금방 오류를 인정하고 활공으로 비행을 수정한 것은 공학적 개념에 충실한 형님다운 결정이었습니다. 조종이 능숙해질수록 피치각*이 떨어지자, 글라이더를 어깨에 메고 몸이 수직으로 앉았기 때문에 공기 저항을 받아서 그런 건 아닐까 하고 의문을 제기한 형님의 판단은 옳았습니다. 형님이 돌아

---

* 글라이더의 비행과 수평(지표)면의 상승 각도. 피치각(pitch angle)이 너무 낮으면 양력을 받지 못해 치솟지 못하고, 너무 높으면 항력을 받아 전진하지 못한다.

가신 다음 해, 미국인 옥타브 샤누트가 엎드려서 날개와 몸통을 수평으로 맞추는 방식으로 글라이더를 제작함으로써 형님이 우려했던 피치각을 해결했으니까요.

뭐니 뭐니 해도 가장 아쉬웠던 점은 형님이 구상했던 동력비행입니다. 글라이더에 형님이 개발한 소형 엔진을 장착한다는 계획이 형님이 돌아가신 지 불과 5년 만에 미국 청년 라이트 형제에 의해 시도되었으니까요.

1896년 8월 9일. 제가 어찌 이날을 잊겠습니다. 그날따라 많은 기자들이 형님의 활공을 취재하려 왔습니다. 바벨 언덕 아래에선 형님의 비행 장면을 찍겠다며 플래시를 펑펑 터트리던 무식한 기자들도 있었습니다. 이런 무식한 자들 때문에 집중력을 잃어 형님이 추락했다고 생각하진 않습니다. 그러면 형님이 너무 초라해지니까요.

그날따라 몇 번의 비행은 정말 멋졌습니다. 여태까지의 기록을 넘어선 820피트를 날았으니까요. 그것이 최후의 만찬이라는 걸 알게 되기까지는 불과 한 시간도 안 되었지만요. 마지막 비행. 형님은 연인의 키스 같은 바람을 타고 창공을 향해 달렸습니다. "구스타브야, 이제 900피트야"라고 말하셨지만 속으론 1,000피트를 목표로 한 것 같은 눈빛이었습니다. 그리고 활강.

아, 연인의 부드러운 입술 안에 시퍼런 칼날이 숨어 있는 줄 누가 알았겠습니다. 밑에서부터 올라온 돌풍에 의해 글라이더는 몇 바퀴를 회전하며 솟구치더니 그대로 추락해버렸습니다.

깜짝 놀라 뛰어 내려간 저는 형님을 안고 울부짖었습니다. 축

늘어진 형님의 육신은 부서져버린 글라이더보다 더 처참했습니다. 베를린 병원으로 향하는 차 안에서 저는 형님의 목숨만은 건져달라고 신께 간절히 기도했습니다. 그때 형님이 번쩍 눈을 뜨셨습니다. 그리고 이 세상에서의 마지막 한마디를 남기셨습니다.

"구스타브야, 모든 성취에는 희생이 따른다."

아, 이승을 떠나시는 말치고는 너무나 태연하십니다. 그것이 비록 나일지라도, 라는 말이 생략되었다는 건 말씀하시지 않아도 절로 귀에 울렸습니다.

제가 지금 바벨 언덕을 찾은 까닭은 윌버 라이트의 동생 오빌이 베를린까지 와서 형님을 추모했기 때문입니다. 그는 자신의 형 윌버를 대신해 우리 형제들에게 경의를 표했습니다. 자신들의 성공은 온전히 오토 형님의 업적에 기반했기 때문이라는 겸양까지 보였습니다. 어제 형수님과 저는 격납고에 전시된 라이트 형제의 비행기를 구경했습니다. 그리고 저는 오늘 바벨 언덕에서 형님께 편지를 씁니다. 형님이 떠난 13년의 세월이 헛되지 않았음을 고하며.

1909년 9월 14일
구스타브 릴리엔탈 올림

5.
윌버 라이트가 새뮤얼 랭글리에게

존경하는 새뮤얼 랭글리 스미소니언 연구소장님께
  저는 지금 영국으로 향하는 배 안에 있습니다. 5일 전 뉴욕발 리버풀행 여객선 캄파냐호에 승선했습니다. 캄파냐호가 자유의 여신상 곁을 지나갈 때 맨해튼을 바라본 제 심정은 착잡하기만 했습니다. 제가 영국을 거쳐 프랑스에 가는 이유는 저희 형제가 만든 기체로 시범 비행하기 위해서입니다. 십오 년 동안 온갖 위험을 무릅쓰고 노력했던 연구의 결실을 타국에서 먼저 선보인다는 사실이 썩 유쾌하지만은 않습니다.
  어제 식당에서 점심을 먹고 있는데 웨이터가 제게 오더니, "윌버 라이트 씨인가요?" 하더군요. "예, 접니다." 했더니, "전봅니다." 하면서 종이를 건네주었습니다.

    특허번호 321.393. 비행기 특허 승인 완료. 오빌.

  전보를 보는 순간 기쁘다기보다는 허탈했습니다. 3년 전 키티호크에서 첫 비행에 성공한 후 우리는 특허국에 특허신청 서류를 제출했습니다. 이후 비행 실적에 관한 보완자료도 꾸준히 업데이트해서 보냈습니다. 그동안 적지 않은 언론이 취재했고, 많은 과학자와 발명가의 입에 오르내렸는데도 불구하고 심사 결과는 하세월이었습니다. 저는 관료들의 무관심을 탓하고 싶은 생각은 없습니다. 그들이 가지고 있던 비행에 관한 부정적 의견과 세간의 조롱을 이해하지 못할 바는 아니니까요.

랭글리 소장님께서 포토맥강에서 시도한 세 번의 비행 실험이 모두 실패하자 〈뉴욕타임스〉는 '잠수함이 된 비행 장치'라고 조롱했습니다. 뿐만 아니라 〈워싱턴포스트〉는 「인간이 날아다닐 수 없다는 것은 엄연한 사실이다」라는 사설에서 공중 정복자들의 무모함을 비난했습니다. 언론의 비난과 세간의 조롱에도 불구하고 저희가 비행기구 발명에 매달린 것은 이 시대의 가장 뛰어난 과학자이신 랭글리 소장님께서 인간의 비행 가능성을 믿었기 때문입니다. 특히 소장님이 〈코스모폴리탄〉에 기고한 칼럼에서, 비행에 도전하는 사람을 괴짜 취급하지 말고 위험을 무릅쓰고 도전하는 시대의 영웅으로 주목해야 한다고 주장한 글은 지금도 저의 가슴을 뛰게 합니다.

저는 대학에 진학하지 않고 스물네 살에 자전거 상회를 차렸습니다. 자체 제작한 자전거를 판매하는 상점입니다. 다섯 살 차이인 동생 오빌도 고등학교를 졸업하자 저의 가게에 합류했습니다. 타고난 손기술 탓인지 저희 형제가 만든 자전거는 데이턴 시내에서 제법 인기가 있었습니다. 적어도 먹고사는 데는 지장 없을 정도였습니다.

스무 살 즈음에 저는 독일 릴리엔탈 형제의 비행 소식에 관심을 기울였습니다. 그들의 비행이 성공하기를 기원하며 응원의 편지도 보냈습니다. 그런데 어느 날 놀라운 소식이 들려왔습니다. 형 오토 릴리엔탈이 비행 중 추락하여 사망했다는 것입니다. 저는 애도를 금치 못했습니다. 그의 글라이더야말로 진정한 비행이라고 생각했기 때문입니다.

120년 전, 인간이 만든 도구로는 처음으로 공중에 도달했던 몽골피에 형제의 열기구. 그로부터 70년 후 앙리 자파르가 열기구에 동력을 달아 원하는 방향으로 비행선을 움직임으로써 한때 인류는 하늘을 정복했다고 생각했습니다. 그러나 릴리엔탈 형제는 바람 앞에서 수동적이고 느리기만 한 비행선이 인류 비행의 종착지라고 생각하지 않았습니다. 비행선은 새와 아무런 공통점이 없고 자유로운 운송수단으로선 한계가 있다고 지적한 그의 견해에 많은 사람들이 동감했습니다. 릴리엔탈 형제는 6년 동안 18가지의 글라이더를 개발하고 무려 2천 회 이상 활공실험을 했습니다.

저는 그들 형제가 출판한 『비행술 기초로서의 새의 비행』이라는 책을 읽으면서 비행에 대한 관심을 키웠습니다. 오토 릴리엔탈이 글라이더에 동력을 달아 원하는 곳에 빨리 도착하려는 목표를 세우고, 그에 앞서 시험 비행을 하다가 불행한 사고를 당했다는 기사를 본 순간 저는 전율했습니다.

그래 그 방법이었어!

이후 릴리엔탈식의 비행에 관해 연구하기 시작했습니다. 동생 오빌도 저의 꿈에 동참했습니다. 저는 1899년 소장님이 계신 스미소니언 연구소에 처음으로 편지를 띄웠습니다. 비행에 관한 자료를 요청하자 친절하게도 많은 책자를 보내주셨습니다. 연구소에서 보내준 책 중에서 루이 무이야르가 지은 『공중 제국』에 깊은 감명을 받았습니다. 그의 저서를 통해 저는 기구 제작에 앞서 새의 비행 동작을 먼저 이해해야 한다는 걸 알았습니다.

오토 릴리엔탈의 실패를 면밀히 분석한 끝에 그의 실제 비행시간이 의외로 짧다는 점을 발견했습니다. 6년 동안 공중에서 비행한 시간은 5시간도 채 되지 않았습니다. 이를 통해 저는 기계장치에 앞서 공중이라는 조건에 적응할 수 있는 경험을 먼저 쌓아야 한다는 결론을 내렸습니다. 그해 여름 저와 오빌은 처음으로 대나무와 종이를 사용한 복엽식 글라이더를 제작했습니다.

1900년, 새로운 세기가 시작되는 해에 우리 형제는 하늘을 나는 꿈에 도전하는 원년이 되자고 다짐했습니다. 5월에는 저명한 과학자이자 활공기 제작의 일인자이신 옥타브 샤누트 박사님께 편지를 썼습니다. 우리가 제작한 활공기의 실험 장소에 대한 조언을 듣기 위해서입니다. 박사님께서는 연착륙에 필요한 모래 언덕이 필수라며 사우스캐롤라이나주나 조지아주의 해안을 찾아보라고 답장을 해주셨습니다. 명확한 답변을 주시지 않아 저는 미국 전역에 산재한 기상청에 탁월풍에 관한 문의를 했습니다. 그 결과 우리는 노스캐롤라이나주의 아우터뱅크스에 있는 키티호크섬으로 결정했습니다. 그곳에는 연중 일정한 바람이 불고 모래 언덕이 있기 때문입니다.

9월 7일 제가 먼저 출발하고 20일 후에 오빌이 키티호크에 도착했습니다. 그곳은 오지 중의 오지였습니다. 주민은 전부 합해 50가구 정도이고 모두 어업에 종사하고 있습니다. 우리는 모래톱에 천막을 짓고 생활했습니다. 오빌과 저는 폭 1.5미터에 길이 5미터의 날개가 겹으로 층을 이룬 활공복엽기를 조립하고 조종간에 방향키를 달았습니다. 무게는 대략 22킬로그램 정도입니다. 우리는 바람을 타고 활강을 시도했습니다. 활공기가 바람에 날려 산산조각이 나는 바람에 사흘 동안 수리하기도 하면서 우리는 6주를 보냈습니다. 눈에 띄는 성과를 내진 못했지만 그렇다고 크게 실망하지도 않았습니다. 비행술을 연마하는 데 주력하다 보면 언젠가는 부드럽고 유연하게 바람을 타게 될 것이라고 믿었습니다. 우리에게는 생업이 있는지라 다음을 기약하고 고향 데이턴으로 돌아갔습니다.

다음 해, 1901년 7월 우리는 두 번째 비행 실험에 나섰습니다. 이번에도 키티호크에서 6주 동안 생활했습니다. 참, 그전에 찰리 테일러를 소개해야겠습니다. 우리가 없는 동안 자전거 상회를 맡아줄 기술자를 구했는데, 저희에겐 그야말로 복덩이가 굴러들어왔습니다. 그의 손재주와 기술적 감각은 가히 천재적이었습니다. 아직은 우리가 그의 엄청난 재능을 발견하기 전이었지만 말입니다. 그리고 영광스럽게도 샤누트 박사님께서 저희가 있는 키티호크까지 왕림하셔서 격려와 조언을 해주셨습니다.

두 번째 원정에선 활공기가 백 미터까지 날아간 것이 수확이라면 수확이었고, 갑자기 활공기가 모랫바닥에 처박히는 바람에 제가 온몸에 멍이 든 것이 실패라면 실패였습니다. 한편으론 심각한 고민거리를 안고 귀향했습니다. 고민거리란 날개의 곡률과 캠버에 무슨 문제가 있는 건 아닐까 하는 의문이었습니다. 외람되지만 샤뉴트 박사님이 주장한 계산과 랭글리 소장님께서 제시한 수치에 오류가 있는 건 아닌지 의심해보았습니다.

이해 가을 저는 항공학의 수학적 계산에 집중했습니다. 날개 표면의 양력과 항력의 정확한 수치를 찾아내기 위한 공부였습니다.

또한 변덕스런 바람에 적응하기 위해 풍동을 고안했습니다. 서른여덟 종류의 날개를 만들어 풍동으로 곡면 실험을 했습니다. 최대 시속 40킬로미터의 바람 속에서 저울 장치에 부착한 날개 모형을 0도부터 45도까지 설정해 실험했습니다. 어느덧 12월이 되었습니다. 실험과 연구로 거의 한 해를 보낸 것입니다. 그즈음 경제적인 문제가 부각돼 당분간 생업에 몰두하기로 했습니다. 연구를 장기적으로 지속하려면 물질적 토대가 있어야 하니까요. 샤누트 박사님께서 갑부 앤드류 카네기에게서 매달 1만 달러의 후원금을 받을 수 있도록 우리를 추천하겠다고 하셨지만 저와 오빌은 거절했습니다. 외부의 간섭이 없는 독자적 연구가 우리의 자존심이자 생명이니까요.

다음 해인 1902년 8월 26일, 우리는 키티호크로 세 번째 원정을 떠났습니다. 길이 9.5미터, 폭 1.5미터, 날개 전체 면적 29제곱미터로 여태까지 중 가장 큰 활공기를 만들었습니다. 또한 기능 면에서 꼬리날개를 고정식에서 이동식 방향키로 만들어 엎드린 상태에서 조종할 수 있도록 했습니다. 우리는 2개월 동안 무려 1,000회 가까이 활공을 실시했고 180미터가 넘는 거리를 비행했습니다.

10월 28일 철수할 때 제 마음은 1년 전 떠날 때와 판이하게 달라져 있었습니다. 그동안 풍동실험에 바친 노력과 현장에서의 활공 수정 등이 성공적으로 입증되었기 때문입니다. 우리는 이번 원정에서 비행술에 관한 많은 문제를 해결했다고 여겼습니다. 비상하고, 체공하고, 상승 하강하고, 선회하고, 착륙하는 기술적 비행이 완료되었다고 확신한 것입니다. 이제 동력을 얻는 일만 남았습니다.

1903년, 새해가 되자 저희 형제는 동력비행에 성공하는 걸 목표로 삼았습니다. 가장 중요한 엔진을 구하기 위해 제조업체 일곱 군데에 편지를 보냈습니다. 답장은 시카고에 있는 업체에서 단 한 통 왔는데 그나마 너무 무거워서 계획과 맞지 않았습니다. 우리는 고민 끝에 엔진을 자체 제작하기로 했습니다. 앞서 얘기한 천재 기술자 찰스가 우리 곁에 있으니까요.
   피츠버그에 있는 아메리카알루미늄사에서 제조한 엔진을 구입한 다음 엔진에서 알루미늄을 도려내고 주철로 된 피스톤링도 교체했습니다. 첫 번째 개조 엔진은 가동 실험 중 깨어져버려 다시 주문을 했습니다. 이번에는 4기통 수냉식 12마력이라는 제법 쓸 만한 엔진이 도착했습니다. 엔진 구동은 그럭저럭 해결했지만 문제는 프로펠러였습니다. 추력의 구심점이 될 프로펠러에 관한 자료를 백방으로 구했으나 정확한 작동원리를 설명한 이론을 찾을 수 없었습니다. 스크루를 장착한 선박이 대양을 운항한 지 백 년이 지났는데도 프로펠러에 대한 이론 정립은 되지 않았습니다. 저는 결국 현장에서 부딪치는 수밖에 없다고 생각했습니다.
   이론이 없었기에 계산을 할 수 없고 따라서 실제 비행을 하면서 기록하고 데이터를 축적하자고 오빌에게 말했습니다. 프로펠러의 추진력은 속도와 각도에 따라 매번 달랐습니다. 또한 기계가 앞으로 움직이는 속도와 뒤로 스쳐 가는 공기의 속도에 따라서도 달라졌습니다. 여러 요인들이 서로 상호작용하는 바람에 보편적인 운동성을 정립하기 어려웠습니다. 우리 형제는 이 문제에 빠져서 다른 일은 거의 돌보지 않았습니다. 5개월 동안의 연구 끝에, 정지 상태의 프로펠러에서 산출되는 추진력이 이동 상태에서의 추진력을 전혀 보장하지 못하는 사실을 알았습니다. 변수가 너무 많기 때문입니다. 결국 비행기구에 설치하여 직접 실험해보는 것만이 프로펠러의 성능을 알 수 있는 유일한 방법이라고 결론을 내렸습니다. 그 말은 우리가 다시 키티호크로 가야 한다는 걸 의미합니다.

10월 초 제가 먼저 키티호크로 가서 실험 준비를 했습니다. 우리는 처음으로 기체에 '플라이어'라는 이름을 붙였습니다. 성공하면 인류 최초의 동력비행기구가 될 터인데 이름 정도는 있어야 한다고 오빌이 제안했기 때문입니다.

플라이어호는 길이 6.4미터, 폭 12.3미터, 날개 면적은 47.4세제곱미터의 복엽기입니다. 이전 비행체에 있었던 꼬리날개는 없애고 대신에 방향키 역할을 하는 작은 날개 두 개를 수평으로 달았습니다. 전체 무게 275킬로그램 중 엔진 무게가 90킬로그램이나 돼 기체를 추진하기 위해선 바람을 이용하는 수밖에 없었습니다. 마력당 무게가 5킬로그램 이하만 되더라도 바람에 의지하지 않을 수 있다는 계산이 나왔지만 그 정도의 효율성을 내는 엔진은 시중에 없었습니다.

프로펠러는 두 개를 설치했는데 각각 직경 0.9미터로 분당 350번 회전합니다. 조종사 바로 뒤쪽, 윗날개와 아랫날개 사이에 설치했습니다. 한쪽은 시계방향으로 다른 쪽은 시계 반대 방향으로 돌아가게 하여 방향을 바꾸거나 선회를 할 때마다 한쪽씩 구동하게 했습니다. 기체 무게를 줄이기 위해 바퀴는 달지 않았습니다. 대신 가속도를 얻기 위해 수레 위에 기체를 올려놓고 수레를 레일 위에

엱혔습니다. 착륙할 때는 썰매처럼 미끄러지도록 했습니다.

12월 11일 오빌이 도착했습니다. 우리는 마지막으로 기체 상태를 점검하고 14일 오후에 비행하기로 했습니다. 현지인 존 대니얼스와 다른 사람 두 명이 플라이어호를 선로가 설치된 언덕 비탈면으로 끌어 옮겼습니다. 엔진에 시동을 걸자 요란한 소리가 울려 퍼졌습니다. 구경 왔던 동네 꼬마 녀석들이 깜짝 놀라 귀를 막고 언덕 너머로 도망쳤습니다. 기계라는 걸 처음 본 아이들에게는 아마 괴물이 포효하는 것처럼 들렸을 것입니다.

이제 모든 준비가 마무리되었습니다. 처녀비행을 앞두고 흥분되기는 제가 더하다는 듯 플라이어호는 덜덜덜 떨면서 으르렁거렸습니다. 순서는 동전으로 결정했습니다. 제가 앞면이 나와 먼저 탑승했습니다. 두 개의 프로펠러 사이 기둥 가운데로 들어간 다음 엎드려서 왼손으로 조종키를 잡고 오른손으로 방향키를 잡았습니다. 오빌은 오른쪽 날개 끝의 지지대를 잡고 선로를 따라 달렸습니다. 가속이 붙은 플라이어호가 선로를 벗어나 이륙할 찰나 제가 방향키를 급하게 잡아당기는 바람에 솟구쳐서 일어선 모양이 되었습니다. 바로 잡기 위해 몸을 앞으로 숙인다는 게 그만 급작스러운 조작이 되어 플라이어호는 30미터를 날아가 모래밭에 처박혔습니다. 다행히도 부상은 없었습니다. 저의 판단 미숙에서 비롯된 실수이지 이륙 장치나 엔진에 결함이 있는 건 아니라고 오빌에게 말했습니다.

3일 후, 재정비한 플라이어호에 이번에는 오빌이 탑승했습니다. 오전 10시부터 준비를 하고 기다렸습니다. 비행의 증거를 남기기 위해 사진기를 준비했습니다. 대니얼스에게 플라이어호가 레일을 벗어나 공중으로 치솟을 때 셔터를 눌러달라고 했습니다. 30분 정도 기다려 바람이 알맞게 불어오자 저는 오빌에게 출발 신호를 보냈습니다. 요란한 굉음을 내지르며 플라이어호는 들썩들썩하다 마침내 공중으로 떠올랐습니다. 그러나 오빌의 비행도 급격한 경로를 보이다가 한쪽 날개가 모래밭에 닿아서 멈췄습니다. 불과 12초 비행이었습니다. 그러나 플라이어호에서 나오는 오빌의 표정엔 실망하는 기색 없이 외려 빙긋한 미소가 어렸습니다. "형, 성공할 것만 같아. 동력 장치가 기체에 전달된 느낌이었어."

이제 제 차례였습니다. 이번에는 플라이어호가 멋지게 날았습니다. 무려 53미터를 비행한 것입니다. 마치 새가 된 기분이었습니다. 플라이어호에서 나오자마자 모래밭을 뛰어오는 오빌과 저는 얼싸안았습니다. 다음엔 오빌이 탑승했습니다. 그 역시 60미터 이상을 날았습니다. 다섯 번째 시도에선 60초 동안 무려 260미터를 날았는데, 거리가 중요한 게 아니라 맞바람을 뚫고 날았다는 데 의의가 있었습니다. 드디어 바람의 항력을 이긴 것입니다. 그것은 곧 인간의 힘이 자연의 힘을 넘어섰다는 걸 의미합니다. 이어 시도한 비행에선 800미터까지 날았습니다.

실로 감격스런 비행이었습니다. 무려 4년에 걸친 실험이었으니까요. 데이턴에서 키티호크까지 천 킬로미터가 넘는 거리를 다섯 번 왕래했고, 폭풍과 추락, 괴짜 형제라는 사람들의 조롱을 견디며 이뤄낸 성과였습니다.

점심을 먹고 계속 비행을 하기로 했는데 그만 플라이어호가 바람에 날아가 모래밭에 처박혀 망가지고 말았습니다. 트러스 방식으로 조립한 날개살이 모두 부러졌고 버팀대도 동강 나버렸습니다. 우리는 수리가 불가능하다고 판단해 아쉽지만 철수해야 했습니다. 신은 한꺼번에 전부를 내주시지 않을 모양입니다.

1904년이 되었습니다. 우리는 동력비행을 확신하고 이제는 굳이 많은 비용을 들여가며 키티호크까지 갈 필요가 없다고 생각했습니다. 인근에서 비행 실험할 장소를 물색한 끝에 데이턴시에서 북동쪽으로 130킬로미터 떨어진 허프먼 평원으로 결정했습니다. 그동안 플라이어 2호기도 제작했습니다.

8월 13일, 몇몇 사람이 보는 앞에서 플라이어 2호기의 처녀비행을 성공리에 마쳤습니다. 이후 5개월 동안 우리는 허프먼 평원에서 50회 이상 시험비행을 했습니다. 9월 17일에는 처음으로 반원을 그리며 공중 선회에 성공했고, 사흘 뒤 완벽히 원을 그렸습니다. 드디어 공중에서 인간이 마음먹은 대로 방향을 틀 수 있는 수준에 이른 것입니다. 지역 신문기자는 이 광경을 보고 자기 인생에서 가장 근사한 장면이었다고 기사를 썼습니다. 그러나 아직도 주류 언론에서는 아무런 관심을 기울이지 않았습니다.

우리는 적극적으로 나서기로 했습니다. 1905년 1월 지역구 소속 하원의원 로버트 네빈 씨를 찾아가 우리의 비행을 설명했습니다. 그의 제안에 따라 국방부 장관 윌리엄 하워드 태프트 씨에게 편지를 썼습니다.

5년에 걸쳐 제작한 기체는 고속으로 날 수 있을 뿐만 아니라 부서지지 않은 채 땅에 내려올 수 있는 비행 장치라고 설명했습니다.

1904년 한 해 동안 105회 비행을 실시했고, 직선으로, 원으로, 에스자 경로 등 마음먹은 대로 날 수 있고 거센 바람 속에서도 이동할 수 있어 여러 방면에서 실용적 용도가 많다고 했습니다. 특히 전시에 정찰 및 연락 용도로 이용하기에는 이 이상의 기구가 없다고 덧붙였습니다.

며칠 뒤 국방부 산하 군수방위위원회에서 답장이 왔습니다. 실용적 운용이 확인될 때까지 정부의 지원이 없을 거라는 거절의 편지였습니다. 우리는 어떠한 경제적 지원을 요청한 적도 없는데 말입니다. 그동안 수많은 괴짜들의 제안에 시달렸을 위원회의 입장을 이해 못 할 바도 아니었지만 저로서는 섭섭한 마음이 든 것 또한 사실입니다.

국방부와 관계없이 오빌과 저는 비행의 완성도를 높이기 위해 플라이어 3호기를 제작했습니다. 3호기야말로 최초의 실용적인 비행기입니다. 한 번에 20킬로미터를 비행하고 고도도 백 미터 이상을 유지할 수 있었으니까요. 지역 언론에 자주 등장하고 독일 기자가 허프먼에 와서 취재한 내용이 독일 항공전문지에 기사로 실리자, 비행술에 관한 한 세계 최고라는 프랑스인들이 관심을 갖기 시작했습니다.

샤누트 박사께서 다시 한번 국방부에 관심을 촉구해보라고 하셔서 재차 편지를 썼습니다. 그러나 워싱턴에서 돌아온 대답은 설계도와 명세서를 보내야 한다는 것이었습니다. 책상에 앉아서 타당성을 검토하겠다는 의미입니다. 관료들의 행태에 치를 떨면서 더 이상 워싱턴에 기대하지 않기로 했습니다. 아무나 허프먼에 한

번만 와보면 알 수 있고 하다못해 사진이라도 보내라고 했으면 생각이 달라졌을 텐데 말입니다. 그 무렵 플라이어 3호기는 40킬로미터씩 비행하고 있었습니다.

연말에 프랑스 사업가가 방문했습니다. 저는 진지하게 논의하고 계약서에 서명까지 했습니다만 끝내 결렬됐습니다. 아직도 저는 미합중국의 부름에 미련이 남아 있었는가 봅니다. 그렇다고 우리의 성과를 국가가 부를 때까지 마냥 방치할 수만은 없었습니다.

올 1월 유럽 군수물자 판매사 플린트앤컴퍼니에서 미국 이외 지역의 판매를 책임지겠다는 연락이 왔습니다. 저는 뉴욕에 가서 계약을 맺었습니다. 2월에는 독일에서 플라이어호 50대를 구매하겠다는 제안이 왔습니다. 드디어 프랑스에서도 연락이 왔습니다. 그곳에 와서 비행 시범을 보여주는 조건입니다. 그들의 회의적인 태도는 이해합니다. 비행에 관한 한 프랑스인들이 이룩한 업적과 자존심으로 볼 때 그들의 눈으로 직접 확인해야 하니까요. 지금의 여행 경비도 그들이 전액 지불하고 있습니다.

저와 오빌, 우리 라이트 형제는 오토 릴리엔탈의 사고 소식을 듣고 제작에 도전한 지 8년 만에 비행기를 만들었습니다. 처음 비행기구를 구상할 때, 500년 전 다 빈치 노트에 그려져 있던 수직 상승 옵니숍터를 상상해보았고, 120년 전 몽골피에 형제가 만든 열기구 형태도 고려해보았습니다만 결국 새의 날개를 모방한 릴리엔탈 형제의 글라이더가 비행기구의 궁극이라는 결론을 내렸습니다. 왜냐면 인간은 신화에서 보듯이 아득한 시원에서부터 새처럼 날기를 꿈꾸었으니까요. 그건 인류의 꿈이자 본성일것입니다.

수평선 위로 리버풀 항구가 모습을 나타냅니다. 현대 산업문명의 첨병인 이 도시가 기지개를 켜고 일어나 하루를 시작하고 있습니다. 굴뚝에서 치솟는 연기가 인류의 비상을 상징하는 것 같습니다. 저희 형제가 개척한 비행술도 새 시대를 여는 연기가 되어 새 세상을 향해 솟아오르기를 희망합니다.

소장님의 건강을 기원하며 이만 그치겠습니다.

1906년 5월 23일
윌버 라이트 올림

6
유리 가가린이 발렌티나 가가리나에게

사랑하는 발랴에게

지구는 거대하고 푸른 구슬입니다. 보풀 같은 흰색 구름이 무정형으로 덮여 있지만 구름 사이로 드러난 지구의 바탕색은 시리도록 투명합니다. 티 없이 때 묻지 않은 어린이의 마음을 그림으로 표현해야 한다면 저러해야 하지 않을까 싶습니다. 그 푸른 구슬 속에 빛나는 당신이 있다는 사실 때문에 내 눈길은 자꾸 북위 55도 모스크바로 향합니다.

1시간 48분의 짧은 비행 동안 나는 지구를 한 바퀴 돌았습니다.

지구 밖 궤도에서는 시간의 흐름이 달라집니다. 푸른빛의 구슬과 그 배경이 되는 암흑의 우주 공간. 나는 이 두 개의 선명한 대비를 바라보며 지구의 아름다움에 넋을 놓다가도 문득 그 너머 거대한 심연을 기웃거립니다. 언젠가는 인류의 발자취가 저 아득한 암흑 속으로 뻗어 가겠지요.

사랑하는 발랴. 내가 보스토크호 우주비행사로 선발되었다고 말했을 때 당신이 지었던 표정을 잊을 수가 없군요. 당신은 환호는커녕 뭐라 형언하기 어려웠던 미묘한 표정을 지었습니다. 당신에게 있어서는 지구 밖으로 나가는 최초의 인간이라는 영예보다 한 여자의 남편이자 한 아이의 아빠로서의 안전이 먼저 걱정되었겠지요. 그 누구도 가본 적 없는 우주 공간으로 날아간다는 게 마치 불구덩이 속으로 뛰어드는 무모한 짓처럼 보였을 것입니다. 앞선 희생자들의 명단이 당신의 머릿속에서 주르륵 펼쳐지기도 했겠지요. 하지만 이내 마음을 추스르고 소비에트 공화국의 명예를 위해서라면 아녀자의 걱정 따위는 사소한 문제라는 양 축하해주었습니다. 당신의 이름은 인류사에 영원히 기록될 것이에요. 맞습니다. 당신의 예언은 현실이 되었습니다.

나는 내가 인류 역사의 한 페이지를 장식했다는 영예보다 나 같은 노동자의 아들도 우주비행사가 될 수 있다는 사회주의 체제에 더욱 자부심을 느낍니다. 보스토크호 발사를 앞두고 흐루쇼프 서기장의 격려 전화를 받았을 때 나도 모르게 울컥한 건 인류의 위대한 여정에 앞서 한 인간으로서의 감회가 앞섰기 때문입니다.

나의 우주비행이 인류사적으로 의미가 있다면, 그리하여 인류가 진보의 발걸음을 한 발 더 내디뎠다면 그것은 우주를 향한 꿈과 열정을 불태운 선구자들 덕분입니다.

우선 우주비행의 이론적 기초를 세운 콘스탄틴 치올코프스키입니다. 그는 지독한 가난 속에서도 독학으로 뉴턴의 운동법칙을 우주비행에 응용하는 방법과 로켓의 원리를 연구했습니다. 놀라운 건 그가 전문 과학자의 도움 없이 로켓에 필요한 수학과 물리학, 역학을 스스로 깨우쳤다는 점입니다.

1897년 40세가 되던 해, 그는 최초의 로켓 이론이라 할 수 있는 '치올코프스키 로켓 방정식'을 발표합니다. 발사 전 중량, 연소 후 중량, 분사가스의 속도라는 세 가지 변수를 적용해 로켓의 최종 속도를 정량화한 것입니다. 이 방정식에 의하면 로켓의 속도와 연료는 지수함수적 관계에 있다고 했습니다. 로켓의 속도가 산술급수로 증가할 때 연료의 양은 기하급수로 증가한다는 것입니다. 이는 당시 사람들의 상식과 배치되었습니다. 로켓의 속도를 두 배로 높이고 싶으면 연료를 두 배로 늘리면 될 것을 왜 네 배, 또는 여덟 배 이상의 연료가 필요하다는 것인지 제대로 이해하지 못했습니다. 치올코프스키는 이 지수함수에 근거해, 로켓이 지구의 중력을 벗어나려면 처음부터 엄청난 양의 연료를 싣고 출발해야 한다고 했습니다. 그는 자신이 도출한 로켓 방정식을 이용하여 달까지 가는 데 필요한 연료의 양을 계산하기도 했습니다.

6년 후에는 「반작용 이용 장치에 의한 우주탐험」이란 논문에서 액체 수소와 액체 산소를 연료로 하는 유선형 로켓의 설계도를 제

시합니다. 더욱 놀라운 건 그가 다단계 로켓을 구상했다는 점입니다. 연료 탱크를 여러 개 설치한 후 비행 중 소진된 연료 탱크를 분리하면 로켓의 무게가 줄어들어 향후 가속이 쉬워진다는 것입니다.

치올코프스키는 지구의 중력을 벗어나는 탈출 속도는 시속 4만 킬로미터라고 주장했습니다. 당시 가장 빠른 교통수단이 시속 25킬로미터로 달리는 마차였고, 비행기는 막 태어나려고 라이트 형제가 외딴섬에서 시험 비행하고 있을 때입니다. 선진국이라 일컫는 영국, 프랑스, 미국 등에서는 기껏해야 새의 날개를 모방한 글라이더로 겨우 몇십 미터를 날아가는 수준였지만 그들이 후진국이라 무시하는 러시아의 무명 재야학자는 우주 공간으로 날아갈 비행 로켓의 이론 공식을 정립하고 있었던 것입니다. 경제적으로 궁핍한 치올코프스키는 자신의 구상을 모형으로 제작해 실험할 수 있는 형편이 아니었습니다. 그러나 그의 뒤를 잇는 도전자가 미국에서 등장합니다.

로버트 고다드와 치올코프스키는 한 세대 차이가 납니다. 두 사람은 서로 모르는 사이입니다만 고다드가 치올코프스키의 논문과 저서를 참고한 건 확실해 보입니다. 그의 논문 여기저기에 치올코프스키 방정식이 보이니까요.

고다드는 획기적인 아이디어 몇 가지를 고안해냈습니다. 먼저 액체연료입니다. 다양한 연료 실험을 한 끝에 고다드는 당시 널리 사용하고 있던 화약분말은 효율이 낮다는 결론을 내리고 균일하게 타면서 잔여물도 남기지 않는 액체형 연료를 도입합니다. 다음으로 연료를 하나의 탱크에 싣지 않고 몇 개로 분할해 비행 중 소진된 연료탱크를 몸체에서 분리하는 것입니다. 이렇게 하면 로켓의 무게를 줄일 수 있어서 연료 효율을 높일 수 있습니다. 끝으로 자이로스코프*를 장착하는 것입니다. 자이로스코프만 있다면 우주 공간에서 방향감각을 잃어도 로켓이 스스로 목적지를 찾아갈 수 있다고 생각했습니다.

1926년 고다드는 최초로 실험 로켓을 발사합니다. 로켓은 3초 만에 떨어졌지만 12미터 상공까지 치솟아 56미터를 날아갑니다. 기대만큼 멋지게 날진 못했지만 이론의 정합성과 구조의 타당성, 그리고 무엇보다 가능성을 확인하게 됩니다. 그러나 언론은 가능성보다는 눈앞에서 당장 달에 가지 못한 걸 트집 잡았습니다. 〈뉴욕타임스〉는 사회면 한쪽 구석에 기사를 실으면서 "고다드는 작용-반작용 법칙도 모르는가. 그의 과학지식은 고등학생 수준도 안 된다. 공기가 없는 진공에서는 어떤 물체도 날아갈 수 없다"**라고 비아냥거렸습니다.

마지막으로 세르게이 코롤료프입니다. 코롤료프 선생***은 소비에

---

* 두 개의 원형 테두리 안에 팽이를 설치한 모형. 바퀴의 운동량에 의해 틀이 기울어져도 원래 위치는 유지되는 성질을 이용한 장치. 지구 자전에 관계없이 원래 방향이 유지돼 초창기 선박과 비행기에서 많이 사용되었다.

** 고다드는 1945년 63세로 세상을 떠났다. 그로부터 24년이 지난 1969년 아폴로 11호가 달에 착륙했을 때 뉴욕타임스는 다음과 같은 내용의 사과문을 발표했다. "고다드가 옳았다. 로켓은 대기뿐만 아니라 진공 중에서도 완벽하게 작동한다. 본지는 과거의 실수를 뉘우치며 고인에게 깊이 사과한다."(미치오 가쿠, 『인류의 미래』, 김영사, 2019)

*** 소련 정부는 우주비행 프로젝트의 실질적 책임자인 코롤료프를 철저히 비밀에 부쳤다. 소련이 원자폭탄 제조 기술을 몰래 훔쳤다고 생각한 미국이 코롤료프를 납

트 우주개발의 알파와 오메가입니다. 치올코프스키가 우주비행의 이론적 배경을 깔아놓고, 고다드가 가능성의 다리를 놓았다면 이를 현실에서 구체화한 사람이 바로 코롤료프 선생입니다.

우리의 로켓 기초기술은 패전국 독일의 V2에서 비롯됐습니다. V2는 독일의 폰 브라운이 치올코프스키의 설계도와 고다드의 실험 로켓을 계승 발전시킨 것입니다. 나치는 이를 무기화했습니다. 탄두를 실은 로켓 V2는 2차세계대전 당시 공포의 신무기였습니다.

전쟁이 끝나자 미국은 폰 브라운을 비롯한 독일의 로켓 과학자 대부분을 데려갔습니다. 승전국인 소비에트 역시 로켓 과학자를 원했지만 현장 기술자 몇 명밖에 확보할 수 없었습니다. 그런 형편에서 코롤료프 박사가 없었더라면, 소비에트의 부족한 자원과 빈약한 기반을 고려해볼 때 로켓 제작은 꿈도 꾸지 못했을 겁니다. 스탈린 시절 코롤료프 선생은 비실용적 기술로 국고를 낭비한다는 죄목으로 반동으로 몰려 수용소에 수감된 적도 있지만 얼마 지나지 않아 공화국의 요청으로 명예를 회복한 후 우주개발에 참여하게 됩니다. 소비에트는 선생의 지식과 경험이 절대적으로 필요했기 때문입니다.

1957년 코롤료프 선생은 세계 최초로 대륙 간 탄도 미사일 R-7

치하거나 암살할까 두려워서였다. 코롤료프는 프로젝트에서 수석디자이너라고 불렸지만 이마저도 공식 직함은 아니다. 당시 그의 군대 계급 역시 소령에 불과했다. 그러나 우주개발의 기술적·공학적 과정은 그가 처음부터 끝까지 지휘 감독했다. 그의 존재는 냉전 이후에야 본격적으로 서방세계에 알려졌다. 본 작품에서는 코롤료프의 공식 직함이 없는 관계로 선생이라고 표현한다.

을 개발해 카자흐에서 6,400킬로미터 떨어진 캄차카반도의 표적을 정확히 맞추었습니다. 미국의 간담을 서늘케 한 선생은 곧이어 미국인의 간이 떨어질 만한 일을 벌입니다. 최초의 인공위성 스푸트니크를 지구 궤도에 올려놓음으로써 우주 시대의 막을 연 것입니다. 여기서 그치지 않고 내가 탑승한 보스토크호까지 최초로 유인 우주비행에 성공했으니 이제 미국인들의 간은 쪼그라들 대로 쪼그라들어 한 줌도 남아 있지 않을 겁니다.

미국인들을 패닉에 빠지게 한 R-7 로켓은 한마디로 위대한 작품입니다. 그렇습니다. 그것은 기술이 아니라 작품이라고 표현해야 합니다. 대기권까지 쏘아 올릴 수 있는 대형엔진의 개발만이 우주로 진출할 수 있는 해법이라고 모두가 주장할 때 선생은 소형 엔진을 다발로 묶는 설계를 제시했습니다. 대부분의 과학자들은 기술적으로 불가능하고 공학적으로 부적절하다고 했습니다. 그러나 선생은 다발형 엔진분사 방식을 고집했습니다. 소비에트가 대형엔진을 개발할 여력이 없다고 판단하고 기존의 엔진을 묶어 대형엔진을 대체한 겁니다. 이런 독특한 구조는 그 누구도 생각하지 못했습니다. 20여 개의 엔진을 4개의 다발로 묶어서 액체연료를 채운 부스터(추진체)를 장착하는 방식은 굉장한 효율성을 발휘했습니다. 엔진을 다발로 묶어 한 치의 오차도 없이 조율한다는 건 쉬운 일이 아닙니다. 코롤료프 선생의 천재성이 아니었으면 소비에트 우주계획은 감히 시도조차 하지 못했을 것입니다.

돌이켜보면 나의 인생은 행운의 연속입니다. 스몰렌스크주의 작은 마을 클루시노에서 태어난 나는 네 형제 틈바구니에서 자랐습니다. 16살에 고향을 떠나 모스크바 인근 류버치에 있는 직업학교에 입학해 주물견급공으로 지내다가 기술자가 되고 싶어 사라토프 공업학교에 진학 신청을 했습니다. 별 기대도 하지 않았는데 당에서 허락을 해주었습니다. 행운의 여신이 나에게 보낸 첫 번째 미소입니다. 7학년 때 학교에서 치올코프스키에 관해 리포트를 제출하라는 과제가 주어졌습니다. 나는 위대한 학자에게 경의를 표하면서 열심히 숙제를 했습니다. 리포트를 제출하자 과학 선생님이 나를 부르더니 과제 내용이 우수하다며 항공클럽에 가입해보라고 하셨습니다. 여신의 두 번째 미소이자 우주비행사 가가린의 첫발입니다.

항공클럽 가입을 계기로 나는 기술자의 길을 접고 비행사의 꿈을 키웠습니다. 공업학교를 마치자 오렌부르크에 있는 공군사관학교에 진학했습니다. 사관학교 졸업 후에는 무르만스크에 있는 공군부대로 배치되었습니다. 그해에 스푸트니크호가 발사되었습니다.

1957년 10월 4일은 전 세계가 충격에 빠진 날입니다. 삐~ 삐~ 삐~ 하는 일정한 간격의 신호가 지구촌 곳곳에 있는 전파수신기에 잡혔기 때문입니다. 스푸트니크 1호가 지구 궤도에 성공적으로 안착한 걸 알리는 전파이자 인간이 만든 도구가 지구 밖에서 보낸 첫 번째 신호였습니다. 농구공 크기의 스푸트니크호는 인간에게 상상의 지평을 넓혀주었습니다. 이제 인간의 시선은 우주로 넓혀졌습니다.

충격은 한 달 후 또 한 번 이어졌습니다. 스푸트니크 2호가 떠돌이 개 라이카를 태우고 날아간 것입니다. 최초로 생명체가 지구 궤도에 올라섰습니다. 이때까지만 해도 지구로 귀환할 기술이 없어 라이카는 우주 미아가 되었지만, 그의 희생은 인간에게 우주 진출이란 희망의 밑거름이 되었습니다.

우주 비행체 개발은 가속도가 붙었습니다. 1960년 8월 스푸트니크 5호에 스트렐카와 벨카라는 개를 태워 궤도에 올려보냈습니다. 이 소식을 듣고 나는 유인 우주비행이 머지않았음을 예감했습니다. 스푸트니크 5호가 지구 궤도를 열여덟 바퀴나 돌고 무사 귀환했기 때문입니다. 그것도 예정된 곳에서 불과 10킬로미터 떨어진 곳에 착륙할 정도로 정확히 말입니다. 두 마리 개는 물론 살아 있었습니다.

스푸트니크 5호의 성공을 뉴스로 본 그날, 나는 북극의 오로라를 바라보며 나도 우주비행을 할 수 있을까 하는 상상을 해보았습니다. 그러나 이내 고개를 저었습니다. 변방부대의 초급 장교에게까지 그런 기회가 올 것 같지는 않았기 때문입니다. 그즈음 이 세상 무엇보다 나를 설레게 하는 당신을 만나면서 나는 우주를 잊었습니다. 아니 또 다른 우주를 품었습니다. 우리의 결혼은 백야보다 환했고 오로라보다 아름다웠습니다.

부대장 바부스킨 중령이 한 장의 공문을 소개하지 않았더라면 나는 신혼의 달콤한 마법에서 영원히 깨어나지 않았을 것입니다. 공문의 제목은 '소비에트 우주비행 프로그램 지원자 모집'입니다. 그날 이후 나는 북극의 밤하늘을 바라보며 내내 가슴앓이를 했습니다. 끙끙 앓다가 마침내 고백했을 때 당신은 흔쾌히 동의해줬습니다. 지원해보는 것 정도야, 이런 심정이었는지는 몰라도 당신의 태도는 나에게 미그15의 추진력보다 더 큰 힘이 됐습니다.

고백하자면, 공문서를 보고 나자 나는 행운의 여신이 또 한번의 키스를 보낼지 모른다는 기대감에 사뭇 떨었습니다. 눈길을 사로잡은 조항 때문입니다. 키 170센티미터, 몸무게 72킬로그램 이하. 나는 내 눈을 의심하며 다시 한번 유심히 보았습니다. 분명 '이상'이 아니라 '이하'였습니다.

조그만 체구가 오히려 지원 조건이라니. 나의 왜소한 체구에 대한 열등감을 일거에 날려버리는 통쾌한 조항이었습니다. 158센티미터의 키와 57킬로그램의 몸무게가 고맙긴 그때가 처음이었습니다. 당시엔 왜 그런 제한을 두는지 몰랐는데 알고 보니 외부 지름이 고작 2.3미터에 불과한 우주선 캡슐 안에서 임무 수행을 하기에는 자그마한 체형이 유리했기 때문입니다.

의료 검진, 심리 테스트, 출신성분 조사 등 일련의 과정을 거쳐 나는 소비에트 우주 프로그램의 일원으로 선발되었습니다. 훈련센터 입소 후에도 내가 과연 최초의 우주비행사가 될 것인가에 대해선 확신하지 못했습니다. 소비에트 전역에서 뽑힌 19명의 후보들 모두 나보다 뛰어난 것 같았기 때문입니다. 아무튼 나는 차분하게 교육 프로그램을 이수했습니다.

우리는 육체적 훈련뿐만 아니라 극도의 공포 상태에서도 평정심을 유지하도록 심리훈련을 받았습니다. 명상가들의 도움을 받아 마음을 집중시키는 법 또한 배웠습니다. 일 년의 훈련 기간이 눈

깜박할 새에 지나갔습니다. 최종 후보자는 나와 게르만 티토프로 압축되었습니다. 발사를 일주일 앞두고 티토프와 나는 카자흐스탄의 바이코누르 기지로 갔습니다. 둘 중에서 누가 선발될지는 발사 사흘 전까지 아무도 몰랐습니다. 그리고 행운의 여신은 이번에도 나를 찾아왔습니다.

최종 점검을 앞두고 나는 잠을 이룰 수가 없었습니다. 과연 우주는 어떤 곳일까. 300킬로미터 상공에서 본 지구는 어떻게 다를까. 진공 상태에선 인간이 의식을 잃어버릴 수 있다던데 과연 그럴까? 무사히 귀환할 수 있을까? 아니 지구 궤도에 올라갈 수 있긴 한 걸까? 두려움과 호기심은 끝없이 자리를 바꿔가며 밤을 하얗게 만들었습니다.

4월 12일, 새벽 5시. 티토프와 나는 발사장으로 향했습니다. 티토프는 만약의 경우에 대비한 예비 요원으로 나와 똑같은 절차를 밟습니다. 코롤료프 선생 역시 밤새 잠 못 이룬 것 같았습니다. 주름살마다 배어 있는 초조함이 나에게도 똑똑히 보였으니까요.

벌판 한복판에 우뚝 선 보스토크호는 멀리서 볼 때는 하얀 종이비행기 같았습니다. 어릴 적 자주 만들었던 삼각형 종이비행기 말입니다. 차를 타고 가는 동안 종이비행기는 점점 커져서 커다란 구조물이 되었습니다. 거대한 짐승이 내쉬는 숨처럼 쉭쉭거리는 소리가 들렸습니다. 가끔씩 연료분사구에서 내뿜는 수증기는 새벽을 기다리는 혁명군의 각오처럼 입술을 깨물게 합니다.

보스토크호는 전장 40미터에 기다란 이등변삼각형 형태입니다. 2단 로켓에 4개의 보조추진체를 달고 2천 마력의 파워를 자랑합니다. 로켓의 맨 꼭대기에 보스토크 캡슐이 얹혀 있습니다. 다가갈수록 등대 같기도 하고 수직 방향으로 누워 있는 기차같이 보이기도 합니다. 나는 등대보다는 하늘로 향하는 기차라고 생각했습니다.

세 시간의 준비 끝에 나는 주황색 우주복을 입고 소비에트 공화국(CCCP) 글자가 선명히 새겨진 헬멧을 쓰고는 엘리베이터 앞에 섰습니다. 그때 코롤료프 선생이 내 손을 꼭 잡고 말했습니다.

"유리, 꼭 살아서 돌아와야 해!"

그 말을 듣는 순간 나도 모르게 몸이 부르르 떨렸습니다. 혼신을 다 바친 노과학자의 진정성이 전해졌습니다.

"선생님, 제겐 가족이 있습니다."

코롤료프 선생은 보일 듯 말 듯 고개를 끄덕이며 내 어깨를 두드려주었습니다.

소비에트 공화국의 영광을 위해 완벽하게 임무 수행을 하고 돌아오겠습니다, 라는 준비한 답이 나오지 않고 고작 가족을 위해서라니. 하지만 그게 나의 진심이라는 걸 선생님도 이해하셨을 겁니다.

꼭대기까지 엘리베이터를 타고 올라가 캡슐로 들어갔습니다. 떨리진 않았지만 흥분되는 건 어쩔 수가 없습니다.

보스토크호 캡슐에 앉아 안전장치를 매고 대기를 하는 중 발사 지연 연락이 왔습니다. 웬일인지 캡슐 승강구의 모든 부품을 분해하더니 재조립했습니다. 기다리는 동안 나는 음악을 들려달라고 했습니다. 차이콥스키의 발레 음악을 신청했습니다. 스피커에서 호두까기 인형이 흘러나왔습니다. 일부러 곡조를 따라 흥얼거렸습니다. 불안이 나를 잠식할까 싶어서였습니다. 그럼에도 불구하고 로켓 발사 실험 중 폭발사고로 희생된 비행사들이 떠올랐습니다. 코롤료프 선생이 개발한 로켓 엔진 R-7의 성공률이 50%라는 걸 나는 알고 있습니다. 작년 12월 1일, 프촐카와 무시카라는 두 마리의 개와 작은 동물, 곤충 등을 태웠던 스푸트니크 3호가 대기권에서 소멸했습니다. 정밀한 계산을 통해 궤도를 설정했지만 현실에선 포물선을 그리며 산화했습니다. 그 밖에 쉬쉬하며 감췄던 희생자들을 떠올리지 않을 수가 없었습니다. 계산만으론 생각할 수 없는 변수가 항상 존재한다던 코롤료프 선생의 말이 떠올랐습니다.

미국과의 경쟁 때문에 안전성을 높일 여유가 없다는 걸 나는 알고 있습니다. 사흘 전 미국도 유인 우주발사선 머큐리의 탑승 인원을 발표했기 때문입니다. 국가 간의 경쟁으로 인해 저는 희생될 수도 있습니다. 그렇게 되더라도 나의 희생은 고귀한 것입니다. 우리 소비에트와 미국은 국가 간의 경쟁뿐만 아니라 체제 간의 경쟁이기도 하니까요. 역사적으로 인간이 만든 체제 중 가장 이상적인 우리 사회주의 체제가 야만적 자본주의와의 경쟁에서 패하면 안 되기에 나 하나쯤은 언제든 희생할 각오가 돼 있습니다.

우주비행은 나 같은 노동자의 자식도 엘리트 교육을 받을 수 있다는, 사회주의 체제의 우수성을 전 세계에 알릴 수 있는 좋은 기회입니다. 내가 우주인으로 낙점된 것도 이런 계급적 배경이 작용한 것으로 생각됩니다.

준비 부족인가, 애초 설계 오류인가. 사소한 실수인가, 별의별 생각이 다 들었지만 나는 조국의 과학기술과 당의 역량을 신뢰하기로 했습니다. 우리가 이룩한 업적, 스푸트니크, 루니크(루나)호의 성공을 믿기로 했습니다. 내 어깨에 당과 공화국의 명예가 얹혀 있다는 걸 생각하며 호흡을 가다듬었습니다.

드디어 발사 준비가 완료됐다는 말이 스피커에서 흘러나왔습니다. 관제실에서 대국민 메시지를 발표하라고 했습니다. 나는 그동안 숱하게 곱씹었던 말을 떠올렸습니다. 간결하면서도 강렬한 메시지를 준비했건만 막상 입을 여니 제멋대로 말이 나왔습니다. 지금에 와서 보니 그때가 가장 흥분했던 순간이었던 같습니다. 두서없이 말했던 내용을 정리하면 이렇습니다.

"소비에트 연방 인민들과 세계 각국의 모든 분께 알립니다. 저는 몇 분 후면 머나먼 우주 공간으로 갑니다. 저 개인은 물론 인류 역사에서 가장 경이로운 순간이 될 것입니다. 우주 공간으로 날아가는 첫 비행사로 선발되었다는 연락을 받았을 때 저는 무척 기뻤습니다. 하지만 기쁨도 잠깐, 곧이어 무거운 책임감이 저를 짓눌렀습니다. 이 책임감은 한 사람, 몇십 명, 한 집단을 향한 것이 아닙니다. 인류 전체를 향한 책임감이며, 현재와 미래를 향한 책임감입니다. 그러나 이 책임감마저 저는 기쁘게 받아들이기로 했습니다.

우주비행을 눈앞에 둔 저는 지금 무척 행복합니다. 모든 시대를 통틀어 가장 큰 행복은 새로운 세계를 발견하는 것이기 때문입니다. 친애하는 전 세계 인민 여러분, 곧 다시 뵙겠습니다."

말을 끝내자 스피커에서 침묵이 흘렀습니다. 그 침묵이 나를 옥죄었습니다. 문득 좁은 캡슐 안에 나 혼자만 있다는 생각이 들었습니다. 이대로 발사되어 나는 우주 저 너머로 날아가 버리는 것 아닌가 하는 공포가 밀려왔습니다. 소비에트 아니 전 세계 인민들의 희망 따위는 갑자기 사라지고 캄캄한 우주 속에 나 홀로 던져질 것만 같았습니다. 그때 당신의 얼굴이 떠올랐습니다. 내가 지구로 돌아와야 할 강력한 이유가 생겼습니다. 그것은 중력보다 더한 이끌림입니다. 꼭 살아서 돌아와야 해!

카운트다운이 시작되었습니다. 모스크바 시간 9시 7분입니다.

주엔진 가동, 5, 4, 3, 2, 1.

추진체 점화!

나도 모르게 "파예할리!"*를 외쳤습니다. 덮개로 가려져 있어 앞이 보이진 않았지만 로켓이 위를 향해 솟구치는 걸 느낄 수 있었습니다.

119초 후, 4개의 부스터가 떨어져 나갔습니다. 동체가 덜컹했습니다. 철로 위를 지나갈 때 자동차에 전해지는 충격 같았습니다.

156초 후, 덮개가 벗겨졌습니다. 눈으로 빛이 확 들어왔습니다.

---

* Poyekhali: 러시아에서 우주인 훈련을 받았던 고산 씨는 우주인에게 "파예할리!"는 두려움과 설렘, 도전과 결단의 비장함이 담긴 "그래, 가보자!"라는 의미라고 말한다. 가가린 이후 러시아에서는 로켓 엔진이 점화되는 순간, 우주선 안의 선장이 "파예할리!"라고 외치는 전통이 생겼다.(권기균, "몸집 작은 덕에 선발, 지구 귀환 땐 낙하산 타고 착륙", 〈중앙선데이〉, 2011.04.03)

푸른 창공이 펼쳐지자 나도 모르게 "보입니다!"라고 외쳤습니다.

300초 후, 2단계 로켓 연료를 버리고 1단계 로켓 점화가 시작되었습니다. 이때 나는 관제 센터에 보고했습니다. "모든 게 잘 되고 있습니다. 계속 갑니다!"

발사 10분 후 대기권을 벗어나 지구 궤도에 진입하면서 1단 로켓을 분리했습니다. 이제 보스토크호 몸체와 캡슐만 남았습니다.

아래로 시베리아 평원이 보입니다. 초록 숲이 양탄자처럼 펼쳐졌습니다. 이어 캄차카반도를 지나 북태평양 위를 지나갑니다. "아름답다!"라는 말이 절로 흘러나왔습니다. 전투기에서 보는 풍경과는 또 달랐습니다.

나는 살며시 좌석의 벨트를 풀었습니다. 우주 공간에서 무중력 상태를 느끼고 싶어서입니다. 몸이 살짝 공중으로 떴습니다. 훈련 중에서 급강하하면서 불과 2, 3분 동안 경험했던 무중력과는 달랐습니다. 그때는 중력과 가속력 간의 상쇄로 인해 중력상수가 제로로 되는 것이지만 지금의 상태는 그 어떤 중력도 작용하지 않는 그야말로 무중력입니다—그러나 이 또한 엄밀히 따지자면 우주선과 지구의 공전 속도가 같아 중력이 제로가 된 것이지 중력 자체가 없는 것이 아닙니다. 몸을 돌릴 만한 공간이 없어서 아쉽긴 하지만 거꾸로 한 바퀴 돌아도 피의 쏠림 현상을 느끼지 못할 것 같습니다. 연필을 들어 허공에 놓았습니다. 연필이 둥둥 떠 있습니다. 연필을 돌리자 빙글빙글 돌면서 멈출 줄 모릅니다.

고정시키지 않은 물체는 모두 허공에서 춤을 추고 있습니다. 비현실적입니다. 지도, 연필, 노트…… 배가 고픈 건 아니지만 예정대로 우주식량을 꺼내서 삼켰습니다. 혹시 음식물이 위장으로 내려가지 않고 목에 걸리는 건 아닐까 걱정했는데 순조롭게 내려갑니다. 식도의 연동운동은 무중력 상태에서도 잘 작동하고 있습니다. 물을 먹으며 일부러 호스에서 살짝 흘려보았습니다. 물 한 방울이 투명공이 되어 공간에 떠 있습니다. 훅 불자 벽에 달라붙습니다. 꽃잎에 맺힌 이슬 같습니다. 무중력 상태는 인간의 사고 능력에 영향을 주지 않았습니다. 나는 연필을 잡고 기록을 했습니다.

30분 후 하와이를 지날 때쯤 해가 지고 있었습니다. 지구의 둥근 표면 위로 석양빛이 비스듬히 내리꽂히는 장면이 장관입니다. 모스크바 시간으로 오전 9시 40분이지만 나는 일몰을 맞이하고 있습니다. 지구의 자전에서 벗어나 있기 때문입니다. 궤도에서의 두 시간이 지구에서의 하루와 맞먹습니다. 그러니까 내가 계속 궤도를 돈다면 24시간 동안 열여섯 번의 일몰을 맞이할 것입니다.

보스토크호는 최대 고도로 올라가고 있습니다. 예정대로라면 최대 330킬로미터까지 올라갈 것입니다. 지구의 표면적이 조금씩 작아지고 내 시야는 점점 더 넓어집니다.

40분이 지나자 태평양 남동쪽을 돌고 있습니다. 완연한 밤이 되었습니다. 우주 저쪽의 암흑과 지구의 밤이 대비됩니다. 같은 어둠이라도 우주는 모든 걸 빨아들일 듯이 농도가 진한 반면 지구의 어둠은 엷고 따뜻해 보입니다. 별들은 지상에서 보는 것보다 수백 배쯤 밝고 영롱합니다. 방금 탈곡기에서 튕겨져 나온 알곡처럼 반짝입니다. 달을 찾아보았지만 아쉽게도 보이지 않습니다. 달은 지금 지구를 사이에 두고 나와 반대 방향에 있습니다.

캡슐 뒤에 달린 역추진 엔진이 분사를 시작해 방향 전환을 시작했습니다. 보스토크호는 남아메리카 남단을 돌아 적도로 향합니다. 지구 구면체 위로 빛이 비추며 해가 뜨기 시작합니다. 일몰과 마찬가지로 너무나 아름답습니다. 아니 아름답다는 표현만으론 부족하고 경외감이 더해진 장엄이라고 해야겠습니다. 발사 후 한 시간이 지났습니다.

대서양 남단을 지나 아프리카 콩고 지역을 지나갑니다. 나는 벽면에 붙어 있는 커다란 세계지도 위를 날아가는 파리에 불과합니다. 다갈색 사막과 녹색 밀림이 어우러진 아프리카를 누가 검은 대륙이라 했던가. 인간의 피부색으로 대륙을 표현했다는 게 참으로 우스꽝스럽게 여겨졌습니다.

띠처럼 펼쳐진 사하라 사막이 보입니다. 저 아래 고대에 세워진 피라미드가 있겠지요. 이제부터 경사각을 아래로 해서 착륙해야 합니다.

최종 단계가 임박했습니다. 지구로의 귀환은 궤도에 오를 때보다 더 힘들고 더 위험합니다. 무중력 상태에서 대기권에 진할 때는 탈출 때보다 가속도 압력이 훨씬 커집니다. 경우에 따라선 인간이 견딜 수 있는 8배의 중력가속도를 넘어설지도 모릅니다. 나는 훈련 중 12배의 압력까지 경험해보았지만 그건 일시적인 것일 뿐입니다. 지금은 어떨지 모릅니다. 보스토크호는 시속 2만 5천 킬로미터로 날아가고 있습니다. 입사각이 잘못되면 우주선이 튕겨나가 우주 미아가 되거나 아니면 낙하 속도가 지나치게 빨라 대기권 마찰로 동체가 산화됩니다. 마지막 귀환 과정에 모든 것이 달렸습니다. 나는 만약의 경우에 대비해 수동장치 전환 레버를 눈으로 확인했습니다.

1시간 20분 후 역분사 엔진을 분리시키고 대기권 진입을 시도했습니다. 그런데 엔진 분리가 제대로 이뤄지지 않았습니다. 분리 버튼을 두세 번 눌렀지만 떨어져나가는 느낌이 오지 않았습니다.

"긴급상황! 역분사 엔진 분리 실패!"

나는 관제 센터에 급히 보고했습니다.

보스토크호 캡슐은 두 개의 둥그런 구를 연결한 모양입니다. 손잡이가 붙어 있는 아령 모양이라고 생각하면 됩니다. 역추진 엔진이 제때 떨어져나가야 하나의 구체로 대기권 마찰을 줄일 수 있습니다.

엄청난 굉음이 들리며 선체가 빙글빙글 돌기 시작합니다. 나는 뭔가 잘못됐음을 알았습니다. 이러다 원심력이 커지면 도로 대기권 밖으로 튕겨 나갈 수 있다고 생각했습니다. 그러나 내가 할 수 있는 건 아무것도 없습니다. 그저 두 손을 가슴에 모으고 추락에 대비하는 수밖에 없습니다. 대기권에서 모든 게 타버리지 않는다면 말입니다. 창밖을 보니 보랏빛 화염이 캡슐 전체를 감싸고 있습니다. 지옥의 불구덩이로 가는 길 같았습니다. 공포가 나를 휘감았습니다. 창밖으론 불기둥이 획획 지나가는 데 오싹한 한기가 전신을 훑고 있습니다. 이래도, 저래도, 라는 생각에 비상탈출 장치에 손을 대려는 순간 덜컹, 하는 충격과 함께 역분사 엔진이 떨어져나가는 게 느껴졌습니다. 이후 회전이 멈췄고 캡슐은 정상적으로 하강했습니다.

고백하자면 우리의 착륙 기술은 완전하지 못합니다. 조종사가 선체를 조종해서 착륙하는 게 아니라 주어진 경로에 따라 일정 고도에 도달하면 저절로 낙하하게 되어 있습니다. 선체를 조종하면서 안전하게 착륙하는 기술을 개발하기엔 미국과의 경쟁 때문에 시간이 부족했습니다. 그들이 유인 우주비행을 성공하기 전에 우리가 먼저 올라가야 했습니다. 그래서 차선으로 대기권 진입 이후 동체를 버리고 낙하산으로 탈출하는 방식을 택했습니다.

성층권에 진입하자 지구의 하늘이 펼쳐졌습니다. 지상 7천 미터에서 승강구가 분리되자 탈출 버튼을 눌렀습니다. 나는 튕겨져 나갔습니다. 무게 때문에 보스토크호 선체는 나보다 훨씬 빨리 내려갔습니다. 고도 4천 미터에서 보조낙하산이 펼쳐지며 감속하고 몇 초 후 주낙하산이 펼쳐지는 게 보였습니다. 아마 2,500미터 상공일 것입니다. 그쯤에서 나도 자유낙하를 멈추고 낙하산을 펼쳤습니다. 그동안 수없이 훈련한 탓에 나에게 공중낙하는 버스를 타고 내리는 것만큼이나 익숙합니다. 보스토크호 캡슐은 내 시야에서 멀리 사라졌습니다. 나는 천천히 낙하를 즐기며 하강했습니다. 바람을 타고 평원을 누비며 날아가다가 어느 농부의 밭에 착지했습니다.

나는 성공했습니다. 인류 최초로 우주에 간 사람이 된 것입니다.

최초의 우주비행사란 영예를 얻은 것입니다.

밭에서 일하고 있던 농부와 그의 딸로 보이는 여자아이가 나에게로 달려왔습니다. 모녀는 이상한 복장을 한 나를 보고 고개를 갸웃했습니다. 뉴스를 보지 않았다면 그들에게 나는 하늘에서 뚝 떨어진 외계인으로 보였을 것입니다. 잠시 후 모녀는 나름대로 사태를 파악하고 나를 공군 조종사가 훈련 중 낙하한 것으로 생각했습니다. 소비에트 정부가 우주 어쩌고 하며 무언가를 쏘아 올렸다는 건 알고 있었지만 자신들 눈앞에 있는 사람이 그 우주인이란 건 상상도 못 한 것입니다.

나는 "전화! 전화 어디 있습니까?" 하고 소리쳤습니다. 이 기쁜 소식을 빨리 코롤료프 선생님께 전하고 싶어서입니다. 모녀는 자기 집으로 안내했습니다. 나는 전화기를 붙잡고 교환수에게 바이코누르 우주센터에 연결해달라고 했습니다. 교환수는 무슨 말인가 알아듣지 못하더군요. 그럴 만도 했습니다. 어쩌면 장난 전화라고 생각했을지도 모릅니다. 나는 다급한 마음을 억누르고 차분하게 설명한 후 모스크바나 카자흐 우주발사장에 연결해줄 것을 다시 부탁했습니다. 잠시 후 코롤료프 선생에게서 연락이 왔습니다.

"유리, 해냈구나!"

"네, 선생님."

"넌 우리 소비에트의, 아니 전 세계의 영웅이야."

좀처럼 흥분하지 않는 선생의 격한 목소리가 들려왔습니다.

"감사합니다. 위대한 소비에트 공화국 덕분입니다."

나도 감격해서 울먹였습니다.

코롤료프 선생께서 차를 보낼 테니 기다리라고 했습니다. 내가 착륙한 곳은 사라토프주와 카자흐의 경계였습니다. 예정지 엥겔스시보다 무려 400킬로미터나 떨어진 곳에 착륙한 것입니다.

1903년 라이트 형제의 12초 비행 이후 58년 만에 인간은 지상에서 330킬로미터까지 올라갔습니다. 새처럼 하늘을 나는 것이 라이트 형제의 꿈이었지만 이제 인간은 공중이 아닌 우주로 날아가려 합니다. 인간은 중력을 벗어나기 시작했습니다. 과연 인류는 어디까지 날아갈까요. 내가 돌고 온 지구 궤도를 지름 50센티미터짜리 지구의에 빗대면 표면에서 겨우 0.5센티미터 높이에 떠서 한 바퀴 돌고 온 것에 불과합니다. 아기가 첫발을 내디딘 것처럼 인간은 이제 지구 밖으로 첫발을 내디뎠습니다. 저 어두운 우주의 암흑 속으로 인간은 또 날아갈 거라고 확신합니다. 누군가 우주를 향해 도전하고 실패하면서 꿈을 이뤄나갈 겁니다. 설령 이카루스처럼 날개가 녹아내리며 추락할지라도 말입니다. 왜냐면 인간은 그런 존재니까요.

   나를 데리러 오는 차가 도착하려면 세 시간 이상이 시간이 걸린답니다. 세상에, 지구를 한 바퀴 도는 데 한 시간 반 걸렸는데 사라토프에서 차가 오는 데 세 시간이라니. 지구의 시공간과 지구 밖의 시공간은 확실히 다름을 알 수 있습니다.

   기다리는 시간이 당신에게 편지를 쓰라는 여신의 배려임을 깨닫고 부랴부랴 연필을 꺼냈습니다. 그러고 보니 이 연필은 저 우주 공간에서 빙글빙글 유영했던 연필이군요.

   당신에게 우주의 향기를 전하며 이만 그칩니다.

1961년 4월 12일
사라토프 농가에서

7
진우헌이 진영서에게

영서에게.

　보내준 영상편지 잘 받았다. 우리딸의 14번째 생일을 축하하며 엄마와 영인이 모두 잘 있는 모습을 보니 아빠도 무척 기쁘다. 우주엘리베이터를 타고 올라가 지구 궤도에서 찍은 영상을 보니 우리 가족이 더욱 보고 싶어지는구나. 영서가 "이곳에서 우주를 바라보면 아빠가 더 잘 보일까 싶어서 엄마를 졸라서 관광왔어요"라고 했을 땐 눈물이 핑 돌았단다. 떠나기 전 가족과 함께 문투어라도 하고 올걸, 하는 후회가 마구 솟구쳤지 뭐냐. 그럴 만한 여유도 없이 떠나야 했던 아빠 입장을 이해해주렴.

　우주엘리베이터 탈 때의 기분은 어땠니? 중력 압박도 없이 마치 지상의 기차를 타는 것처럼 편안하지 않았니. 아빠도 자주 타봐서 알고 있단다. 우주엘리베이터는 이백 년 전 러시아의 과학자 치올코프스키가 최초로 구상했었어. 그는 1887년 파리의 에펠탑을 보고는 저토록 거대한 구조물을 세울 수 있다면 지구 밖까지 못 갈 것도 없지 않은가, 라고 생각했지. 그 자리에서 펜을 꺼내 계산을 하고는 구조물이 충분히 높으면 지구 자전으로 원심력이 작용해 외부 지지력이 없더라도 쓰러지지 않는다는 결론에 도달했다는구나. 줄에 매달린 공처럼 말이다. 웃기지 않니? 마차가 다니던 시절에 우주공간까지 닿는 엘리베이터를 계산하다니. 터무니없지만 인류의 진보는 이런 몽상가로부터 시작되었단다. 현실에 없는 무언가를 상상하고 꿈꿀 때 인간은 더 나은 세계를 향해 발걸음을 내딛곤 하지. 그로 인해 때론 고통이 따를지라도 말이다.

네가 탄 우주엘리베이터가 보르네오에 설치된 이유도 적도 부근이 지구의 원심력이 가장 세기 때문이란다. 치올코프스키 당시에는 구조물을 세울 기술도 소재도 없어서 사고실험에 그쳤지만, 21세기 중반 머리카락 굵기 하나로 자동차를 들어 올릴 수 있는 나노탄소튜브가 개발되면서 우주엘리베이터는 실용화될 수 있었다. 덕분에 인간의 우주 진출이 훨씬 쉬워졌지. 그전까지만 해도 우주 공간에 화물을 나르려면 로켓으로 발사해야 해서 비용이 엄청났거든. 우주엘리베이터 덕분에 화물을 더 쉽게 운반할 수 있었고 큰 건축물을 우주 공간에 지을 수 있었어. 지금 아빠가 타고 있는 1,200톤짜리 우주선 아낙시만드로스호도 지구와 달 사이의 라그랑주 포인트*에서 조립된 것이란다.

아낙시만드로스호는 램제트융합엔진을 장착한 우주선이다. 램제트융합엔진은 수소를 압축시킨 후 핵융합반응기를 거쳐 에너지를 생산하는 방식인데 우주에 무한정 흩어져 있는 수소를 연료로 사용하니 기계적 결함이 있지 않는 한 영원히 가속할 수 있지. 그동안 주류로 자리 잡았던 솔라세일 방식도 효율성이 좋긴 하지

---

* 18세기 프랑스의 수학자 조제프루이 라그랑주는 서로 공전하는 지구와 달의 관계에서 지구의 중력과 달의 중력, 그리고 공전계의 원심력이 평형을 이루는 지점을 발견했다. 이것을 라그랑주 포인트(Lagrangian point)라고 한다. 지구와 달 사이에 모두 5개가 존재하며 거리는 약 1,600킬로미터다.

만 이번처럼 특수 임무를 띤 우주선엔 램제트 방식이 유리하다고 연방우주국에서 추천했어. 아낙시만드로스호의 최고 속도는 초속 330킬로미터로 역대 스페이스십 중 가장 빠른 속도란다.

현재 아낙시만드로스호는 헬리오포즈(태양권계면)를 벗어나고 있다. 헬리오포즈는 태양풍의 힘이 약해져 성간 매질을 더 이상 밀어내지 못하는 곳이란다. 여기까지를 사실상의 태양권이라고 하지. 거리는 태양에서 122AU*다. 아빠와 함께 있는 열한 명의 동료는 태양계를 벗어나는 최초의 사람으로 기록될 것이다. 아빠 지금 맨 앞 관제 모듈에 있으니 그중에서도 조금이라도 더 빠른 최초가 되겠지. 이곳은 빛으로도 16시간이나 걸리는 곳이란다. 그러니까 아빠가 지금 보내는 영상편지는 16시간이 지나서야 영서의 모니터에 도달할 거야.

잠시 후면 아낙시만드로스호가 힐스구름대에 진입한다. 힐스구름대는 오르트구름대에 속해 있는데, 길이만 1광년이 넘는 오르트구름대가 너무 넓어 헬리오포즈와 맞닿는 부분을 힐스구름대라고 칭한다. 이제 목표 지점에 거의 다 왔구나.

아빠가 급하게 이곳까지 오게 된 사연을 말해주마. 아빠가 일하는 천체물리연구소에서 운영하는 중력파천문대(GWO, Gravitational Wave Observatory)가 달에 있다는 건 너도 알고 있을 것이다. 달은 대기가 없고 중력도 약하기 때문에 우주선이 뜨고 내리기에 편

---

*   AU: 태양에서 지구까지의 거리. 약 1억 5천만 킬로미터.

할 뿐만 아니라 우주 공간을 관찰하기에도 딱 좋은 곳이지. 6년 전 GWO에서 미세한 중력파가 탐지되었는데 추적을 해보니 도저히 있을 수 없는 곳이 진원지로 파악되었어. 그곳은 천체과학자들이라면 도저히 인정할 수 없는 위치란다. 바로 태양계의 경계와 맞닿은 곳이야.

중력파는 블랙홀 주위를 도는 중성자별에서 나오는데 그동안 우리 태양계와 센타우리 성단 사이엔 아무리 눈 씻고 아니 망원경을 씻고 살펴봐도 중성자별을 발견할 수 없었거든. 중성자별은 초신성*이 급격히 폭발하며 별의 중심핵이 내부로 붕괴하여 압축될 때 형성되는데 태양의 열 배 정도 되는 큰 별이 달 크기 정도로 수축하다가 나중에 블랙홀로 전환된단다. 비유하자면 축구장 크기의 바위가 탁구공 만하게 쪼그라드는 것과 같지. 헬리오포즈 경계면에서 초신성 폭발이 일어났다면 태양계에도 엄청난 영향을 미치기 마련인데, 우리 태양계는 수만 년 동안 안정된 시스템을 유지해왔으니 천체물리학상으론 도저히 성립할 수 없는 현상이라고 볼 수 있어.

연구소는 토성의 위성 타이탄에 설치한 천문대 자료를 입수해 살펴보았다. 너도 알다시피 태양계에서 지구 외에 유일하게 두꺼운 대기로 둘러싸인 타이탄은 한때 지구인의 제2거주지로 물색되었던 곳이다. 그러나 태양에너지가 지구의 0.1%에 불과하고 산소

---

* 태양보다 10배 이상 크고 무거운 별이 연료(핵융합)를 다 태운 후 급격하게 수축할 때 원소들이 서로 격렬하게 부딪치며 폭발하는 현상. 별의 죽음 직전에 일어나는 거대한 폭발이다.

와 이탄화탄소가 거의 없어서 거주지로서는 부적합하다는 판정을 받았지. 하지만 타이탄은 우주개발에 필요한 연료와 자재를 보급하는 중간기지로서는 훌륭했다. 얼음을 녹여 식용으로 쓰거나 산소를 추출하여 우주선에 보급할 수 있고, 값진 광물이 많아 로봇을 이용해 자원채취를 하기에 적당한 곳이었지. 중력이 지구의 15%에 불과해 이착륙이 쉽다는 것도 장점이고. 이런 이유로 타이탄에 무인기지를 많이 세웠는데 GWO 타이탄 천문대도 그중 하나란다. 연구소에서 타이탄 천문대 자료를 아무리 분석해봐도 중력파의 진원지가 달 천문대와 같은 곳을 가리키고 있지 뭐니.

과학자들은 납득하기 어려웠다. 새로운 천체 현상으로 볼 것인가 아니면 우리의 시공간과 다른 차원의 문제인가를 놓고 천체물리학자들 사이에 치열한 논쟁이 벌어졌단다.

과학자들이 아무리 현상을 분석하고 색다른 가설을 설정해봐도 중력파는 블랙홀 주위를 도는 중성자별에서 나온 것이라는 결론을 뒤집을 수 없었구나. 천체물리학자들의 시나리오에 의하면, 먼저 쌍성계*를 이루는 두 개의 별들이 있는데, 이 별들은 수명이 다돼 급속도로 수축하는 중이다. 우주적 시간으로 볼 때 급속하다는 뜻이지 우리 시간으로는 몇만 년 혹은 몇천만 년이다. 그 과정에서 큰 별은 블랙홀이 되고 작은 별은 블랙홀이 되기 전의 중성자별 상태로 존재하지만 블랙홀이 된 큰 별이 중성자별을 끌어당기면서 서서히 잡아먹게 되지.

---

* 두 개의 별이 공통의 질량 중심을 기준으로 상대방의 주변을 공전하는 시스템.

좀 더 자세히 설명하면, 중성자별의 무게는 태양의 2.5배, 블랙홀의 무게는 태양의 9.5배이고 빠르게 회전하고 있다. 블랙홀의 회전이 공간에 소용돌이를 일으키는 바람에 중성자별의 궤도는 그 소용돌이에 휩쓸려 기울어진 팽이처럼 서서히 세차운동을 하지. 세차운동 때문에 중력파의 진폭이 증가하거나 감소하며 파동을 일으키고, 중력파는 에너지를 싣고 우주로 퍼져나간다.

중력파 방출로 점차 에너지를 잃은 중성자별은 나선을 그리며 블랙홀에 접근해. 중성자별과 블랙홀 사이의 거리가 일정 거리까지 줄어들면 블랙홀의 기조력이 중성자별을 찢기 시작하지. 중성자별의 잔해는 97%가 블랙홀로 빨려들고 3%만 바깥쪽으로 내던져져 뜨거운 기체로 된 길쭉한 구름을 이룬다. 그 기체 구름은 다시 블랙홀 쪽으로 끌려가서 강착원반을 형성할 것이다.

이런 가설을 세우고 GWO는 세차운동에 관한 데이터를 3년 동안 면밀히 수집했단다. 데이터를 검토한 연구팀은 파동이 나오는 진원지를 알아냈는데 앞서 얘기했듯이 도저히 믿기지 않는 곳이었지 뭐니. 그 중력파는 태양계의 경계면 주위를 도는 무엇인가에서 나오고 있었단다. 지구와 행성들이 각자 태양의 공전 궤도를 도는 동안 그 중력파의 진원지는 경계면 근처에만 머물렀어.

애초부터 헬리오포즈 근처에 중성자별이 있었다면 도저히 성립될 수 없는 조건이란다. 초신성이 폭발하면서 방출되는 전자기 펄스가 태양계를 덮고, 펄스가 지구 대기에 도달하면 전자들이 원자에서 분리된다. 이 전자들이 지구자기장 속을 배회하면서 강력한 전기장을 생성한다. 이로 인해 우리 문명의 토대인 전자기기들이 모두 먹통이 된다. 따라서 우리의 일상은 진작에 엉망이 됐을 것이다. 아니 애초부터 전자기를 이용한 문명이 성립할 수 없었겠지.

블랙홀과 중성자별이 쌍을 이루어 함께 태양권계면을 넘나든다? 그건 더욱 불가능하지. 그런 블랙홀과 중성자별이 있다면 이미 오래전에 태양계 행성들의 궤도는 엉망이 되었을 것이다. 지구의 공전 궤도는 이심률이 커져 태양에 붙을 듯 가까이 다가갔다가 소행성대까지 멀리 떨어지기를 반복해 영상 400도와 영하 200도를 오르내리며 생명체들이 살 수 없는 행성으로 바뀌었을 터이니 말이다.

결국 연구팀으로선 설명 가능한 이론이 단 하나밖에 없다는 것으로 결론을 내렸다. 태양계 경계면에 웜홀이 생기고 거길 통해 중력파가 나온다는 가설이다. 웜홀은 이론적으론 우주의 막*이 겹쳐지면서 구멍이 뚫린 거라고 볼 수 있지만 어디까지나 이론에 불과한 사고 모형이란다. 그런데 웜홀이 아니고는 도저히 이해 불가능한 현상이 나타난 것이다. 중력파의 원천인 블랙홀과 중성자별이 웜홀의 반대쪽에 있는 게 분명했다. 그러니까 중력파는 우리은하와 멀리 떨어진 우주의 어떤 곳에 있는 중성자별과 블랙홀에서부터 퍼져나온 것이고, 그 중력파의 일부가 웜홀에 빨려들어 반대편으로 나온 후 우리 태양계까지 도달한 것이다.

웜홀이 갑자기 왜 생겼을까? 이건 우리의 과학 수준에선 규명할 수 있는 문제가 아니란다. 그저 웜홀이 발생했다는 걸 인정하고 웜

---

*　개념적으로 우리가 인식할 수 있는 3차원 시공간.

홀의 정체를 파악하기 위해 무인탐사선을 보내는 것만이 우리가 할 수 있는 최선이지. 세계연합정부의 지원으로 연구소는 3년 전 무인탐사선 브르노호를 보냈어. 강력한 신호체계를 이중 삼중으로 장착해서 보냈음에도 불구하고 웜홀 안으로 들어간 브르노호는 감감무소식이었다. 22세기 최고의 과학적 성과라는 엑시온을 추출해서 보내기까지 했는데 말이다. 엑시온은 전자기파(빛)와 상호작용하지 않으면서 질량을 가지는 물질로 상대성 이론의 효과 때문에 빛의 경로가 굽어지더라도 영향을 받지 않는 입자란다. 그런 엑시온마저 함몰되고 말았으니 우리 연구진들은 무척 당황할 수밖에 없었어. 대체 그곳엔 무엇이 있단 말인가.

그런데 그야말로 천지가 개벽할 아니 우주가 개벽할 만한 일이 생겼단다. 보이저 1호라고 알지? 우주역사 시간에 배웠을 것이다. 인류 최초로 태양계 너머 성간까지 진출한 무인탐사선 말이다. 1977년에 발사한 보이저 1호는 예상 수명을 넘기고 무려 45년 동안 지구와 연락을 하다가 2022년에 통신이 끊겼어. 사람들은 동력이 소진돼 우주 공간을 영원히 배회할 걸로 생각했지. 보이저 1호에는 '지구의 속삭임'이란 레코드판이 있는데 지구인의 메시지를 전달할 목적으로 설치한 것이다. 레코드판에는 55개 언어로 된 인사말과 그 밖에 지구를 알릴 수 있는 자연의 소리와 인간이 만든 음악이 수록돼 있단다.

13개월 전 중력파의 진원지인 웜홀에서 라디오파가 흘러나왔어. 전파를 재생해보니 놀랍게도 보이저 1호에 실려 있는 인사말이지 뭐니. 우리말 "안녕하세요"도 또렷이 들리더구나. 우리 연구진들은 거의 기절할 뻔했단다. 레이저파는 물론 반물질에 해당하는 엑시온 입자도 빠져나오지 못한 구멍에서 에너지가 가장 낮은 라디오파가 갑자기 흘러나오니 놀랄 수밖에 없는 것 아니겠니? 우왕좌왕하던 과학자들은 고도의 외계문명이 웜홀을 통해 우리에게 연락해 온 것이라고 의견을 모았단다.

그들은 왜 우리를 직접 찾아오지 않고 이런 간접적인 수단에 의지하는 것인가. 이 문제를 놓고 수많은 의견이 중구난방 터져나왔지. 이리저리 중지를 모아 내린 결론은 그들이 우리에게 일종의 시험문제를 낸 것이라고 보았단다. 자신들을 찾아올 정도의 지적능력이 있는지 없는지를 테스트함으로써 그들의 선택이 달라지는 것이라고 본 것이다.

너무 일방적이지 않냐고? 꼭 그렇진 않단다.

바꿔 생각해보면, 우리 선조가 수많은 동물 중에서 특정 동물을 가축화시킬 때 아무 동물이나 닥치는 대로 잡아 와서 길들이진 않았을 것이다. 먼저 먹이를 주고 그다음에 반응하는 정도를 보아가며 길들일 가능성이 있는 동물을 선택했을 것이다. 이와 마찬가지 아니겠니.

영서는 인간이 앞으로 외계문명의 가축이 될까 봐 걱정이겠구나. 꼭 그렇게 생각할 것만은 아니란다. 인간에 의해 가축화된 동물은 나름대로 진화의 전략이 주효했다고 볼 수 있지. 개는 수많은 늑대종의 하나였는데 그들의 본성에서 야생성을 제거할 수 있었기에 인간에게 선택되었다. 수만 년의 세월이 흐른 지금 어떻게 되었니? 대부분의 늑대종들은 멸종되고 일부 종들은 멸종 일보 직전에 인간의 보살핌을 받고 있지만 개는 번식에 성공해 엄청난 개체수를 유지하고 있지 않니. 비록 인간의 보살핌을 받고 있지만 멸종보다는 나은 선택이었다. 오히려 인간의 보호 속에서 안락함을 영위하고 있다고 볼 수도 있지. 물론 개들의 삶을 자유의지라는 측면에서 따지는 건 다른 차원이니 논외로 하자꾸나.

이런 논리에 의거해 외계문명과 연락해보자는 의견이 지배적이었지만 한편으론 그들에게 의지하지 말고 우리끼리 잘살아보자는 의견도 무시할 수 없었단다. 그런데 과연 우리에게 선택권이 있을까? 그들이 던진 숙제를 우리가 외면할 수 있을까? 숙제라는 말이 억지스럽다면 초대라고 하면 어떨까. 우리가 초대를 거절하면 그들은 조용히 물러갈까? 그럴지도 모른다. 착한 외계인이어서 그들이 내민 손을 거절하더라도 쿨하게 물러날 수도 있다. 하지만 그러기에는 또 우리의 내부 사정 또한 만만치 않구나. 폭발 일보 직전에 있는 지구 환경문제 말이다.

현재 지구는 122억 명의 인간들이 먹어치우는 식량을 충분히 공급할 수 없는 상태다. 부자든 가난한 사람이든 아껴 먹어야 한다. 세계 인구의 37%가 영양실조 상태에 있고 18%가 영양실조 직전에 처해 있다. 뿐만 아니라 안락한 주거환경을 제공할 수 있는 자원도 바닥나버렸다. 21세기 초에 잠깐 자성의 빛을 보이기도 했다만 결국 탐욕의 본성을 제어하지 못해 기후조절에 실패하고 말았지. 온난화 현상은 가속되고 지구 생태계는 재생산 능력을 급격히 상실해갔다. 농업혁명, 환경혁명 등 한때 과학기술로 해결 가능한 듯도 보였지만 폭발 임계점에 도달하는 속도만 늦출 뿐 결국 되돌리기에는 늦어버린 불가역 상태에 빠지고 말았다.

　북극 빙하와 시베리아 동토에 매장되어 있던 메탄이 새어 나온 것이 결정적이었다. 메탄은 이산화탄소보다 23배의 온실효과를 발휘한다. 메탄이 바닷속에 있는 엄청난 양의 메탄수화물과 반응해 기화를 일으킬 경우 지구는 그야말로 지옥이 되고 만다. 180배로 기화된 메탄가스 중독으로 대부분의 생명체가 죽음을 맞이하고, 대기 중 농도가 5%를 넘게 되면 폭발 위험성이 커진다. 그 폭발력은 인류가 가지고 있는 핵무기와 핵발전소의 폭발력을 모두 합친 것보다 강하단다.

　22세기에 들어오면서 메탄 농도가 0.76%였는데 십 년 만에 1.17%가 되었다. 문제는 농도가 진해지는 속도가 점점 빨라진다는 것이다. 영서와 친구들이 기관지 질환으로 고생하는 것도 이런 이유 때문이란다.

　연합정부는 급히 제2의 거주지를 찾아보았지만 영서도 알다시피 태양계 내에선 인간이 거주하기에 적당한 장소를 찾을 수 없었다. 겨우 화성의 테라포밍에 성공했지만 이십만 정도의 인구를 먹여 살릴 수 있는 지하도시를 건설하는 것에 만족해야 했고, 목성의 위성 유로파와 타이탄 역시 거주화에 실패했다. 메탄 농도가 3%가 되면 인류는 지구를 포기해야 한다. 지금의 속도로 볼 때 우리에게 남은 시간은 빠르면 이십 년, 최대한 여유롭게 잡아도 오십 년밖에 남지 않는다.

　우리 영서와 영인이 세대에서 인류의 운명이 벼랑 끝에 서게 된 것이다. 아빠 세대로선 책임감을 느끼지 않을 수 없구나.

그러나 아빠는 인류가 완전히 파멸해버린다는 비관적 전망에 동의하지 않는단다. 늘 그랬듯 인간은 이번에도 해법을 찾아낼 것이라 믿는다. 희생은 따를지언정 종말은 없을 것이라고 보지. 왜냐면 이대로 멸종해버리면 인간이 성취한 과학이라는 도구가 너무나 초라해지기 때문이다. 과학은 우주의 언어란다. 아빠는 우주가 과학이라는 언어를 통해 인간을 다시 인도할 것이라고 본다. 외계문명을 끌어들여 지구에게 도움을 손길을 내미는 것도 한 가지 예라고 본다. 그러니 절망하지 말기 바란다.

보이저호의 목소리 외에도 우리의 마음을 움직인 결정적인 단서가 또 나왔단다. 웜홀 속으로 들어간 브르노호가 6개월 전 사진을 보내왔기 때문이다. 그동안 어떠한 전자기파도 통과하지 않던 웜홀에서 갑자기 문이라도 열린 것처럼 통신이 재개된 것이다. 3차원 그래픽으로 전송된 브르노호의 사진엔 지구와 거의 흡사한 행성 두 개가 찍혀 있었어. 우리는 이 행성들을 조르다노와 브르노로 부르기로 했다. 둘 다 모항성에서 서식 가능 거리인 골디락스 존에 위치해 있을 뿐만 아니라 대기로 덮여 있다. 조르다노 행성은 크기가 지구의 2.18배, 중력은 123%, 공전주기 319일, 평균 기온 섭씨 −7.6도, 브르노 행성은 크기가 0.89배이고, 중력은 94%, 공전주기 248일, 평균 기온 섭씨 33도로 파악되었다. 우리는 브르노호가 보내온 데이터를 분석한 결과 이들 행성이 블랙홀 주위를 도는 항성계라는 걸 알았다. 의도는 명백해졌다. 우리는 그들로부터 거절할 수 없는 초대장을 받은 것이다.

이상과 같은 이유로 아빠는 사랑하는 가족과 떨어져 먼 길을 가게 된 것이란다. 떠나기 전에 영서에게 충분히 설명해주지 못한 건 미안하구나. 그럴 만한 사정이 있다는 걸 이해해다오. 아빠가 떠난 배경을 설명해줬으니 이제 영서가 가장 궁금해하는 아빠의 여정을 얘기해주마.

아낙시만드로스호가 웜홀로 들어가면 어디로 빠져나갈지 아무도 모른단. 우주 어디쯤이겠지만 그곳이 지구와 얼마나 떨어져 있는지는 알 수 없단다. 일 광년일 수도 있고 백만 광년이 될 수도 있다. 그곳이 어디냐가 중요한 게 아니라 우리가 어떻게 가느냐가 훨씬 중요해. 왜냐면 가는 도중에 아낙시만드로스호와 승무원들이 갈기갈기 찢겨나갈 수도 있고 혹은 엉뚱한 곳으로 팅겨나가 우주 미아가 될 수도 있기 때문이다. 하지만 걱정하지 말거라. 아낙시만드로스호에 타고 있는 승무원은 최고의 지성과 판단력을 갖춘 사람들이란다.

우리는 일단 웜홀에서 중력복사를 견디어야 한다. 이론적으로는 복사에너지가 강하면 웜홀의 입구가 닫힐 수 있다. 중력복사의 세기에 대해 AI로 시뮬레이션해본 결과 안전하다는 결론이 나왔어. 웜홀로 들어가는 고리 안에 다량의 음에너지가 검출되었기 때문이야. 우주의 막을 뚫고 통로를 내려면 다량의 양에너지가 필요하지만, 이 통로를 안정적으로 유지하려면 음에너지의 반중력 또한 필요하지.

웜홀을 통과하면 곧바로 블랙홀 입구와 만난다. 블랙홀의 모양은 부엌에서 엄마가 사용하는 깔때기를 연상하면 된다. 단 깔때기의 대롱이 부엌에 있는 것보다 몇 배 길다고 생각해라. 중성자별은 대롱 중간에 있고, 중성자별과 대롱 끝 사이에 브르노 행성들이 있다. 우리는 브르노 행성으로 가야 한다.

깔때기 대롱 끝을 '사건의 지평선'*이라 하고 그 이하는 너도 익히 들어보았던 특이점이라고 한다. 사건의 지평선을 통과하고 나면 시간은 정지하고 공간은 없어지지. 조금 어렵게 얘기하면 특이점에선 공간과 시간의 휘어짐이 무한정 커진다. 중력이 너무나 강해 공간과 시간이 무한대로 굴절 변형된다는 의미다. 그래서 거기까지 빠지지 않도록 조심해야 한다.

아빠가 탄 아낙시만드로스호가 깔때기 입구에 도착하면 걷잡을 수 없이 빨라질 것이다. AI는 그 속도를 c/25, 즉 빛의 25%가 될 거라고 계산했다. 깔때기의 빗면을 타고 나선형을 그리며 아랫부분으로 추락하기 때문이다. 그렇다고 걱정하진 말거라. 비유가 그렇다는 거지 실제로 추락하는 건 아니니까.

블랙홀로 다가갈수록 중력 때문에 아낙시만드로스호가 저절로 빨려들어 가겠지만 문제는 사건의 지평선까지 추락하지 않고 중간에 방향을 틀어서 브르노 행성들과 만나는 것이다. 우리는 고민 끝에 중성자별을 이용하기로 했다. 근처까지 추락한 다음 중성자별을 휘감아 돌아 그의 중력으로 새총효과**를 얻는 것이다. 즉 중성

---

*　구형 대칭의 천체 주변에 존재하는 경계면. 이 경계를 넘어서 천체 가까이 다가가면 다시는 밖으로 돌아오지 못한다. 심지어 빛도 빠져나오지 못한다.
**　slingshot. 행성의 중력을 이용해 궤도를 조정하거나 탄력을 얻는 방법. 스윙바이(swingby)라고도 한다.

자별의 중력이 거꾸로 감속효과를 발휘하게 하는 것이다.

　문제는 블랙홀의 근처에 가면 강한 중력으로 공간이 휘어지면서 시간 또한 밀도가 달라진다는 것이다. 고등학교에 가면 배우겠지만, 상대성 이론에 입각해 강한 중력장 안에 들어가면 물체의 속도가 빨라지고, 빨라지는 만큼 시간이 느리게 흘러간다. 즉 지구에 있는 영서의 시간과 블랙홀 근처에 있는 아빠의 시간이 다르게 흐른다는 것이다. 아빠가 브르노 행성에 도달하고 나면 지구 시간으론 수년이 흐를 것으로 예상된다. 브르노 행성에서 얼마만큼 있느냐에 따라 네가 아빠보다 더 늙어버릴 수도 있단다. 이상하고 이해하기 힘든 일이지만 받아들여야 한다.

　우리가 지구 안에서만 지낼 때는 뉴턴 물리학을 이해하는 것으로 충분하다. 지구 밖을 벗어나면서부터는 아인슈타인 물리학으로 사고해야 한다. 그런데 이제부터는 양자역학적 관점에서 세계를 받아들여야 한다. 아인슈타인의 법칙은 블랙홀의 존재를 밝혀주었지만 블랙홀 내부의 특이점을 설명해주진 않는다. 그것은 3차원 시공간이 적용되지 않는 다차원의 세계이기 때문이다. 이들은 양자역학으로만 이해 가능하단다. 아빠의 설명이 어려웠니? 당대 최고 천체물리학자의 딸이니 이 정도는 이해하리라 믿는다.

　아빠의 이번 비행을 아는 사람은 극소수란다. 연합정부는 초고도 외계문명의 존재를 확실히 알기 전까지는 비밀로 할 것을 결정했다. 그들이 어떠한 존재인지 확실하게 파악하지 못한 입장에서 섣불리 알려졌다간 온갖 추측과 유언비어가 난무할 것을 우려해서란다. 다만 승무원들은 웜홀에 들어가기 직전 가족에게만 알려주는 걸 허용하되 비밀유지 의무도 같이 부과된다. 그러니 영서도 친구들에게 얘기를 하지 말기 바란다.

애초엔 엄마에게만 알리고 네게는 말하지 않으려 했지만, 지금 시점에서 진실을 털어놓는 게 영서가 당장은 힘들더라도 나중엔 더 큰 힘이 되리라 믿는다.

눈치챘는지 모르겠지만—똑똑한 영서가 이미 눈치챘을 것으로 생각하지만—아빠가 블랙홀 루트를 설명하면서 빼먹은 것이 있다. 바로 돌아오는 방법이다. 엄청난 중력으로 블랙홀 근처에 빨려들어 갔다면 나올 때는 그 무시무시한 중력장을 어떻게 뚫을 것인가를 영서에게 알려주지 않은 것이다. 솔직히 털어놓으마. 우리는 되돌아오는 방법을 모른다. 우리의 과학기술로 해결할 수 없는 수준이기 때문이다. 블랙홀 안 특이점으로 들어가 다른 차원으로 이동하는 방법이 있을 수도 있지만, 그건 우리의 영역이 아닐 뿐만 아니라 우연에 기대기에는 너무나 불확실한 도전이야.

희망을 앞세운 그럴듯한 가설은 우리를 초대한 외계문명이 아빠와 일행들을 지구로 안내해 주는 것이다. 아빠는 여기에 더 점수를 주고 싶구나. 초대장을 보냈을 때에는 돌아가는 교통편도 책임지는 게 초대한 자의 도리 아니겠니.

오, 저기 웜홀이 보인다!
칠흑의 구(球)!
그 둘레를 빛이 둘러싸고 있다. 테두리 빛은 블랙홀 뒤에 있는 별들이 휘어진 공간 때문에 별빛이 구부러져 나오는 중력렌즈 효과일 것이다. 보석으로 빛나는 반지 같기도 하고 은빛 찬란한 왕관 같기도 하구나. 영상을 보내줄 터이니 감상하려무나. 브르노호가 저 안으로 들어갈 때만 해도 가시광선상으로는 희미하게 비쳤는데 지금은 또렷하게 보이니 이건 또 무슨 현상인지 모르겠다. 웜홀이 우리를 반기며 안내하는 것일까? 물론 아빠의 착각이겠지. 우주의 물리법칙이 아빠를 위해 존재하는 건 아닐 테니 말이다.

 네가 이 영상편지를 볼 때쯤이면 아빠는 머나먼 세계로 넘어갔을 것이다. 그렇지 않기를 바라지만 영서한테 전하는 마지막 편지가 될지도 모른다. 설령 그렇게 되더라도 우리 딸 영서는 슬기롭게 대처하며 아빠의 부재를 극복하리라 믿는다. 엄마와 영인이를 위로하는 것도 이제는 영서의 몫이란다. 그러니 너무 슬픔에 빠지지 말고 아빠 딸답게 꿋꿋하게 헤쳐나가기 바란다.
 끝으로 우주엘리베이터를 처음으로 구상했던 치올코프스키의 말을 들려주며 이만 그친다.

 "지구는 인류의 요람이지만, 우리가 영원히 요람에서 살 수는 없다."

지구력 2112년 4월 21일
머나먼 우주에서 아빠가

덧붙임
본문에 나오는 단위 중 무게, 길이는 등장인물의 시대에 맞춰 표기했으나, 시간만큼은 이해의 편의를 위해 현대 단위인 '분'과 '시'로 한다.

만남

1

　산들바람이 망건 사이를 비집고 나온 귀밑머리를 간질인다. 곽재우는 흑각궁을 내렸다. 도무지 집중이 안 된다. 한 획(劃, 50발)을 쏘고 내려가야지. 사대(射臺)에 오를 때 먹었던 마음이 언제 획을 다 채우나 할 정도로 늘어지고 있다. 집중하자! 살을 오늬에 끼우고 표적을 겨누기만 하면 가마솥에서 끓는 팥죽처럼 괘념이 망울져 솟아올랐다. 명보, 그 사람 참. 그의 황소고집에 자기도 모르게 혀를 차면서도 한편으론 안쓰러운 마음 달랠 길 없다. 하늘 한 번 바라보았다가 훔켜잡은 활 한 번 내려다보고, 제멋대로 마실 다니는 정신을 도통 잡을 수가 없다.
　사장(射場)은 동헌 뒤 야트막한 동산에 임시로 만들었다. 두 달 전 조정으로부터 성주목사로 제수되었지만 임지로 가지 않았다. 기병 이후 조정은 모른 척하더니 정암진에서 왜장 안코쿠지 에케이의 진격을 막았더니 찰방이니 정랑이니 절충장군이니, 어린애 떡 하나 주듯 허울뿐인 관직을 던져주다가 이번에 임지가 있는 목사로 발령을 내주었다. 예를 갖추어 선전관을 돌려보낸 후 곽재우는 군막 어디엔가 사령장을 던져놓았다. 그리고 자신이 창의한 세간리 순영(巡營)에서 줄곧 지냈다. 목사니 뭐니 해도 왜놈들이 조선

땅에 있는 한 자신이 싸울 곳은 기강(岐江)을 끼고 있는 의령 땅이어야 했다. 그런데 열흘 전 성주로 왔다. 아니, 올 수밖에 없었다.

"나으리, 목사 나리."

다시 과녁에 정신을 집중하려는데 노복 쇠백이가 부르는 소리가 귀청을 파고들었다. 쇠백이는 헐레벌떡 뛰어오고 있었다.

곽재우는 흑각궁을 내리고 쇠백이를 쏘아보았다.

"목사 나으리. 아니, 자, 장군님."

쇠백이가 헐떡거리며 말했다.

"뭐냐?"

곽재우의 목소리가 낮게 깔렸다. 그가 사장에 있을 때만큼은 누구도 방해하지 않는 게 관례였다. 그럼에도 불구하고 잰걸음으로 오는 걸 보니 급박한 소식이리라.

진주성 소식이 왔구나!

명보는 어찌 되었는가!

곽재우의 가슴에 살이 하나 푹 박혔다.

"차 진무(鎭撫)가 왔습니다."

"뭐? 산이가 왔다고?"

곽재우는 흑각궁을 사대에 던지다시피 내려놓고는 빠른 걸음으로 동헌으로 갔다. 쇠백이는 아무렇게나 던져진 활과 전동을 챙겨 뒤따랐다.

차산이는 곽씨 집안의 가노(家奴)로 곽재우보다 십 년 아래다. 눈치 빠르고 행동이 잽싸 창의기병한 후 항상 곁에 두고 심부름시키고 있다. 격문을 붙이고, 통문을 돌리고, 장계를 전달하고, 함안,

삼가, 합천 등의 창의대장들과 연락할 때면 차산이를 보냈다. 의병대장 곽재우의 손발이 된 차산이에게 관의 공식적인 직함은 줄 형편이 안 돼 영진무(營鎭撫, 부사관)라는 임시 군직을 부여했다.

차산이는 동헌 대청마루 앞에서 곱송그리며 서 있다. 차돌처럼 단단했던 체구가 며칠 새 지푸라기로 만든 허수아비처럼 버성겨 보였다. 덩덕새머리에 작은 눈이 퀭해 더욱 작아졌고 입술은 바싹 말라 허연 보늬가 일어나 있다. 삼베 고의엔 피가 배어 있고 행전은 진흙투성이다.

"장군님!"

곽재우를 본 차산이 털썩 무릎을 꿇으면서 울먹였다.

"진주성은 낙성했습니다. 그리고 모두……."

차산은 주먹으로 눈물을 훔치며 말했다.

"수고했다. 수고했어. 너라도…… 돌아와 다행이다."

곽재우는 차산이의 어깨를 두드리며 일으켜 세웠다.

"안에 들어가 얘기하자꾸나."

곽재우는 차산이를 일단 대청마루에 앉혔다.

"진주성은 예상했던 바다. 살아남은 장졸은 얼마나 되느냐."

곽재우는 애써 표정을 가다듬으며 물었다.

"모두…… 한 사람도 남김없이 순사했습니다."

"군민 모두 말이냐?"

"그렇사옵니다. 왜놈들은 조선인만 보면 아녀자고 어린아이고 가리지 않고 무조건 죽였습니다. 야차가 따로 없었습니다."

"음……."

곽재우는 자신도 모르게 이를 악물었다. 왜군들의 악랄함이야 난리 초부터 호가 났지만 그래도 아녀자와 어린아이까지 깡그리 살육 대상으로 삼을 줄은 몰랐다. 침략 초기 한때 그들은 이 땅의 민초들을 선무 대상으로 삼아 애민(愛民)하는 시늉을 하기도 했다. 그 선무에 넘어가 경상좌도의 일부 상민, 천역, 노비들이 부왜(附倭)한다는 소식이 들려왔다. 그래서 그런지 왜군은 적어도 민인들을 무차별 살상하지는 않았다. 이들은 왜장이 점령한 땅의 백성이 될 것이기 때문이다. 왜장들은 자신들을 전라도 감사니, 경상도 감사니 하며 제멋대로 감투를 정하고는 이를 널리 알렸다.

그러나 천병(天兵, 명의 군사)의 참전 이후 평양에서부터 점점 밀리자 왜군은 야차같이 굴기 시작했다. 전투는 사나워졌고 전투가 끝난 후에는 더욱 악귀처럼 굴었다.

쇠백이가 우물물 한 바가지를 가져왔다. 차산이 냉수를 벌컥벌컥 들이켜는가 싶더니 시부저기 쓰러졌다. 놀란 쇠백이가 겨드랑이를 잡고 일으켰으나 차산이는 축 늘어졌다.

"안 되겠다. 내아(內衙)로 옮기고 얼른 의원을 데려와라."

쇠백이는 차산이를 엎고 내아로 들인 다음 의원을 찾으러 나갔다.

곽재우는 차산이의 얼굴을 내려다보았다. 난리통에 산으로 들로 쏘다니는 일이 신나 머슴 접고 군졸사령이나 될랍니다, 하면서 어느 안전이라고 흉허물 없이 내뱉던 차산이였다.

전쟁은 모든 걸 흐트러뜨리고 마구 섞어놓았다. 우뚝한 것이 엉망진창 속으로 가라앉는가 하면 뒤죽박죽 속에서도 삐죽 솟아나는 게 있다. 차산이 그랬고 곽재우 자신도 그랬다. 을유년(1585년) 정시(庭試)에 입격하고도 책문(시험 답안)이 상(上)의 기휘에 저촉된다는 이유로 파방(罷榜)당하자 기강 나루에 둔지강사(遯泚江舍)를 짓고 소요와 자락으로 세월을 낚지 않았는가.

만약 난이 일어나지 않았더라면, 자신이 기병하지 않았더라면, 김수(金睟)와의 상호 탄핵을 학봉(김성일) 대감이 중재하지 않았더라면, 기강에서 자그마한 전공이라도 세우지 못했다면……. 아득한 천리(天理)는 모르고도 모를 일이다.

난은 인(仁)을 뿌리째 뽑고 오로지 패(覇)의 길만 강요한다. 스스로 하늘에서 내린 장군이라 칭하고 칼을 뽑았을 때 자신에게 무(武)의 길이 드리워질 줄은 몰랐다. 젊었을 때 사어(射御)를 익히고 무경(武經)을 즐겼지만, 후일을 예견해서가 아니라 오로지 젊음의 치기 때문이었다. 공맹의 문장이 답답할 때 사대에 서서 살을 쏘고 말을 타고 들판을 내달렸다. 스승 남명선생은 이런 그를 두고 경(敬)을 닦으매 여러 길이 있다고 했다. 다만 경이 의(義)로 나아가지 못함을 경계하라고 하셨다.

"나으리, 의원이 왔습니다."

쇠백이 섬돌 아래에 서서 양손을 비비며 말했다.

"들라 해라."

자그마한 체구의 의원이 방으로 들어왔다. 의원이 진맥하더니 말했다.

"기력이 고갈돼 잠시 혼절했을 뿐입니다. 맥이 살아 있으니 푹 쉬고 나면 정신이 돌아올 것입니다."

이어 차산이의 고의를 벗겨 상처를 살폈다.

왼 허벅지 중앙에 손톱만 한 크기로 검붉은 피딱지가 덮여 있다. 무릎 쪽으로 강줄기처럼 구불구불 흘러내린 핏줄기 역시 딱지가 져 있다. 조총에 맞았다면 철환을 빼내야 한다. 그러지 않으면 뼈가 썩어 다리를 잘라내야 한다. 오른발 무릎 아래는 피부가 온통 까져서 불그죽죽했다. 의원은 상처를 헤집어서 살펴보았다.

"철환은 없으니, 먼저 기력을 보하고 상처는 나중에 치료하겠습니다. 너무 심려 마옵소서. 보중익기탕으로 기를 보하고 황련환으로 독을 제하면 될 것입니다."

전란 통에 수많은 부상자를 접해온 의원은 무심도 처방인 양 담담하게 말했다.

"속히 약제를 짓도록 하게."

곽재우가 말하자 의원이 읍하고 나갔다.

"장군님, 계시온지요?"

문밖에서 심대승(沈大承)의 목소리가 들렸다.

"오, 심 권관 왔느냐? 어서 들라."

곽재우가 벌떡 일어나 방문을 열었다. 뼈마디가 굵고 눈매가 억실억실한 심대승이 방 안에 들어섰다. 심대승은 기병 초부터 곽재우와 신고를 같이한 물과 고기 사이다.

심대승은 누워 있는 차산이를 빼꼼히 바라보며 입을 열었다.

"윤 영장(領將)은 순사했겠지요?"

"아마, 그럴 것이네."

윤탁(尹鐸)의 순절을 안타까워하는 심대승의 마음이 곽재우에게 전해졌다.

곽재우 의병군이 담당하는 지역은 의령과 삼가 두 고을이다. 유생 곽재우가 거의(擧義)하자 훈련원 부정(副正) 출신 윤탁이 뒤따라 삼가현에서 창의했다. 초유사 김성일은 인접한 두 고을을 합쳐 홍의장군 곽재우의 지휘하에 있도록 했다. 정식으로 무과 급제한 윤탁이 혹여 곽재우의 지시에 불복할까 봐 김성일이 직접 군령을 전달했다. 머지않아 윤탁은 곽재우의 용전과 기지를 인정하고 곧바로 심복했다. 심대승이 곽재우의 오른팔이라면 윤탁은 왼팔이다.

그 윤탁이 곽재우의 말을 듣지 않고 진주성으로 가더니 고혼이 되었다. 작년(임진년) 시월 진주성 싸움에서 심대승과 윤탁이 외원군으로 참여해 혁혁한 전과를 올렸다. 김시민 목사의 지휘 아래 성안의 군민이 일치단결해 죽기 살기로 싸운 게 가장 큰 요인이지만, 외곽에서 횃불을 들고 교란작전을 펼쳐 왜군의 전투 의지를 꺾은 것 또한 무시할 수 없었다. 왜군 대장 우키타 히데이에는 진주성 함락을 눈앞에 두고도 앞뒤로 적을 맞이하게 되는 상황을 우려해 통한의 철수를 했다. 물러서는 왜군의 후방을 괴롭히며 한시도 맘 놓지 못하게 한 것 또한 심대승과 윤탁의 공이었다.

"정녕 가겠단 말이냐?"

곽재우는 윤탁을 향해 말했다.

"호남은 조선의 이빨이고 진주성은 호남의 입술입니다. 입술이 없어지면 이가 빠지게 됩니다. 작년 시월에도 수성했습니다. 이번에도 수성할 것입니다."

윤탁은 입술을 깨물며 답했다.

"이보게 성원(聲遠, 윤탁의 자), 작년과 올핸 상황이 다르다네. 왜군들의 규모와 각오가 달라. 작년엔 진주성이 그저 호남으로 가기 위한 여러 길 중의 하나였지만 지금은 진주성 함락 그 자체가 목적이라네. 왜놈들은 복수를 원하는 것이야."

"허면, 왜놈들의 복수심이 무서워 성을 비워야겠습니까? 성안에 있는 백성들을 왜놈들의 제물로 바치겠습니까?"

윤탁의 눈빛에 살짝 노여움이 배었다. 윤탁은 곽재우에게 단 한 번도 반기를 들지 않았다. 정식 무과급제라는 출신을 들먹이지도 않았고, 의병장이 위포(章布, 벼슬하지 않은 선비)라고 무시하지도 않았다. 그런데 유독 진주성 얘기만 나오면 도리깨 쥔 추수꾼처럼 굴었다. 곽재우는 윤탁의 그 알 수 없는 집착이 의아했다. 그렇다고 꼬치꼬치 캐물을 수도 없었다. 장수는 오로지 군략과 전술로만 따질 뿐 그 동기를 캘 필요는 없다.

"말이 심하구나. 내가 백성들을 왜놈들의 제물로 바치자고 했느냐? 다만 승산 없는 싸움에 아까운 목숨을 희생시키지 말자는 것이다."

곽재우의 목소리가 갈라졌다.

윤탁은 고개를 숙이고 말이 없다.

이윽고 윤탁이 일어서더니 곽재우를 향해 계수(稽首)를 올렸다.

"장군, 부디 무고하옵소서. 소장 이만 물러나겠습니다."

고개를 든 윤탁과 곽재우의 눈길이 마주쳤다. 곽재우는 미간을 찌푸렸고 윤탁의 입은 한일 자를 그렸다. 마침내 윤탁이 조용히 일어나 군막을 나갔다. 그것이 마지막이었다.

윤탁은 삼가에 있는 병졸 백오십여 명을 인솔해 진주성으로 들어갔다.

곽재우는 심대승이 침울해 있는 걸 보니 술 생각이 났다.

"여봐라, 상을 차려 오거라."

방문 밖에서 쇠백이가 네에, 하고는 반빗간(관청의 부엌)으로 가는 발걸음 소리가 들렸다. 잠시 후 동헌에 달린 동자아치가 개다리소반에 청주 한 병과 마른안주를 담아 왔다.

"덕보(德甫, 심대승의 자), 자네도 나를 원망하는가?"

곽재우가 술을 한 잔 따르며 물었다.

"그렇지 않습니다."

"어쨌든 윤 영장과 삼가 의병들의 명복을 빌자꾸나."

"넵."

두 사람은 각자의 잔을 눈높이까지 들고는 단숨에 들이켰다.

"덕보는 의령회합의 자세한 내막을 아는가?"

"소문이 무성했습니다만 자세한 사정은 모릅니다. 저는 그저 장군님의 결정에 따를 뿐입니다."

듬쑥한 심대승답게 답했다.

"그럴 테지. 자네는 나의 곽광(霍光)*이니."

곽재우는 말을 이었다.

"진주성 전투의 비극은 의령회합, 아니 그 이전에 고니시 유키나

---

* 전한(前漢)의 재상으로 늘 조심하고 삼가며 본분을 충실히 이행하였다.(「실명륜」, 『소학』)

가의 괴문서로부터 시작되었다네."
곽재우의 눈이 가늘어지고 시선은 먼 산을 향했다.

2

전란이 일어난 지 일 년이 지났다. 인간 세상이야 지옥도가 펼쳐지든 말든 산하엔 어김없이 봄이 찾아와 옹두리에 파릇파릇 싹을 틔우더니 어느새 신록이 무성해졌다. 박새와 지빠귀 따위의 텃새들은 지지고 볶는 인간들이야 알 바 없다는 듯 녹음 속에서 제 흥에 겨워 지저귀고 있다. 죽고, 다치고, 끌려가고, 헤어진 사람들이 한 집 건너 하나인 민초의 바스러진 삶 속에서도 산 사람은 살아야 하는지라, 왜가 점령한 지역은 지역대로, 조선이 다스리는 지역은 지역대로 민초들의 생활은 이어졌다.

경상우도 의령 땅은 붉은 옷을 입고〔紅衣〕하늘에서 내려온〔天降〕장수가 왜적을 물리친 덕분에 약탈과 도륙을 면했다. 경상우도의 남쪽은 곽재우, 북쪽은 정인홍의 의병군이 굳건히 지켜냈다.

왜적이 침입하자 임금은 한양을 떠나 의주까지 몽진하고 하마터면 요동 땅으로 갈 뻔했다. 곡절 끝에 명나라가 참전해 왜군을 평양에서 몰아내고 한양까지 수복했다. 수복은 수복이되 제힘으로 쟁취한 수복이 아닌지라 왜적이 뱃놀이 가듯 유유히 도성을 빠져나가는데도 돌팔매질 한 번 하지 못했다. 왜군과 명군 간에 무슨 꿍꿍이가 있었는지, 왜군이 한양을 내주고 남하하는데 명군이 길을 열어 살펴주었다. 조정은 뜨악했다. 같은 하늘을 이고 살 수 없는 원수인지라 그들을 추격하고자 군사를 보냈지만 명의 장수들이 한강 도하를 훼방하고 심지어 조선 장수의 목을 쇠사슬로 묶고 끌어내기도 했다.

4월에 왜군 5만 명이 한양을 떠났고, 5월엔 명군 3만 명이 한강을 건너 남쪽으로 내려갔다. 명군과 왜군은 서로의 간격을 유지하며 전쟁을 봄놀이하듯 했다. 복장 터지는 건 조정이었지만 배짱부리는 건 명이었다. 도성을 수복하고 왜군을 이만큼 몰아내줬으면 고마워해야 할 일이지 어찌 그리 보채냐고 호통치다가 너희만 전쟁하느냐 우리도 뼈 빠지게 고생한다며 어르기도 했다. 설움이 한이 되어버린 임금과 신료들은 이를 바드득 갈며 세월을 보낼 수밖에 없었다.

왜군은 경상도 해안으로 물러나 성을 쌓고 명군은 상주, 대구, 경주 등 경상도 내륙에 멀찍감치 떨어져 진을 쳤다. 그사이를 조선의 군사들이 애타게 들락거렸지만 별 성과는 없었다. 명과 왜 사이에 강화니 철수니 하는 말이 오갔고, 책봉이니 인질이니 하는 소문이 떠돌았다.

이 와중에 오월 말 조정에 괴이한 문서가 입수되었다. 명나라 유격 심유경이 대구에 머물고 있던 도원수 김명원에게 계첩을 보낸 것이다. 계첩은 김명원에서 경상우병사 최경회에게로 전해졌고, 최경회는 이를 조정에 보고했다.

계첩에 의하면, 심유경이 강화협상을 위해 왜장 고니시 유키나가를 만났을 때 그는 편지 하나를 보여주었다. 관백(關白) 도요토미 히데요시로부터 온 일종의 명령서로, 조선에 출병해 있는 모든 병력을 집중해 진주성을 점령하라는 것이다. 작년의 패배를 설욕해 우군의 사기를 높이고 명과 조선에게 본때를 보여줌으로써 협상에서 우위를 점하라고 했다. 고니시는 서로 간에 피 흘릴 필요 없이 조선이 성을 비워주면 자신들이 체면치레하고는 곧바로 철병해 이후 강화협상이 순조로이 진행될 것이라고 했다. 왜의 협상 요구 조건은 남쪽의 4개 도를 할양하고 세자를 인질로 보내라는 것이다. 심유경은 왜의 협상 조건이 터무니없긴 하지만 진주성만이라도 요구를 들어줘 추후 협상 과정에서 보다 큰 걸 얻어내는 것도 나쁘지 않다고 넌지시 권유했다.

자국의 성을 적에게 고스란히 바친다는 건 있을 수 없는 일이지만 명과 왜의 입장을 무시할 만한 힘이 없는 조정은 전전긍긍하다가 하삼도에서 전황을 체찰하는 도원수 김명원에게 진주성의 방비와 민심을 살피도록 했다. 유월 초 김명원은 성을 점검하기에 앞서 인근 지역의 방비를 확인코자 했다. 도원수는 진주로 향하는 장수들은 모두 의령에 모이라는 전문을 보냈다.

풍문은 어떻게 흘러나왔는지 모른다. 왜 측에서 일부러 흘린 것일 수도 있고, 발 없는 말이 천 리를 가며 퍼뜨린 것일 수도 있다. 시간이 갈수록 증폭되고 악화되는 게 소문의 속성이다. 진주성을 공격하기 위해 왜군 오만 명이 준비하고 있다고 했다가 십만 명으로 늘어나더니 급기야 조선에 있는 모든 왜군이 집결해 십오만이 될 것이라는 풍설로 굳어졌다. 처음엔 고니시와 가토가 이끄는 규슈(九州) 군대가 주축이 될 것이라 하더니 나중엔 총사령관 우키다 히데이에가 전군을 지휘한다고 했다.

풍문의 진위를 확인할 만한 수단도 능력도 없는 조정이기에 명확한 지침도 없었다. 그저 군자의 나라를 파탄 낸 저 무도한 오랑캐가 절로 사그라져야 함이 대의이니 하늘은 저 스스로 올바른 이치를 드러낼 것이라며 임금과 묘당의 신료들은 서로를 향해 중얼거렸다.

풍문이 팔도를 휘젓자 조선의 장수들은 각자의 처지에 따라 형세를 판단했다. 그리고 병력 이동이 시작되었다. 어떤 장수는 진주로 향했고 어떤 장수는 진주로부터 멀리 물러섰다.

계사년(1593년) 유월 이레.
의령현 세간리 곽재우 창의군 군영.

목책이 늘어선 입구에는 커다란 오방기가 산들바람에 살짝살짝 낯짝을 뒤집고 장대 위에선 까마귀가 까악까악거리며 오가는 사람을 흘겼다. 위병 군졸이 에잇 퉤, 하고 침을 뱉고는 까마귀를 향해 종주먹을 들이대며 욕했다. 재수대가리 없는 까마귀 새끼! 욕하거나 말거나 까마귀는 목청을 드높이며 시원한 바람을 느실느실 즐기고 있다.

군영 제일 안쪽, 대장기가 걸려 있는 군막 안에는 철릭을 입은 장수 여덟 명이 좌정해 있다. 남빛 융복을 입은 도원수 김명원이 가느다란 수염을 만지작거리며 좌우에 앉아 있는 장수들을 찬찬히 둘러보았다.

도원수 왼편에는 홍의전포를 입은 곽재우가 있고, 그 반대편에 전라도 순찰사 권율이 앉아 있다. 곽재우 옆으로 창의사 김천일, 순변사 이빈, 맞은편에는 경상우감사 김륵, 경상우병사 최경회, 경상좌병사 고언백이 앉아 있다. 경기조방장 홍계남과 전라병사 선거이는 참석하겠다는 의사를 밝혔지만 병력 이동이 원활치 못해 진주성으로 바로 가겠다는 연락이 왔다.

"학봉 대감은 어찌 되었소?"

김명원이 곽재우를 향해 물었다.

학봉 김성일은 경인년(1590년)에 통신사 부사로 왜국에 갔었다. 귀국 후 관백 히데요시는 전쟁을 일으킬 인물이 못 된다고 보고했다가 왜침이 일어나자 삭탈관직당했다. 한양으로 압송당하던 중 대신들의 건의로 초유사로 재차 임명되었다. 김성일은 과오를 씻기 위해 진력을 다했다. 재지사족(在地士族)을 찾아가 거병을 권하고 초야의 선비를 규합해 의병을 조직했다. 그의 초유 덕분에 합천에서 정인홍이 궐기하고 거창에서 김면, 영천에서 권응수가 창의했다. 그뿐 아니라 부호들에게서 쌀을 징발해 군량미를 확보했다. 이렇듯 병력을 확보하고 물자를 지원함으로써 경상우도 방어의 군사적 기반을 다지는 데 큰 초석을 놓았다. 전쟁 초기 의병과 관군 간에 알력이 생기고 갈등이 일어났을 때 그가 나서서 중재하고 조정하지 않았더라면 의병은 흩어졌을 것이고 따라서 경상우도에서 왜군의 진격을 막아내지 못했을 것이다. 김성일은 의병이라고 무시하지 않았고 관군이라고 해서 무조건 힘을 실어주지 않았다. 오로지 군사적 관점에서만 불편부당하게 일을 처리했다. 지금은 순찰사로서 경상우도의 군사적 지휘를 실질적으로 책임지고 있다.

"오시기로 했는데 갑자기 몸이 편찮으셔서 진주성에 머물러 계신답니다."

곽재우가 대답했다.

"충청병사는 어찌 되었소?"

김명원이 김천일을 향해 물었다.

"보름 전까지 오기로 약조했으니 지금쯤 오고 있을 것입니다."

김천일이 허연 수염을 쓸어 올리며 답했다. 김천일은 관직을 떠나 한산(閑散)한 선비였다. 나주의 향촌에 기거하다가 왜적이 한성을 점령하고 임금이 파천했다는 소식을 듣자 비분강개하여 거의했다. 향정에서 효유(曉諭)한 의사가 겨우 삼백에 불과했지만 개의치 않고 이들과 함께 한성으로 향했다. 김천일을 따르는 의병 숫자가 점점 불어나 경기도에 이르렀을 땐 거의 이천 명이 되었다. 김천일 부대는 강화도에 거점을 두었다. 의주와 전라도를 잇는 뱃길의 주요한 요처인 강화도를 지킴으로써 조정의 살림살이는 그나마 지탱할 수 있었다. 임금으로부터 창의사를 제수받은 그는 의장(義將)의 원로 대접을 받고 있다.

"그 밖에 오기로 한 장수가 있소이까?"

"삼남에서 모일 수 있는 장수들은 다 모였습니다."

권율이 큰 눈을 껌벅이며 대답했다. 전라순찰사 권율은 웅치에서 왜군을 격퇴하여 전라도를 보존했을 뿐만 아니라 행주에서의 대첩으로 조야의 신뢰를 한 몸에 받고 있다. 도원수 김명원을 체차(遞差)하고 권율이 그 자리에 임명될 것이라는 하마평이 무성했다. 그래서 그런지 그의 말에는 남다른 무게가 실려 있다.

"지금 진주성은 바람 앞의 등불처럼 위태로운 처지에 있소이다. 왜적은 겉으론 진주성을 총공격해 작년의 패배를 설욕하겠다고 으름장을 놓고 있지만, 뒷구멍으론 진주성을 공성(空城)으로 내놓는 게 어떠냐고 제안하고 있소. 왜군 전체의 의견인지 아니면 고니시의 개인적 견해인지는 알 수 없으나 왜놈들이 진주성을 손안에 넣기를 원한다는 것만은 확실하오. 이에 관해 장수들의 의견을 말해주기 바라오."

김명원이 단도직입으로 말했다.

"진주성의 수성 병력은 삼천 정돕니다. 여기에 지금 모여 있는 장수들이 지원군으로 들어간다 하더라도 칠팔천 이상 넘지 못할 것입니다. 문제는 왜적의 대규모 진군 소문이 들리자 경상우도의 백성들이 진주성으로 몰려오고 있는 것입니다. 작년의 성공적인 수성에 힘입어 이번에도 진주성으로 가면 살 수 있다고 믿는 것 같습니다."

경상우병사 최경회가 낙숫물처럼 또박또박 말했다. 깎은선비처럼 단아한 최경회는 회갑이 지난 노령임에도 불구하고 기백은 이팔청춘 못지않았다. 최경회는 작년에 진주성으로 향하던 왜의 지원군을 거창에서 격퇴함으로써 진주에서의 대첩을 가능케 했다. 이 전공으로 경상우도 병마절도사가 되었다.

"전세가 불리한 건 확실한데 그렇다고 지레 포기하는 것도 우스운 짓이오. 진주성에 대해 이렇다 할 만한 대책이 있으면 말해보시오."

김명원이 다시 한번 다그쳤다.

"진주성은 호남을 지키는 길목이니만큼 전세의 유불리를 떠나 순순히 적에게 내줄 순 없다고 생각하오."

괄괄한 김천일이 어색한 분위기를 깨고 먼저 입을 열었다.

"진주성이 전략적 요충지라는 건 부인할 수 없지만, 전세를 무시할 순 없소이다. 형세에 따라 진퇴를 유연하게 결정하는 것이 용병술의 기본입니다. 조선에 출병한 왜적들이 총동원된다면……. 소나기는 일단 피하고 보는 게 상책이지 않겠습니까."

경상좌병사 고언백이 말투를 낮추어 조용히 말했다. 양주목사인 고언백은 가토의 군대에게 길을 내어주지 않은 것으로 유명했다. 행주산성 전투에서도 공을 세워 경상좌병사가 되었다.

"진주성을 내준다면 흉적들은 필히 이에 만족하지 않고 전라도 내륙으로 들어와 분탕질 칠 게 뻔합니다. 임진년 난리를 그나마 견디며 사직을 유지할 수 있었던 건 호남이 무너지지 않았기 때문입니다. 수군절도사 이순신이 남해바다를 내어주지 않았고, 김시민 목사가 진주성을 지켰고, 여기 계신 권율 장군과 황진 장군이 북쪽에서 밀고 내려오는 고바야카와 다카카게의 군대를 저지했기 때문입니다. 이 중 어느 하나라도 뚫린다면 전라도는 둑 터진 제방처럼 와르르 무너질 것입니다. 전라도는 조선의 곳간이자 나라의 버팀목입니다. 목숨을 내놓는 한이 있더라도 진주성을 흉적들에게 결코 내주어선 안 됩니다."

최경회가 짱짱한 말투로 목소리를 높였다.

"병법에 이르기를, 적의 기세가 넘치면 물러나 때를 기다리고, 적이 움츠러들면 성난 파도처럼 휩쓸어버리라고 했소이다. 탐지한

바에 의하면 왜적은 일 번대로 가토 기요마사와 구로다 나가마사 그리고 시마즈 요시히로 등 쟁쟁한 장수들이 선봉을 맡고, 병력은 대략 이만 오천 명이라고 하옵니다. 이 번대는 고니시 유키나가, 다테 마사무네, 소 요시토시 등의 장수들이 약 이만 삼천 명의 병력을 이끌고 있다 하오. 삼 번대는 총사령관 우키타 히데이에의 중군으로 병력 일만 팔천 명인데, 특이한 건 히데요시의 봉행(참모) 이시다 미쓰나리가 감독관으로 참관한다는 소문이 있소이다. 사 번대와 오 번대는 예비대로서 정확한 병력은 파악되지 않고 있는데, 사 번대는 모리 데루모토가 주축이 되고, 오 번대는 백전노장 고바야카와 다카카게가 뒤를 받친다는 첩보가 있소이다. 총병력은 최소 칠만에서 최대 십이만까지로 추정되오. 진주성이 남강을 끼고 있는 천험의 요새라고는 하나 중과부적인 데다 적의 기세 또한 맹렬하니 방어하기 힘들 것이오."

곽재우가 낮고 단단한 목소리로 말했다. 최전선이 돼버린 경상우도에서 적과 맞선 탓인지 곽재우의 정보력이 기중 세세했다.

"진주성 둘레가 삼 리라고 하니 남강 쪽을 제외하더라도 적어도 이만 명의 병사가 있어야 방어선을 촘촘히 구축할 수 있습니다. 현재의 병력만으로는 턱없이 부족하옵니다. 일만 팔천 이상의 병력이 추가로 보충돼야 합니다."

순변사 이빈이 짙은 눈썹을 찌푸렸다 펴면서 말했다. 노원평에서 공을 세운 이빈은 이일을 대신해 순변사로 임명되었다.

"현재 보충 가능한 병력이 얼마나 되오?"

권율이 좌중을 돌아보며 물었다.

"성안의 수성군 삼천, 창의사 의병 삼백, 경상우병사 관병 사백, 김해부사 이종인 이백, 충청병사 황진 칠백, 고인후가 복수에서 의병 칠백을 이끌고 오고 있다고 합니다. 소장의 계산으로는 현재 확인된 병력은 오천삼백여 명이고 그 밖에 함안, 사천, 거제, 순천, 태인, 해남 등에서 관군과 의병들이 속속 모여들고 있는 걸 감안해 추가로 육칠천이 모인다면 진주성을 방어할 수 있는 최대 병력은 대략 일만 이삼천이 될 것으로 보입니다."

최경회가 말했다.

"방어에 적정한 병력은 어느 정도라고 보오? 권 장군."

김명원이 권율을 향해 물었다.

"본관이 아직 진주성을 둘러보지 못한 관계로 세밀한 병력 배치는 차치하고, 병서에 이르기를 공성을 하려면 수성의 최소한 서너 배 이상 병력이 투입되어야 한다고 했소이다. 왜군 십만을 가정하고 역으로 셈해보면 수성에 최소 삼만의 병력이 필요하다고 봅니다."

권율이 답을 하며 최경회를 은근히 바라보자, 최경회는 희미하게 고개를 끄덕이며 권율의 계산에 동조를 표했다.

"작년 김시민 목사는 삼천으로 삼만의 군사를 막아냈습니다. 이를 적용하면 일만으로도 가능하지 않겠습니까?"

김천일이 말했다.

"임진년에 그랬기 때문에 올핸 수성 병력이 더욱 많아야 할 것이옵니다. 왜적들은 작년의 패배를 거울 삼아 만반의 준비를 할 게 틀림없습니다. 가용할 수 있는 병력을 최대한 모아야 합니다."

경상우감사 김륵이 말했다.

"최대한 많은 병력을 모아 투입해야 한다……. 최 병사의 말대로라면, 최대한 많이 모아도 우리는 일만 오천을 넘지 않소이다. 적은 십만을 헤아리는데."

김명원이 김륵의 말을 꼬집었다.

"군세의 우열이나 병력의 다소를 떠나 진주성은 결코 포기할 수 없는 곳이오. 백성들은 우릴 믿고 들어오고 있소이다."

김천일이 목청을 높였다.

"성안에 들어가는 것만이 능사는 아니오. 농성이 길어지면 식수와 식량 부족 등의 문제로 외려 수많은 입이 짐이 될 수도 있소이다. 진주성엔 삼천의 병졸 외에도 삼만 명의 백성들이 있습니다. 지난 시월처럼 군민이 함께 전투에 참여하면 어느 정도까지 버틸 수 있을 것이오. 왜군은 출정(出征)을 왔으니 보급이 중요할 것입니다. 소장이 보기엔 성 밖에서 적의 뒤를 교란하는 것이 효과적이라고 봅니다. 앞뒤로 적을 맞으면 왜적은 당황할 것이고 그렇다면 작년과 같은 결과를 바랄 수 있지 않겠소이까."

경상좌병사 고언백이 말했다.

"그렇지 않소이다. 왜군의 보급로는 의외로 순조롭소이다. 이순신이 남해바다를 지키고 있다 하나 이는 남해도 좌측의 전라도 해역만 왜적이 들어오지 못하게 막을 뿐이오. 왜의 수군이 마음만 먹는다면 웅천이나 당항포 혹은 낙강을 이용해 남강으로 진출할 수 있소이다. 이는 보급이 전혀 문제 되지 않는다는 걸 의미하오. 또한 소장이 의령을 지키고 있다곤 하나 왜군의 주력부대가 고성과 곤양을 통해 진주성으로 간다면 이 또한 막을 길이 없소이다. 조선군이 할 수 있는 건 기습전밖에 없습니다. 왜군의 양도(糧道)를 차단하고 후방을 기습하려 해도 삼사만의 병력이 있어야 합니다. 하오나 경상우도에선 일만은커녕 오천을 채우기도 쉽지 않소이다. 유격으로 일시적 교란을 할 수 있을지언정 주력군의 대오를 흐트러뜨리는 건 힘들다고 봅니다."

곽재우가 고언백의 말을 받았다.

"곽 장군은 시종일관 반대만 하니 어찌 방책이 나오리오. 우리 모두 진주성이 풍전등화라는 걸 알고 있소이다. 바람을 막을 생각은 하지 않고 등화의 심지에 대해서만 왈가왈부하니 이치에 닿지 않소이다."

김륵이 곽재우를 향해 가시가 박혀 있는 말을 던졌다.

"하오면, 무슨 대책이 있는 것이오?"

곽재우의 목소리가 갈라졌다. 굳이 부집하고 싶진 않지만 김륵의 비유가 거슬렸다.

"장수가 싸움을 기피하면 어찌 군기가 서리오."

김륵이 맞받았다.

"진퇴는 중의(衆意)에 따라 결정해야 하오. 개별 군사 행동은 하지 않기로 약조하는 것이 어떻겠사옵니까?"

고언백이 김명원을 향해 말했다.

"좀 더 논의하기 바라오."

김명원은 채수염을 쓸어내리며 낮은 목소리로 말했다.

"군사를 부리는 건 수기응변(隨機應變)에 의하고 적을 헤아리는 건 지혜로워야 하오. 성대한 적세를 보건대 이대로 부딪치는 건 필부의 만용이랄 수밖에 없소이다. 본관은 차라리 밖에서 호응할지언정 성안에 들어가지는 않겠소."

김명원의 흐리멍덩한 언사에 곽재우가 대거리하듯 치받았다.

"장수가 대장의 명령을 무시하다니 이래서야 군율이 서겠는가. 절충장군은 발언을 자중하시오."

순변사 이빈이 곽재우를 향해 큰 소리로 말하고는 몰강스럽게 입을 앙다물었다.

"우리의 전쟁은 진주성이 목적이 아니라 그 너머를 보아야 하오. 전쟁은 멀리 보고 군사의 움직임은 신중해야 합니다. 목숨을 가벼이 여기는 건 쉽지만 살아서 충의를 향해 나아가는 건 어렵소이다. 나를 믿고 창의한 의병들의 목숨을 쉽게 저버리게 할 순 없소이다. 그들이 원하는 건 살아서 생을 일구는 것이지 죽음으로써 의를 보이는 것이 아니기 때문이외다. 다시 한번 말씀드리오만 소장은 진주성에 들어갈 마음이 터럭만큼도 없소이다."

곽재우의 눈빛이 이글거렸다. 두 사람의 눈길이 마주쳤다. 이빈의 눈빛에도 싸한 한기가 흘러나왔다.

"자자, 그만들 하시오."

김명원이 탁자를 치며 섯을 삭이도록 했다.

"집결이냐 해산이냐, 옥쇄냐 공성(空城)이냐, 결전이냐 후퇴냐, 도원수께서 명을 내리소서."

김천일이 말했다.

"장수는 군령을 따라야 하오. 군율의 지엄함을 보여주셔야 합니다."

고언백도 거들었다.

도원수 김명원이 권율을 바라보았다. 권율에게 무언의 위임을 한 것이다.

"전장은 예측하기 힘든 법이오. 군막에 앉아서 결정할 일은 아니오."

권율은 명확하게 결론을 내리지 않았다.

"명군의 입장은 어떠하오이까?"

늙은 의병장 김천일이 김명원을 향해 물었다.

김명원은 아무 말 없이 좌중을 훑어보기만 했다. 침묵이 무엇을 말하는지 장수들은 알고 있다. 곽재우의 입술이 순간 달싹했지만 꽉 깨물었다. 장수들의 주저를 보며 곽재우를 보름 전 방문했던 명군의 군영을 떠올렸다.

오월 열아흐레. 곽재우는 성주 팔거현에 둔(屯)하고 있는 명나라 부총병 유정(劉綎)을 찾아갔다.

"어서 오시오. 조선 바다엔 이순신, 육지엔 곽재우 장군이 있다고 들었소이다."

유정은 평복에 맨상투 차림으로 천연덕스럽게 맞이했다. 예우가 아니지만 곽재우는 격의 없는 거리감으로 받아들였다. 유정은 둥그스름한 얼굴에 수염이 가느다랗게 뻗어내려 꼬리 달린 연 같은 인상이었다.

"조선의 절충장군 곽재우, 마하(摩下)께 인사드리옵니다. 소방의

만남 249

환난 때문에 먼 길의 노고를 끼쳐드림을 용서하십시오."

곽재우는 최대한 공손하게 읍하며 오월(吳越) 지역 남병을 이끌고 온 유정을 치켜세워주었다.

"조선의 우환을 우리 천조국이 곧 제거해드릴 테니 장군께서는 너무 심려하지 마시오."

유정은 넉넉하게 웃으며 말했다.

"여봐라, 여기 조선의 이름난 장수가 오셨으니 주안상을 내오거라."

"마하, 저는 사절로 온 것이 아니라 개인 자격으로 방문한 것일 뿐이외다. 주안상이라니 가당치 않습니다."

곽재우는 손을 내저으며 적극 사양했다.

"아무렴 그렇다 치더라도 어찌 진중을 방문한 손님을 소홀히 하겠소. 여봐라, 여기 간단하게라도 상을 차려오거라."

유정은 시종 웃음을 잃지 않고 말했다. 본래 성격이 그러한 것인지 아니면 일부러 환대를 가장하는 것인지 가늠할 수 없었다. 대국인들의 말투는 춘설에서 싹을 찾는 것처럼 파헤치고 파헤쳐야 겨우 복심을 알 수 있다. 곽재우는 젊어서 부친을 따라 연경에 사행 다녀온 적이 있었다. 머무르는 동안 그들과 교유도 하고 유리창(琉璃廠) 뒷골목을 돌아다니기도 했었다. 그때 이들의 말과 속이 일치하지 않음을 깨달았다. 천자 나라의 신민들은 심기를 감춤으로써 보신과 처세의 묘를 터득한 것인가 싶었다.

잠시 후 여인네 둘이 상을 받치고 들어왔다. 둘 다 머리를 틀어 올리고 회장저고리를 입은 조선 여인이다. 관기(官妓)인지 아니면 자기들 마음대로 여염의 여인을 징발했는지 모를 일이다. 명군은 수발드는 여비는 물론 여염의 조선 여인도 거리낌 없이 취한다고 들었다.

곽재우는 씁쓸한 입맛을 감추고 유정을 향해 입을 열었다.

"왜군이 진주성을 공격한다고 합니다. 천병의 대책은 어떠하오신지요?"

"자, 한잔 드시오."

유정은 답은 않고 잔을 들어 권했다. 곽재우는 잔을 받고는 쭉 들이켜고는 다시 물었다.

"소장의 의견으론 천병이 움직인다면 왜군들은 감히 나서지 못할 것입니다. 설령 나선다 한들 마하의 병략으로 능히 제압할 수 있으리라 생각합니다. 부디 진군하옵소서."

곽재우는 거듭 고개를 숙이며 청했다.

"허허, 곽 장군은 너무 염려 마시오. 우리에게도 모책(謀策)이 있소이다. 왜군은 우리 천군에게 겁을 먹고 있소. 한양에서 퇴각한 것이 그 증거라오. 우리가 그들에게 길을 열어준 건 확실한 승리를 위해 약간 양보한 것이지 오랑캐들과 야합한 것은 아니라오. 조선의 군신들은 오해하고 있소이다."

유정은 능글능글 웃으며 술 한잔 들이켰다.

"허면, 진주성을 공격할 것으로 예상되는 왜군들은 어찌할 것이옵니까?"

곽재우의 목소리가 떨려 나왔다.

"걱정 붙들어 매시오. 내가 누구요. 천병 중에서도 가장 정예군

인 남병들이 내 휘하에 있소이다. 우리 남병의 포가 없었더라면 평양성의 탈환도 없었을 것이오. 북병들이야 드넓은 광야에서나 힘을 발할 뿐이오. 조선의 산하는 공성전에 적합하오."

유정의 말은 기마병 위주인 이여송의 북병들보다 자신이 거느린 남병들이 조선의 전투에서 훨씬 유리하니 걱정하지 말라는 뜻이었다. 확실히 평양성 공략에서 남병들이 가지고 온 불랑기포가 아니었으면 성안의 왜적을 당황케 하지도 성벽을 그리 쉽게 허물지도 못했을 것이다.

총병관 이여송 제독은 평양과 개성을 탈환한 여세를 몰아 한양성 코앞까지 파죽지세로 내려갔으나 벽제관에서 왜군의 기습에 혼비백산하고는 겨우 목숨만 건져 평양으로 내뺐다. 한양으로 환도한 이후에도 그는 한양성 밖으로 코빼기도 내밀지 않았다. 군사외교는 경략 송응창과 심유경만 바라보고 군정(軍政)은 유정에게 일임했다.

"장군께서 거느린 남병의 무위는 소장도 귀에 못이 박이도록 들었습니다. 장군께서는 언제 출진할 것이옵니까?"

곽재우가 거듭 재촉했다.

"안 그래도 총병관에게서 전갈을 받았소이다. 여차하면 이 제독도 한양에서 군사를 거느리고 남하하겠다고 했소이다만 굳이 그럴 필요는 없다고 했소."

그 말을 듣자 곽재우는 속이 뜨끔했다. 왜적은 병력을 총동원해 군세를 집중하는데 명군은 뒤로 빼려 한다는 느낌이 들었다. 무슨 속내가 있는 건지 알 수 없었다. 속이 탔다. 겉으론 군사적으로 견제하는 척하면서 속으로 왜군과 무슨 야합을 했을지도 모를 일이다.

"감히 묻사오면, 현재 천병의 군진은 어디 어디에 둔하고 있는지요?"

"……."

유정은 답을 않고 곽재우를 지그시 바라보았다. 감히 네 따위가 대국의 군사를 살피려 하느냐 하고 따지는 것 같았다. 곽재우의 등에 소름이 돋았다. 말 한 번 잘못하고 심기 한 번 거슬렸다가는 진주성이 스러질 것이다.

"나와 유격 오유충이 이곳 성주에 있고, 낙상지와 송대빈은 전라도 남원, 부총병 왕필적은 상주에 주둔하고 있소."

유정은 잠시 뜸을 들인 후 입을 열었다. 자세한 병력 규모는 알려주지 않았지만 곽재우가 얼핏 계산을 해봐도 삼만을 넘지 못했다. 여기에 이여송 제독의 한양 주둔군 일만 오천을 합한들 오만을 넘지 못할 것이다.

"병법에 이르기를 싸우지 않고 이기는 게 상지상(上之上)이라는 건 그대들도 알 것이오. 나는 왜군들을 고이 물리칠 수단을 강구 중이오."

유정이 속내를 드러내기 시작했다.

"마하께서는 신출한 묘책이 있으신지요?" 곽재우가 물었다.

"깊이 생각할 것 없소이다. 왜군 중에서 가장 용맹하기로 소문난 가토에게 내가 편지를 보낼 것이오."

"네에?"

곽재우의 눈이 화등잔으로 변했다.

"가토와는 연락이 닿고 있소이다."

"하오나, 가토는 엄연히 적장이고, 이곳은 전장입니다. 적장이 편지 한 장으로 전선에서 물러나겠습니까?"

"나에게도 다 심모가 있소이다. 자세한 건 이 유모한테 맡겨 주시고 곽 장군은 조선군의 전비(戰備)에만 신경 쓰기를 바라오."

"그럼, 진주성은 어떻게 됩니까?"

"어허, 왜군의 출정은 우리가 알아서 막는다고 하지 않소!"

유정의 입가에 미소가 사라졌다. 곽재우는 박차고 일어나고 싶은 마음을 꾹꾹 담아 누르며 말했다.

"조선의 임금과 백성들은 장군의 출진만을 학수고대하고 있습니다. 부디 살펴주옵소서."

"그대의 청이 간절하니 내 다시 한번 깊이 생각해보겠소."

유정의 거드름에 곽재우는 더 이상 궁추(窮追)할 수 없었다. 유정의 의도는 명확했다. 조선군은 자신들만 믿고 따르라는 것이다.

문득 임금의 조바심이 느껴졌다. 선왕의 능묘를 파헤친 왜적은 불공대천의 원수라 결코 같은 하늘을 이고 살 수 없다며 임금이 통곡했다는 소식을 선전관으로부터 들었다. 그러나 원수를 갚아줄 유일한 동아줄인 명군은 사돈영감 젯상 바라보듯 하고 있다.

임진년 동지에 제독 이여송이 이끄는 일진(一陣)이 조선에 들어오고, 이어 올 정월 유정의 이진(二陣)이 도착했다. 오자마자 그는 백만 대군 운운하며 왜군을 단번에 쓸어버리겠다고 호언을 거듭해 임금과 신료들을 들뜨게 했다. 그가 이끌고 온 남병은 백만은커녕 삼만에 불과했지만 바닷길을 통해 남방병 십만이 추가로 올 것이라고 큰소리쳤다. 유정의 거듭된 허언에 신뢰가 떨어진 만큼 그의 약속도 믿을 게 못 되었다. 유정을 직접 만나고 보니 곽재우는 그가 허풍쟁이라는 말이 틀리지 않았음을 알 수 있었다. 더 이상 유정의 말장난에 놀아나지 않고 빨리 의령으로 떠나야겠다는 생각만 머릿속에 가득 찼다.

그동안 조선의 장수들은 흉흉한 소문에 더욱 시달렸고 결국 이곳 의령에서 삼남의 장수들이 모두 모여 회동한 것이다.
중의가 모아지지 않자 권율이 마무리 지었다.
"작년 팔월 의병장 조헌의 칠백 병사와 승려 영규의 승군 육백을 합친 천삼백 병사가 왜장 고바야카와의 일만 군대에 맞서 싸우다 전원 순사한 사건을 기억할 것이오. 당시 전라감사였던 본관과 충청감사 허욱은 의병장에게 좀 더 기다렸다가 관군과 합세해 공격하자고 했소이다. 그러나 금산성 전투에서 순절한 고경명에 대한 마음의 빚 때문인지 조헌 장군은 적을 앞에 두고 망설일 수가 없다며 의로운 죽음을 택했소이다. 그의 의기는 높이 사지만 병략으로 볼 땐 못내 아쉬운 결정이었소. 반면 여해(이순신)는 평중(원균)의 급한 장계를 받고도 보름 이상 움직이지 않았소. 급한 마음에 준비가 안 된 군선(軍船)으로 섣불리 움직였다가는 외려 적에게 당할까를 염려했기 때문이오. 여해는 전투태세를 갖추자 비로소 발진했고 덕분에 옥포와 한산도에서 큰 승리를 거둘 수 있었소이다. 일단 진주성으로 갑시다. 이후는 형세에 따라 판단하겠지만 본관의 마음가짐을 묻는다면 이번 싸움에 조선군의 모든 것을 걸 수 없다는 것이오."

"권 장군의 말이 타당하오. 각 진영의 장수는 스스로 판단하되 진중하게 결정하기 바라오."

좌장 도원수 김명원은 명확한 지침으로 휘갑치지 않고 얼추 매듭그리며 넘어갔다.

말들의 잔치로 끝났다. 적세가 강하고 다급하니 한발 물러서자는 입장과 전기(戰幾)를 놓치면 앞으로 전과(戰果)를 얻기 힘들다는 태도가 팽팽했다. 둘 다 임금과 백성을 위한 길이라고 각자 주장했지만, 어느 길이 충절과 대의로 향하는 길인지 누구도 알 수 없었다.

3

의령은 자굴산이 생기를 품고 있어 정기가 살아 있는 곳이다. 풍수의 술법은 바람을 막고 물을 얻는 데 중점을 둔다. 기(氣)는 물을 만나면 멈추고 바람을 타면 흩어진다. 기가 흩어지지 않게 가두려면 산이 필요한데 뒤로 자굴산이 바람을 가두고 앞으로 강물이 감싸니, 의령은 풍수에서 길하게 여기는 장풍득수(臟風得水) 형국이다. 다만 규국(規局)이 협소해 많은 사람을 품을 수 없고 구규(九逵, 사통오달로 뚫린 길)로 통할 수 없다는 단점이 있다. 이는 규국이 막히면 꼼짝달싹 못 하고 갇힐 수 있음을 뜻하기도 한다.

곽재우는 심대승에게 군영을 이동할 수 있도록 준비하라고 지시했다. 의령은 넓은 땅이 아니다. 산으로 둘러싸여 있고 낙강과 기강이 휘돌아 방어하기에 이점이 있지만 대군이 몰려오면 외려 갇혀버리는 위태로움이 있다. 왜군 진격로의 길목인 정암진을 과연 지켜낼 수 있을까, 곽재우는 고민에 고민을 거듭했다. 왜군이 함안을 거쳐 진주로 향한다면 의령에서 필히 마주치게 될 수밖에 없다. 작년엔 일개 부대만 왔지만 지금은 왜의 전군을 상대해야 할지도 모른다. 왜군이 고성을 거쳐 곤양으로 간다면 의령에서 직접 부딪칠 일은 없지만 측면을 지키기 위해 결국 의령에 군사를 보낼 것이다. 어찌 됐든 충돌은 피할 수 없다. 문제는 자신의 군사만으로 왜군을 막을 수 있냐는 것이다. 소수의 병력으로 대군을 맞이해 회전(會戰)으로 승부할 수는 없다. 자신의 부대는 정규군이 아닌 유군(遊軍) 성격이 짙다. 진주성에서 전투가 벌어지면 단기전으로 끝날 것이고, 단기전에서 유격전은 별 의미가 없다.

"진을 옮기면 어디로 가시겠습니까?"

심대승이 물었다.

"영산현으로 물릴까 싶구나."

"초계나 고령쯤이 낫지 않겠습니까?"

"왜군의 진격로와 직접 부딪치지 않으면서도 적의 동선과 그리 멀리 떨어지지 않은 곳이다. 성주에 있는 명군이 뒤를 받쳐줄 수 있고."

"날짜는 언제로 잡으면 되겠습니까?"

"사흘 후 사시에 병사들을 공궤하고 오시에 이동하라. 그전에

선발대를 보내 영(營)이 둔할 수 있는 터를 다지도록 하거라."

전란을 맞이해 조선의 장수들은 문관 출신과 무관 출신으로 나누어졌다. 전시에 무관 출신들이 더 많은 권한을 가질 것 같지만 오히려 문관 출신들이 더 높은 지휘권을 행사하고 있다. 곽재우 자신도 문과에 응시했지만 지금은 무장 역할을 하고 있다. 무관 출신들이 제대로 활약하고 있는 곳은 이순신의 바다와 안덕원에서 남다른 용병술을 보여준 황진뿐이다.

전란 상황에서 문무가 따로 없겠지만 문의 길과 무의 길이 엄연히 다르다는 걸 임금과 조정의 신료들은 인정하지 않고 있다. 군사를 운용하고 진을 펼치는 것과 격물(格物)을 치지(致知)하고 대의를 논하는 것과는 이치가 다르다. 전쟁이 발발하자 무가 문을 이끌기는커녕 외려 문이 더 승해 무를 단속하고 있다. 무너진 대궐의 담장 안에서 묘당의 문신들은 진퇴를 논하고 공격을 명령한다. 그들에게는 병략도 주자의 발아래 있다고 생각하는 것이다.

곽재우는 시렁에 걸린 환도를 집어 들고는 칼집에서 날을 뺐다. 칼날은 군막 안의 옅은 빛에도 스스로를 드러냈다. 자신의 존재를 알리기 위해 악을 쓰는 어린애 같다. 석 자 조금 못 미치는 이 칼날에 수많은 모가지가 잘려나갔다. 쓰윽, 목을 스치고 지나가는 칼날의 느낌은 어떠할까. 목에 칼날을 받는 느낌은 알 수 없지만, 칼날을 타고 전해지는 느낌은 알 수 있다. 현장에선 느끼지 못하고 전투가 끝난 후 잠자리에서 되살아났다. 손과 팔이 간직하고 있다가 잠이 들 무렵에 느낌으로 전해왔다. 그때마다 온몸이 부르르 떨렸다. 비록 적이지만 살아 있는 육신이고 살고 싶어 한 의식이다. 충

(忠)은 혼백을 무시하고 의(義)는 연민을 덮는다. 충과 의 앞에서 개인적 연민과 진혼을 거론할 수 없다. 그것이 충과 의의 길인 것이다.

칼을 햇살에 비춰보았다. 며칠 전 날을 갈아서 그런지 시퍼렇게 살아 기세가 등등하다. 함안의 유명한 대장장이가 바친 칼이다. 나으리, 혹 새기고 싶은 글이 있으신지요. 대장장이가 달구어진 칼을 모루에 올려놓으면서 물었다. 곽재우는 고개를 저었다. "칼은 베는 것으로 족하다. 글을 새기는 건 꾸밈이 본질을 흐리는 것이다."

대장장이는 고개를 숙이고 망치로 칼을 두드렸다.

'칼에 글을 새기는 건 완물상지(玩物喪志)니라.' 대장장이에게 이 말까진 하지 않았다. 식(飾)과 완(玩)은 경(敬)을 어지럽힌다. 곽재우의 생각이다.

대장장이는 칼을 바치며 부디 왜놈들의 피로 적셔 한을 풀어달라고 했다. 왜적들에게 아내와 자식을 잃은 그다.

곽재우는 밖으로 나갔다. 진을 옮긴다는 명령에 병영은 어수선해졌다. 목책을 거두고 거적을 말고 있다. 처음 거병할 때만 하더라도 몇 안 되던 군막이 일 년이 지나는 동안 제법 틀을 갖추었다. 단순한 장막을 넘어 초막집 형태를 갖춘 곳이 열서너 채가 되었다. 풀무를 설치한 대장간과 숯가마까지 갖추었다.

심대승과 함께 선봉장 역할을 톡톡히 하는 배맹신이 군졸들에게 이것저것 지시하고 있다. 배맹신이 있는 군문 앞 터로 가는데 멀리서 말발굽 소리가 들렸다. 눈을 들어 바라보니 일단의 기마들이 먼지를 일으키며 군영을 향해 달려오고 있다.

그중 말 한 마리가 앞서 달려오더니 군문 앞에서 훌쩍 뛰어내렸다.

"웬 작자냐. 군영 앞에선 혼금(閽禁)이란 것도 모르느냐!" 배맹신이 호통쳤다.

말에서 내린 나장이 엎드려 고했다.

"충청병사께서 오고 계십니다. 앞서 아뢰야 할 것 같아 소인이 먼저 달려왔습니다."

"뭣이, 황 병사가?"

곽재우는 놀라움을 감추지 않고 진둥걸음으로 너른 터를 가로질렀다. 배맹신이 뒤따랐다.

잠시 후 다섯 필의 말이 도착했다. 맨 앞의 사내가 뛰어내렸다. 장대한 체격에 부리부리한 눈과 풍성한 자개수염이 눈에 확 띄었다. 자신의 채수염과 비교되었다. 사내는 자신의 나장이 눈짓으로 가리키는 걸 보고는 곽재우를 향해 읍했다.

"충청병마절도사 황진, 절충장군께 인사드리옵니다."

황진은 첨주(籤冑)를 쓰고 두정갑(豆丁甲)을 갖춰 입었다. 등에는 각궁이 들어 있는 동개(筒箇)를 메고 손에는 등채를 쥐었다.

"어서 오시오. 황 병사."

곽재우는 예의범절을 따질 계제도 없이 황진의 손을 덥석 잡았다. 황진 역시 맞잡은 손에 힘을 주고 그윽한 눈길로 곽재우를 바라보았다.

"관공(關公)이 현생했구료. 장군의 무용이 팔도에 자자합니다. 소장은 진즉부터 장군을 흠모했소이다."

곽재우가 황진의 범상찮은 용모를 보고 저도 모르게 내뱉었다.

"여두소읍(如斗小邑, 아주 작은 고을)의 용렬한 무부(武夫)일 뿐입니다. 나라가 병화를 맞이해 작은 재주를 펼치는 바람에 병사라는 감당하기 힘든 광영을 누리고 있습니다."

황진이 겸양의 말로 화답했다.

곽재우는 용대기가 걸려 있는 군막으로 황진을 안내했다. 얼마나 기다렸던 황진이던가. 조선에서 병법을 깊이 이해하고, 군략을 군략답게 짤 줄 알고, 군사를 제대로 부릴 줄 아는 장수는 이순신과 황진밖에 없다고 생각해왔다.

전투는 천시(天時)와 지리(地利)와 인화(人和)가 일치해야 이길 수 있다. 전력이 약세일 때 이 중 어느 하나라도 부족하면 정면 대결은 피해야 한다. 그러나 조선의 장수들은 어지(御旨)를 받들기 위해서거나 조정의 초조함을 달래기 위해 달려들었다. 적의 칼날은 어심을 알지 못했고 조총은 묘당의 조급함과 상관없이 발사되었다. 왜적들은 전국시대를 통과하며 단련된 전투력으로 조선의 군대를 어린애 다루듯 하였다.

황진은 달랐다. 그는 경인년(1590년) 통신사절단에 호위군관으로 따라갔다. 정사 황윤길, 부사 김성일, 서장관 허성 등을 보필하며 왜국에서 일 년을 보냈다. 그는 무관답게 왜의 군세를 살피고 왜인의 무술을 연구했다. 귀국 후 김성일이 어전 회의에서 관백은 전쟁을 일으킬 만한 위인이 못 되고 병화의 위험이 크지 않다고 보고했다는 소식을 듣자 퇴청하는 김성일의 가마를 가로막았다. 벽제하던 별배들이 달려들어 황진을 끌어내려 했지만 그들의 힘으론 옴나위조차 못했다.

김성일은 황진을 자신의 집 사랑채로 데려갔다. 김성일은 술상을 마주하며 괜한 부추김으로 주상의 심기를 어지럽히고 민심을 동요시키면 안 된다고 타일렀다. 황진은 듣지 않았다. "부사 어른은 왜국에 머물 때 방 안에만 계셨지만 소관은 왜의 저잣거리를 쏘다니고 왜인들의 행동거지를 유심히 살펴보았습니다. 백성들은 기가 죽어 있었지만 왜의 무사들은 눈빛이 살아 있고 살기가 번득였습니다. 이들은 날이면 날마다 무술을 연마하고 병장기를 닦고 있습니다. 이들이 바다를 건너오면 조선에겐 그야말로 날벼락이 될 것입니다." 김성일은 혀를 끌끌 찼다. "전란은 그리 쉽게 일어나는 게 아니라네, 기껏해야 을묘년(1555년)의 왜변 정도일 것이네. 물론 방비야 해야겠지만 온 나라가 호들갑 떨며 백성들에게 군역의 짐을 지워서야 되겠는가." 말이 통하지 않자 황진은 임금에게 병화가 임박했다는 치계(馳啟)를 올렸다. 그러나 조정의 분위기는 전쟁은 없다는 쪽으로, 아니 없기를 바라는 쪽으로 이미 결론이 나 있었다.

곽재우도 황진의 소문을 들은 적이 있지만 그저 항설에 퍼지는 과장된 기담 정도로 여겼다. 어찌 일개 군관이 감히 성균관 대사성의 가마를 세우고 말직의 군관이 주상에게 전시에나 올릴 법한 치계를 올린단 말인가. 그러나 전란 발생 후 황진의 활약상을 듣고 보니 낭설만은 아니라는 생각이 들었다. 무엇보다 김성일 본인부터 황진의 용력과 기상을 높이 치지 않았던가. 단성에서 김성일을 만났을 때 그는 이렇게 말했다. "황진은 여느 장수와 다르다네. 세간에 보통 인물이 아니라는 풍문이 나돈다는 걸 나도 알고 있네만, 황진은 능히 그럴 만한 인물이라네. 충절을 향한 그의 단심에 비하면 당색에 눈이 먼 나는 소인배에 불과했지." 사건의 진위는 밝히지 않고 노신(老臣)은 황진의 장재(將材)만을 입에 침이 마르도록 칭찬했다.

사행을 다녀온 공로로 황진은 제용감 주부가 되었지만 병조 정랑에게 자신을 남쪽 지역에 부임해달라고 청원했다. 전란에 대비하기 위해서라고 했다. 얼마 후 황진은 전라도 동복 현감으로 발령이 났다.

임란이 발생했으나 종육품인 황진에게 작전권은 없었다. 전라도 관찰사 이광과 광주목사 권율의 군대에 배속돼 삼도근왕군으로 상경했다. 근왕군은 용인에서 적장 와카자키의 기습에 큰 피해를 입고 패주했다. 그 와중에 황진의 부대만큼은 털끝 하나 다치지 않고 회군했다.

한성을 점령한 적이 일부 병력을 떼어 전라도로 향하자, 광주목사 권율은 용인 전투에서 눈여겨본 황진에게 의견을 물었다. 황진은 길목을 막고 지형의 이점에 기대야 한다면서 웅치(곰티재)와 이치(배고개)에서 만반의 준비를 하면 대군을 응대할 만하다고 했다. 금산을 점령한 왜장 고바야카와 다카카게는 일만 육천의 병력을 이끌고 웅치로 왔다.

황진은 왜군 별동대가 남원으로 향한다는 첩보를 입수하고 남쪽으로 갔다. 그사이 고바야카와 부대는 웅치를 돌파했다. 그러나 돌파 과정에서 희생이 커 곧바로 전주성으로 진격하지 않고 전열을 정비하기 위해 안덕원에서 숙영했다. 웅치가 뚫렸다는 소식을 듣자 황진은 급히 전주로 갔다. 제장들은 다시 한번 방어선을 치고 결전을 준비하자고 했지만, 황진은 전력 차가 현격한 조선군이 평지에서 진법으로 맞부딪치는 건 계란으로 바위 치기라며 기습을 하자고 했다. 제장들이 머뭇거리자 황진은 동복현 군사만으로 기습작전을 펼쳤다.

작전은 대성공이었다. 왜군은 조선군이 기습할 줄은 꿈에도 생각지 못했다. 그동안 조선군은 지형지물을 이용한 소극적 방어전술에만 의존했기 때문이다. 혼비백산한 왜군 지휘부는 기습부대의 전력을 미처 파악할 새도 없이 긴급 철수 명령을 내리고 꽁무니를 뺐다. 황진은 지름길로 미리 가서 매복해 있다가 후퇴하는 적의 측면을 타격했다. 왜군은 또 한 번 혼이 쏙 빠진 채 줄행랑쳤다. 황진은 왜군이 버리고 간 무기와 군량미, 보급품을 챙겨서 전주성으로 돌아왔다. 왜군이 패주했다는 소식을 들은 백성들은 어깨춤을 덩실덩실 추며 황진의 군사를 반겼다. 조선군이 왜군 진영을 급습한 것은 처음 있는 일이고 첩음(捷音, 승전 보고) 또한 처음이었기 때문이다.

사흘 후 왜군은 다시 한번 전주로 진격하기 위해 이번에는 이치로 왔다. 황진은 이곳에서도 적을 물리쳤다. 이 전투에서 그는 머리와 이마에 총상을 입었다. 웅치와 이치에서 퇴각한 왜군은 더 이상 전라도를 넘보지 않았다. 육로와 해로 모두 막힌 것이다.

웅치·이치 전투로 조방장이 되었다가 충청병사로 한 번 더 승진한 황진은 구월에 적장 후쿠시마 마사노리가 진을 치고 있는 죽주산성을 탈취한다. 죽주산성은 한양과 하삼도를 잇는 길목으로 전략적 요충지다. 황진은 적을 유인하는 기만책을 써서 산성을 점령했다. 히데요시의 최측근으로 수많은 전장을 누비며 칠본창이라는 별호를 얻은 후쿠시마는 이를 갈며 후퇴할 수밖에 없었다.

곽재우는 걱센 황진을 보니 척당(倜儻)한 장수임을 한눈에 알 수 있었다.

"군사들을 수습하느라 약조한 날보다 늦었소이다. 죄송하외다."

군막에 들어오자마자 황진이 허리를 숙였다.

"군사의 움직임은 전적으로 장수의 용(用)에 따릅니다. 사정이 그러하니 늦은 것이겠지요."

곽재우가 맞배하며 말했다.

"비록 진중이지만 간단한 주안상이라도 차려 포회를 풉시다."

"아니올시다. 이제 막 도착해 군영을 정비해야 합니다. 낼 뵈면서 편안히 소회함이 어떨까 싶사옵니다."

황진이 사양했다.

"병사의 뜻이 그러시다면 그리하죠. 이왕 내일이라면 청이 하나 있소이다."

"무엇이옵니까?"

"일찍이 황 병사의 무명을 흠모한 곽모가 사혁(射革, 활쏘기)의 가르침을 받고 싶소이다."

"허어, 황모의 활이 매섭다는 헛소문이 산천을 떠돌았구료. 눈먼 살이 허공을 가를까 두렵지만 장군의 청이오니 아니 받을 순 없소이다. 내일 미시에 오겠옵니다."

황진이 청을 받고는 군막을 나갔다.

황진의 활 솜씨에 관한 일화는 널리 알려졌다. 사절단이 왜국에 머무르는 동안 왜인들은 사신들이 뻔히 보는 앞에서 과녁을 설치하고 활을 쏘아댔다. 활 솜씨를 자랑하는 건지 도발하는 건지 알 수 없었다. 사절로 온 마당에 무예를 겨루는 건 예의가 아니기에 사신들은 모른 척했다. 급기야 왜장이 활을 들이밀며 쏘아보라고 권하니 마냥 사양할 수만은 없었다. 황진이 벌떡 일어나 조선각궁을 가지고 과녁으로 갔다. 그는 왜인의 표적보다 크기가 반도 안 되는 장혁(掌革)을 붙였다. 그러고는 성큼성큼 걸어가 그들의 사대인 오십 보보다 두 배나 먼 백 보에서 활을 겨냥했다. 그가 살을 매겨 쏘자 한 대도 어긋나지 않고 과녁을 꿰뚫었다. 이후 왜인들은 두 번 다시 사신들 앞에서 활을 꺼내지 않았다.

다음 날 오시, 동헌 뒤 사장(射場)에 황진이 비장을 대동하고 나타났다. 곽재우는 사대에 서서 다가오는 황진에게 접궁례를 올렸다. 황진도 답례했다. 이어 곽재우가 신호를 보내자 개자리에서 군졸이 나와 가운데 붉은 원이 그려진 알과녁을 붙였다. 사랄(射埒, 살받이 터) 뒤 숲에서 새들이 지저귀었다. 그중에서도 유독 까마귀 한 마리가 오동나무 가지에 앉아 까악까악 악을 써댔다. 군졸이 긴 장대를 휘두르며 훠어, 훠어 소리쳤다. 새소리가 시끄러워 집중을 방해할까 싶어서다.

"살은 목전(木箭)으로 하시겠습니까, 쇠전〔鐵箭〕으로 하시겠습니까?"

새소리가 잠잠해지자 곽재우가 물었다.

"시국이 시국이니만큼 육량전으로 하는 건 어떠신지요?"

황진이 우렁우렁한 목소리로 답했다.

육량전은 쇠전으로 무게가 가장 많이 나가고 살상력도 최고 높다. 보통 습사(習射)에선 유엽전이나 세전을 사용하는 게 일반적이지만 황진은 전시인 만큼 실전에서 사용하는 육량전이 어떠냐고 제안한 것이다. 마다할 곽재우가 아니다.

"좋습니다. 실전에 준하는 습사를 하루도 빼먹지 말아야 하는 것이 전란을 맞이한 장수의 태도가 아니겠소이까."

황진의 활은 흑각궁이고 곽재우의 활은 삼각궁이다. 흑각궁은 도고자까지 무소뿔을 대어 탄력이 좋지만 되받아치는 반동이 심해 자칫하면 어깨가 상할 수가 있다. 웬만한 근력이 받쳐주지 않으면 쉽게 사용할 수가 없다. 반면 삼각궁은 조선의 황소뿔을 사용하기 때문에 뿔이 짧아 삼삼이까지만 대고 나머지는 뽕나무로 연결한다. 탄력은 흑각궁만 못하지만 영축이 적어서 자세를 바꾸기가 쉽고 상황에 따라 유연하게 대응할 수 있다.

초시례는 주인 곽재우가 먼저 쏘고 객인 황진이 다음에 쏜다. 한 순(5발)을 쏘고 겨끔내기로 한 획(10순, 50발)을 쏘기로 했다.

곽재우가 바람의 방향을 살피며 비정비팔(非丁非八)로 발디딤한 후 초시를 쏘았다. "일시(一矢) 관중(貫中)이오!" 하는 획창(獲唱) 소리와 함께 고전기가 올라왔다. 이어 쏜 화살 중 세 번이 관중이고 하나가 과녁을 벗어났다. 곽재우가 물러서자 황진이 사대에 들어섰다. 그는 각궁을 한 호흡에 만작(滿酌, 활을 가득 당김)하더니 깍짓

손을 힘차게 뿌렸다. "관중이오!" 소리와 함께 고전기가 연속 다섯 번 올라왔다. 초순(初巡)에선 황진이 한발 앞섰다.

　곽재우가 아홉 순을 돌고 나니 관중이 마흔셋이다. 여덟 순까지 돈 황진은 모두 몰기*했다. 무조건 황진이 이기는 경기다. 아홉 순에 오른 황진이 네 발 연속 관중하더니 마지막 한 발이 엉뚱하게 허공으로 날아갔다. 먼장질**한 것이다. 고자채기에서 놓친 것 같았다. 중요한 한량대***에서 실수하다니 방심한 모양이었다. 곽재우가 막순에서 오중오시하면 마흔여덟으로 잘하면 비길 수 있고 운이 따라 황진이 연속 실수하면 이길 수도 있다. 곽재우는 시위에 절피를 감았다. 절피는 오늬가 놓이는 부분에 실을 감아 정확도를 높이는 것이다. 막순에서 곽재우는 세 발을 관중했다. 촉바람****이 사나워 절피를 감고도 두 발이 빗나갔다. 관중은 총 마흔일곱 개다.

　황진이 말순으로 사대에 올랐다. 연속 두 발을 관중했다. 남은 세 대 중 한 대만 맞춰도 황진의 승리다. 그런데 황진이 줌통을 잡고 팔을 쭉 뻗더니 살을 메기지 않은 상태에서 시위를 당겼다. 빈 활이 되었다. 살 끼우는 걸 잊었는가? 살을 잊는 사수가 세상에 어디 있단 말인가. 그러나 황진은 아무렇지도 않은 듯 숨을 깊게 들이마셨다가 멈추고 과녁을 향해 시위를 힘껏 당겼다. 깍짓손을 놓자 텅, 하는 소리가 허공에 울렸다. 사장에 서 있는 곽재우도, 개자

---

*　　다섯 발 모두 명중시킴.

**　　과녁이 없이 멀리 쏘는 것.

***　한 순 중 마지막 오시.

****　과녁에서 사대로 부는 바람.

리의 군졸도, 대기하던 비장도, 모두 할 말을 잃고 멍하니 바라보았다. 황진은 빈 활을 연속으로 쏘았다. 텅, 텅, 텅, 세 발 모두 시위만 퉁기되 각각의 음이 달랐다. 활은 금(琴)이 되고 시위는 현이 되었다.

"오늘의 시합은 비겼습니다. 장군."

사대에서 내려온 황진이 예를 갖추며 말했다.

"아, 병사 덕분에 사혁다운 사혁을 즐길 수 있었습니다."

멍하니 있던 곽재우가 급히 자세를 바로잡고 답했다.

자고로 과공은 비례로 치는 것이 사풍(射風)이다. 엄정한 시합에서 상대를 배려해 양보하는 건 오히려 자긍을 상하게 하는 일이다. 하지만 황진은 허공에 살을 쏘고 빈 활을 당김으로써 시합을 무화시켰다. 곽재우는 이런 황진의 마음이 비례로 여겨지지 않았다. 장수들이 하찮은 경쟁으로 오기를 부리면 사뭇 볼썽사나워진다. 겨루는 과정에서 내남없이 가까워지기를 바랐을 뿐이지 이겨서 뽐내고 싶은 건 아니었다. 황진은 이를 염두에 두었고, 곽재우는 황진의 배려를 헤아렸다.

첫 발시(發矢) 때부터 곽재우는 황진의 경지를 알아보았다. 그의 활쏘기는 파격 이전에 현오였다. 궁체(弓體)*는 비정비팔**에 매이지 않았고, 웃동***은 바위처럼 단단하면서도 문어처럼 흐느적거렸다.

---

*　활을 쏠 때 취하는 자세.
**　발의 위치는 J 자도 아니고 八 자도 아닌 자세로 서고, 가슴은 비우고 배에 힘을 준다. (《국궁신문》, 2010.06.11.)
***　활을 쏠 때의 윗몸 전체.

흔히 말하는 '줌손은 태산을 밀듯, 깍짓손은 호랑이 꼬리를 당기듯〔前推泰山後握虎尾〕'이라고 하는 사법의 틀을 벗어나 있었다.

활은 예(藝)에 속하지만 예(禮)를 드러낸다. 그래서 사(射)를 선비가 닦아야 할 덕목이라고 하지 않았는가. 예기 사의(射義)에선 화살이 맞지 않은 원인을 내 안에서 찾으라고 했다. 맹자가 공손추에게 반구제기(反求諸己)를 말한* 이유 또한 마찬가지 아니겠는가. 곽재우는 잠시나마 승부에 집착했던 자신의 용렬함을 돌아보았다.

"병사의 활 솜씨가 양유기**를 넘어 기창***의 경지에 이르렀습니다."

"황송하옵니다. 소장은 그저 칼을 휘두르고 살을 쏘는 데 재미를 붙인 일개 무부일 뿐입니다."

"아니올시다. 소장의 활은 사지사지만, 병사의 활은 불사지사입니다****. 특히 말순에서 보여준 병사의 빈 활의 도〔空射之道〕는 말 그대로 무위의 화(和)*****를 이루었습니다. 소장의 마음 과녁이 꿰뚫리고 말았습니다."

두 사람은 사장을 나와 동헌으로 나란히 걸어갔다. 개자리에 웅크려 있던 군졸은 두 장수가 사장을 빠져나가는 걸 확인하고는 사랄(射埒) 뒤 경사로를 올라갔다. 오동나무 밑을 살피던 군졸이 뭔

---

* "仁者如射, 射者正己而後發, 發而不中, 不怨勝己者, 反求諸己而已矣."「공손추」, 『맹자』.
** 춘추시대 초나라의 무장으로, 명궁으로 이름이 남.
*** 춘추시대 조나라 한단에 살았던 신궁(神弓).
**** 사지사(射之射) 불사지사(不射之射)는 기창의 일화에서 나온다.「탕문편」, 『열자』.
***** 아무것도 하지 않음으로써 상대로 하여금 사심을 품지 못하게 함.「노담전」, 『사기』.

가를 집어 들었다. 군졸의 손에는 까마귀 한 마리가 쥐어져 있고 몸통엔 화살 하나가 박혀 있다.

곽재우는 황진을 동헌으로 안내한 후 간단한 주안상을 들이도록 했다. 잠시 후 동자아치가 소주 한 병과 붕어찜, 산채가 차려진 상을 들여왔다.

곽재우가 잔을 들고 황진에게 권했다.

"명보는 의령회합 소식을 들으셨소?"

곽재우가 황진의 자를 불렀다.

"네, 오던 중 들었습니다. 일단 진주성으로 집결한다고……."

"나는 진주성으로 가지 않을 것이오. 명보는 어떠시오?"

"계수의 고견을 먼저 듣고 싶습니다."

황진 역시 곽재우의 자를 호명했다. 두 사람은 상대의 자를 부르는 사이가 되었다. 생년을 따져보니 황진이 경술년(1550년) 생으로 임자년(1552년) 생인 곽재우보다 이 년 빠르다.

"신립 장군의 병략을 어떻게 생각하오?"

속내를 드러내지 않는 황진을 보고 곽재우가 화제를 달리했다.

난이 발발하자 임금은 함경도에서 여진족을 소탕해 무명을 떨친 신립을 삼도순변사로 임명하고 상방검을 하사하며 흉적을 일거에 격파해주길 당부했다. 전황은 급박하게 돌아갔다. 왜군은 부산포 상륙 이후 불과 열흘 만에 상주까지 올라왔다. 순변사 이일을 먼저 보내 시간을 벌려 했지만 장수는 도망치고 군병은 허깨비처럼 흩어져 외려 적의 기세만 올려놓고 말았다. 신립은 기병 팔천을 이끌고 가서 기마전을 펼쳤다. 종사관 김여물이 지형의 이점을 살려 조령을 지키자고 했으나 듣지 않았다. 그는 달천강을 배후에 두고 진을 쳤다. 일만 팔천의 고니시 부대와 달천평야에서 정면으로 맞붙었으나 패배하였고 그는 강물 속으로 뛰어들었다.

"신립 장군은 북변에서 야인을 상대로 기마전에서 승리한 이후 기병전술만 고집했습니다. 야인과 왜인은 싸움의 방법이 다르거늘, 장수로서 수기응변이 부족하다고 할 수 있습니다."

황진이 간략하게 답했다.

"그렇게 간단히 볼 문제는 아니라고 보오. 당시 신립 장군이 이끌고 온 경군 외에 충청도에서 징발한 군사는 그야말로 오합지졸이었소. 기병 팔천에 병장기라고는 처음 잡아본 보졸 육천을 데리고 무얼 할 수 있었겠소. 일각에선 천혜의 관문인 조령을 지켰어야 한다고 하지만 관문을 지킨다는 건 생각보다 쉽지 않은 일이오. 몰려오는 적을 보고 움쩍하지 않은 담력이 있어야 하고, 잠병(潛兵)을 보내 길목마다 매복해야 하는데 이는 군사적으로 조련된 병사만 가능하오. 내 경우에도 농투성이들을 전사로 만드는 데 적지 않은 시간이 필요했소이다. 만약 조령에서 진을 치고 있었다면 앞서 이일의 경우에서처럼 겁에 질린 병사들의 도망이 속출했을 것이오. 제아무리 천험의 이점을 지닌 지형이라 하더라도 군기가 무너진 부대는 빗장 걸지 않은 대문에 불과하오. 이런 사정으로 신립 장군이 기댈 것이라곤, 그나마 자신 있는 기마전술로 적의 기세를 꺾어 놓고 부족한 병력을 배수의 진으로 극복하고자 할 수밖에 없었을 것이외다."

곽재우가 다소 장황하게 전략에 관한 설을 펼쳤다.

"소장이 보기엔 신립 장군의 가장 큰 과오는 전술 오류 이전에 군기 정립에 실패했다는 것입니다. 장수로서의 본분을 잊은 이일을 벌하기는커녕 사사로운 인정(人情)으로 눈감아주었습니다. 왜군은 하늘에서 내려온 신병(神兵)이므로 무조건 후퇴해야 한다고 보고하는 이일에게 사기를 떨어뜨리고 도주한 책임을 물어야 했습니다. 만약 소장이 신립 장군의 입장이었다면 이일의 목을 베고는 군문에 효시했을 겁니다. 모름지기 군대는 군율부터 엄정히 세우고 적을 맞이해야 합니다."

황진은 이일을 폄훼하는 말을 서슴지 않았다. 이일은 정월 평양성 전투에서 명군과 함께 활약한 대가로 평안병사를 제수받았다. 충청병사인 그와 품계가 같다. 그럼에도 황진은 이일을 장수로 인정하지 않았다. 곽재우는 그런 황진의 태도를 능히 납득했다. 자신 역시 경상감사 김수(金睟)를 탄핵하지 않았던가.

임진년 사월, 전란이 터지자 부산진 첨사 정발과 동래부사 송상현이 목숨을 바쳐 절의를 지켰지만 나머지 경상좌도의 벼슬아치들은 도주하기 바빴다. 좌병사 이각은 첩실부터 피란시키고 자신도 새벽을 틈타 도주했다. 김해부사 서예원, 창원부사 장의국, 의령현감 오응창 모두 자신이 지켜야 할 고을을 떠났다. 경상좌수영 박홍은 전선을 가라앉히고 군량을 불태웠으며 경상우수영 원균은 판옥선을 파쇄하고 수군의 명목만 유지한 채 적이 미치지 않는 노량으로 진을 옮겼다. 최고 우두머리인 경상감사 김수는 적이 가까이 왔다는 소식만 들리면 씹던 고기도 내뱉고 말에 올라 경상도 외곽을 빙빙 돌았다.

앉으면 충(忠)이오, 일어서면 절(節)이라. 입만 열면 종묘사직이요, 눈만 뜨면 주상 전하를 살피던 충신들은 죄다 어디로 갔단 말인가. 입이 부르트도록 외치던 강상(綱常)의 도리는 대체 어디로 사라졌단 말인가.

곽재우는 기병 초기 가재(家財)를 털어 의병들을 먹이고 입혔으나 곧바로 한계가 드러났다. 의병의 숫자가 늘어나자 의령과 초계의 관창을 열어 곡식을 풀었고 기강에 정박해 있던 조세미를 취해 군량에 충당했다. 합천현감 전현룡은 산으로 숨어들었다가 일개 유생 곽재우가 궐기했다는 소문을 듣고는 김수에게 곽재우가 혼란을 틈타 관고를 헐고 관물을 훔치는 토적이라는 공문을 보냈다. 김수는 전현룡의 보고에 근거하여 곽재우에게 무리를 해산하도록 하고 국법에 따라 죄를 물을 것이라고 했다.

대로한 곽재우는 사방에 격문을 띄웠다. 전란을 맞이하고도 도망치기 바쁜 김수는 나라를 망친 도적이니 춘추대의에 의거해 누구나 죽일 수 있다며, 김수의 죄를 성토하고 목을 벨 것을 천명했다. 전투에서 공을 세운 장수인지라 김수도 함부로 곽재우를 어쩌지 못했다. 초유사 김성일이 중재하여 김수는 한성판윤으로 체직되고 곽재우는 정오품 정랑으로 관등이 제수되었다.

"하오면…… 경상우병사 유숭인의 희생은 어떻게 생각하시오?"

곽재우가 조심스레 또 물었다.

"글쎄요, 소장은 김시민 목사의 행동이 그르다고 생각지는 않습니다. 하지만 아쉬움도 있소이다."

황진이 목구멍 깊숙이에서 우러나오는 목소리로 천천히 말했다.

임진년 구월 말 진주성에 전운이 감돌고 있을 무렵 경상우병사 유숭인이 일단의 군사를 몰고 진주성 입구에 도착했다. 유숭인은 전라도를 향해 진군하고 있는 왜군 본대와 창원에서 격돌했으나 천사백여 명의 군사를 잃고 쫓기듯 진주성으로 왔다. 유숭인의 잔병 외에 사천현감 정득열과 가배량 권관 주대청이 이끌고 온 군사까지 일천여 명이 되었다.

　유숭인의 부대가 성문 밖에 이르렀을 때 김시민 목사는 이들의 입성을 허락하지 않았다. "성문을 여닫는 과정에서 자칫 방비가 흐트러질 수 있고, 이 틈을 타 적이 몰려오면 창졸 간에 당할 수 있소이다. 병사께서는 성 밖에서 호응하면 좋겠나이다."라고 성문 위에서 큰소리로 말했다. 유숭인은 "하늘이 너 김시민을 살려둔다 해도 나 유숭인이 결단코 용서치 않을 것이다."라고 이를 갈며 성 밖에 진을 쳤다. 유숭인의 부대는 뒤따라 추격해 온 왜의 본대에 일방적으로 밀리며 전멸하고 말았다. 성에서 멀리 떨어지지 않은 곳에서 벌어진 이 전투를 뻔히 알면서도 김시민 목사는 성문을 열고 호응하지 않았다. 성을 지키지 못했더라면 아니 성을 지켰더라도 목사가 살아 있었다면 두고두고 뒷말이 나올 법한 일이었다.

　"나는 김시민 목사의 단호함이 진주성을 지켜낸 가장 큰 요인이라고 생각하오. 전장에선 장수의 명령이 단일하고 명료해야 하오. 만일 유 병사의 부대가 성안으로 들어왔더라면 단일대오가 흐트러졌을 것이오."

　곽재우가 말했다.

　"소장도 김시민 목사의 결단력을 높이 사고 있습니다. 유 병사는 김 목사보다 십 년이나 어리지만 품계는 높으니, 지휘권이 흔들릴 염려가 있고 명령 계통이 무너질 가능성이 있습니다. 김 목사는 자신이 애써 구축해놓은 방어체계가 흔들리는 걸 원치 않았을 것입니다. 이런 점에서 보면 김 목사는 천상 무인입니다."

황진의 말에 뼈가 있었다. 김시민 목사가 문관 출신이었다면 성문을 열었을 것이고 그렇게 되면 다른 결과가 나올 수 있다는 암시인가. 황진은 무과 출신이다. 곽재우는 이 점을 떠올렸다.

곽재우는 한때나마 무과를 기웃거린 적이 있었다. 숙부의 권유로 열다섯 살 때 대유(大儒) 남명 조식 선생의 문하에 들어갔다. 남명 선생은 지리산이 마주 보이는 산음현 덕산에서 강학당 산천재를 열었다. 곽재우는 산천재에서 기식하며 주자학을 공부했지만 가슴이 답답할 때면 호연지기를 핑계로 지리산을 떠돌거나 궁술과 말타기를 즐겼다. 전통적인 사족 집안에서 무과를 넘보는 게 선뜻 말하기 어려워 심중에 그쳤지만, 사어(射御)를 익히고 병서를 읽으면서 자신에게는 무관이 더 어울리지 않을까 하는 생각에 사로잡힌 적이 있었다. 경학 이외에도 사서(史書)나 노장(老莊)을 자주 기웃거렸던 시절이었다.

황진은 이어 말했다.

"결과만 놓고 따진다면 김 목사의 결정이 옳았다고 볼 수 있지만 다른 선택도 가능했으리라고 봅니다."

"명보는 유 병사가 성안으로 들어갔더라도 같은 결과가 나왔으리라고 보는군요?"

"꼭 그렇다는 건 아니올시다. 계수의 지적처럼 지휘체계의 혼란으로 수성에 실패할 수도 있고, 병력이 보강돼 더욱 견고하게 방어할 수도 있었을 겁니다. 소장의 말은 병가지사는 응기통변(應機通變)에 근거합니다. 여기에 옳고 그름의 잣대를 대면 안 된다는 걸 말할 따름입니다. 그건 선비들이나 하는 짓입니다."

황진의 말에 뼈가 들어 있다.

"응기통변은 기(奇)로써 정(正)을 세우는 것입니다. 정을 배척하는 것이 아니라 정에 다가가기 위해 기의 술(術)을 쓰는 것뿐입니다. 김시민 목사는 기로써 정칙(正則)을 지킨 것이오. 만약 정칙에 얽매여 성문을 열었다면 기의 길이 막혀 비정칙이 되었을 것입니다."

곽재우가 말의 뼈를 발라냈다.

"소장도 계수의 뜻에 반하지 않소이다. 정은 기로써 지킬 수 있지만 기는 정으로 다가갈 수 없으니 기정(奇正)은 권사(權詐)의 길입니다."

"기(奇)는 사세를 기반으로 해야 하오. 진주성은 작년의 사세와 지금의 사세가 심히 다르오. 명보는 진주성에 들어가겠소?"

"적의 기세가 무섭다고 물러나면 장수된 자의 도리가 아니올시다."

황진이 무인다운 질직성(質直性)을 날것으로 드러냈다.

"병략엔 원칙이 있지만 방편 또한 없지 않소이다. 깊이 헤아려 방편을 좇는 건 장수로서 마땅히 해야 할 일이외다. 모름지기 장수는 응변의 묘를 터득해야 하오. 적의 기세가 하늘을 찌를 땐 물러섰다가 기세가 누그러질 때 허를 찔러야 합니다. 지금은 물러서야 할 때이오. 공성도 묘책이 될 수 있소이다."

곽재우가 입술을 깨물며 말했다.

"소장은 사세의 유불리를 따지더라도 입성을 택하겠습니다. 적의 대군이 성을 에워싸더라도, 의지할 만한 성벽이 있고 군병들이 죽기로 각오하고 성안의 백성들 또한 힘을 합치면 분명 살아날 길이 있다고 봅니다. 안시성은 당병 백만대군을 맞아 외롭게 싸웠어도 무너지지 않았습니다."

"수적으로 불리한 싸움에서 전면전은 위험하오. 병(兵)이란 궤도(詭道)라고 했소이다. 무후(제갈량) 또한 말하기를 군사를 움직이는 일은 속임수를 마다하지 않는다고 했소이다. 나라의 승패를 다투고 사직의 존망을 도모하는 마당에 어찌 권사의 모책(謀策)이라 하여 수치스럽게 여기고 한결같이 정칙의 도만 행하겠습니까? 한나라 장수 이광은 일백여 기로 수만의 오랑캐 군대를 머뭇거리게 한 반면 송나라 양공은 어리석은 인(仁)으로 천하의 비웃음을 샀습니다. 성 하나 내어주고 적의 만심(慢心)을 끌어낸다면 이는 병가의 궤도로서 유용한 것 아니겠소."

곽재우가 먼 산으로 눈을 돌리며 말했다.

"성을 비우면 왜적은 전라도로 진격해 내륙을 분탕질할 것이외다. 몽진 이후 그나마 사직이 이어질 수 있었던 것은 전라좌수사 이순신이 바다를 막았고 장군께서 경상우도의 육로를 막아 전라도를 보존할 수 있었기 때문입니다. 전라도가 있었기에 조정을 건사할 수 있었고, 군사들도 먹일 수 있었습니다. 진주성이 뚫리면 전라도가 무너지고 전라도가 무너지면 조선이 사라질 것입니다.

이백 년 종사가 물거품 되고 조선의 백성들은 왜놈들의 개돼지가 됩니다."

황진의 목에서 파란 힘줄이 불거졌다.

"나는 다만 적의 집중을 흐트러뜨리자는 것이오. 성을 비우면 적의 목표는 분산되고 전선은 여러 갈래로 나뉘게 됩니다. 펼쳐진 전선을 끊어먹을 때 비로소 조선군이 도모할 수 있는 틈이 생깁니다. 명군의 도움 없이 조선군의 힘만으로 집중된 적을 맞이하는 건, 범의 아가리에 머릴 들이미는 것이나 마찬가지오. 전선을 뒤로 당기고 너르게 펼쳐 명군을 끌어들여야 합니다. 명군 참장 낙상지와 사대수가 주둔하고 있는 남원 쪽으로 왜군을 유인하고, 성주에 주둔하고 있는 부총병 유정과 선산의 유격 오유충, 상주에 있는 부총병 왕필적의 군대가 나설 수밖에 없도록 전황을 유도해야 합니다. 명군은 자신들이 위험해지지 않으면 결코 움직이지 않습니다."

곽재우가 늘어진 소매를 걷어붙이며 말했다.

"소장이 듣기론 작년 진주성 싸움에서 계수께서 적의 후방을 교란시킨 덕분에 왜적은 진주성에서 길게 싸우지 못하고 퇴각할 수밖에 없었다고 들었습니다. 이번에도 안팎으로 의각지세(犄角之勢)를 이루어 적을 곤궁하게 하면 어떻소이까?"

황진이 곽재우를 뚫어질 듯 바라보며 말했다.

"명보, 내 마지막으로 한마디 하겠소, 귀하는 충청병사이오. 소백산 이남에선 군사를 움직이지 말라는 게 명과 조정의 공식 입장이오. 진주성은 충청병사의 관할 밖이기도 하거니와 군령에 저촉되지도 않소이다. 지금 진주성으로 가는 건 섶을 지고 불에 뛰어드는 것과 다름없소이다. 싸움을 길게 보고 후일을 도모해야 하지 않겠소."

곽재우는 하소연하듯 말했다.

"…소장은 상주에서 창의사 김천일 대감과 진주성에서 만나기로 약조했소이다." 황진이 담담하게 말했다.

"사적인 약조가 중요한 건 아니잖소. …전시에 장수들은 능히 구할 순 있지만, 명보 같은 장수는 다시 얻을 수 없기에 드리는 말이외다. 다시 한번 재고하시오. 나와 같이 밖에서 싸우는 건 어떻소." 곽재우의 목소리가 떨려 나왔다.

"저를 믿고 기다리는 장수들이 있는데 차마 신의를 저버릴 순 없사옵니다. 또한 나라의 녹을 먹는 장수로서 어찌 말가죽에 싸여 돌아오기(馬革裹屍)를 꺼리겠습니까."

"……."

곽재우는 입을 다물었다.

"……."

황진도 다문 입을 더욱 굳게 닫았다. 두 사람은 서로 하고 싶은 말을 차마 내뱉지 못하고 스스로 가두었다.

다음 날 진시, 강섶에 머문 충청부대는 이동 준비를 마쳤다. 황진은 부대를 늑병하고 출발 지시를 내렸지만 정작 자신은 비장과 함께 남았다.

대열의 후미가 산굽이를 돌 무렵 곽재우가 심대승을 동행하고 나타났다. 말에서 내리자마자 곽재우는 황진을 향해 국궁했다. 황진도 직배하며 예를 다했다.

"현덕이 원직을 배웅*하는 것처럼 마음이 쓰리구료."

곽재우가 말했다.

"어제 장군의 고언은 노중련이 전단에게 일갈**한 것과 같사옵니다. 소장 깊이 새기겠습니다. 착발토포***로 환대해주신 장군의 정 또한 저승까지 가져가겠습니다."

황진이 답했다.

"저승이라뇨? 그런 흉한 말은 행여 입에 담지 마십시오."

곽재우가 손을 홰홰 저었다.

"부디 존체를 살피소서. 황 장군."

"그럼 무운을 빕니다. 곽 장군."

두 사람은 마주 서서 맞절했다. 길고 오랜 맞절이었다.

황진이 말에 올라 이랴, 하며 고삐를 당기자 말이 달려나갔다. 비장이 탄 말도 뒤를 따랐다. 곽재우는 황진 일행이 산굽이를 돌아

---

* 『삼국지연의』에서 유비가 서서를 배웅하는 장면을 빗댐.

** 전국시대 제나라의 명장 전단(田單)이 적(狄)을 공략할 때에 노중련(魯仲連)이 쉽게 이기지 못할 것이라고 했다. 과연 석 달이 되도록 함락하지 못했다. 전단이 노중련에게 이유를 묻자, "지금 장군은 동쪽으로 액읍(掖邑)의 봉양이 있고, 서쪽으로 치수(淄水) 가의 즐거움이 있으며, 황금 칼을 허리에 차고 치수와 민수(澠水) 사이에서 말을 달리므로, 사는 즐거움만 있고 죽을 각오가 없으므로 이기지 못하는 것입니다"라고 노중련이 답했다. 이에 전단이 크게 깨닫고 다음 날 투지를 가다듬어 돌과 화살이 날아다니는 곳에 서서 북채를 잡고 북을 쳐 전투를 독려하자 적인(狄人)이 마침내 항복했다. (「전단장공적」, 『전국책』, 제 13권)

*** 인재가 찾아오면 기다리게 하지 않고 감던 머리카락을 쥐거나 넘기던 음식을 뱉은 채 맞이함.

갈 때까지 바라보았다. 이윽고 시야에서 사라지자 심대승과 함께 돌아서는 순간 말발굽 소리가 다급하게 울렸다. 돌아보니 한 필의 말이 쏜살같이 달려오고 있다. 황진의 말이다. 황진이 고삐를 당기자 말이 앞발을 높이 쳐들고 히이잉 울며 멈췄다.

"장군께 선물을 드리고자 되돌아왔소이다."

황진이 말을 하며 말 잔등에 매어 있는 동개에서 흑각궁을 꺼냈다. 겨루기할 때 쏘았던 활이다.

"아니, 명보의 분신 같은 활을 내가 어찌 취할 수 있단 말이오. 거두시오."

곽재우가 손살을 치며 사양했다.

"아니올시다. 원래 무구(武具)에 욕심이 많아서이기도 하지만, 이치전투 이후 여벌의 활을 가지고 다니는 게 습관 되었습니다. 소장하고 있는 흑각궁이 세 개나 되니 하나를 드리더라도 하등의 지장이 없사오이다. 부디 받아주십시오."

이치전투에서 황진이 쏘는 족족 왜병이 고꾸라졌다. 하도 많이 쏘아 깍짓손 검지의 살이 헤져 뼈가 드러났고 쏘는 속도가 너무 빨라 옆에서 살을 건네주는 군졸이 따로 있었다고 한다. 시위가 늘어져 탄성이 떨어지자 황진은 옆에 있던 군졸의 활을 빼앗아 쏘았다고 한다.

"명보의 마음이 정히 그렇다면 내 어찌 마다하겠소?"

곽재우가 황진이 내민 흑각궁을 받았다.

"그럼."

황진은 말의 뱃구레를 힘껏 차면서 왔던 길로 되돌아 갔다.

그날 밤 요열(潦熱, 장마철 무더위)이 답답해 창을 열자 달이 마악 구름 속으로 숨어들고 있다. 곽재우는 문득 붓을 들었다.

送明甫(명보를 보내며)

墨雲罩岐江(기강에 먹장구름 드리우고)
空屯飢狗廻(부대 떠난 자리엔 굶주린 개만 돌아다니는구나)
弓將向孤城(활 쏘는 장수는 외로운 성을 향해 떠나고)
留士別淚懷(남겨진 선비는 이별의 눈물을 삼키누나)

4

"나리, 차 진무가 일어났습니다." 쇠백이가 동헌을 찾아와 아뢨다.
"뭣이, 차산이가 깨어났단 말이냐?"
곽재우는 대청마루에서 일어나 차산이 누워 있는 내아 숙사로 갔다.
"그래, 기력은 좀 회복되었느냐?"
곽재우가 방문을 열며 말하자 차산이 몸을 일으켰다. 만 이틀 동안 죽은 듯 누워 있던 차산은 탕제를 먹고 푹 쉰 덕분인지 혈색이 돌아왔다. 눈은 아직 퀭했지만 초점은 잡혀 있다.
"안정을 취한 덕분에 한결 나아졌습니다." 차산이 잔드근히 말했다.

"네가 사지(死地)에서 돌아오다니 내가 다 환생한 기분이구나. 정말 수고했다."

차산이 아랫목으로 자리를 양보하려는 걸 곽재우가 말렸다.

"격식 따질 계제가 아니다. 우선 네 몸부터 회복하거라."

"네, 장군님." 차산이는 자세를 바로 하고 곽재우를 바라보았다.

곽재우는 차산을 황진의 부대 편에 딸려 진주성으로 보냈다. 출발에 앞서 진주성까지 굳이 들어가지 않아도 되니 여차하면 돌아오라고 했다. 너는 소속이 다르므로 따로 행동해도 군율에 어긋나지 않는다. 상황이 급박하면 네 목숨을 살리는 데 주저하지 말아라. 이렇게 당부해서 보냈다.

"제가 충청도 군대를 따라 진주성에 입성한 날이 유월 십사일이옵니다. 나흘 전 전라순찰사 권율 장군을 위시해 경상좌병사 고언백, 경상우감사 김륵, 순변사 이빈 등의 부대가 진주성 외곽에 진을 쳤고, 창의사 김천일, 전라병사 선거이와 경기조방장 홍계남 그리고 경상우병사 최경회는 성으로 들어갔다고 합니다."

"모두 우리 군영에서 회합한 장수들이다."

"그런데 일이 이상하게 돌아갔습니다. 이틀 후 김천일 장군과 최경회 장군의 부대만 남고, 권율 장군을 위시한 나머지 부대들은 모두 철수했습니다. 특히 선거이, 홍계남 장군의 부대는 성안에 들어왔다가 나가는 바람에 남은 병사들의 사기가 떨어져 뒤숭숭해졌습니다."

"김륵과 이빈은 어땠나?"

차산이 남의 부대를 따라간 처지이니 깊은 내막을 알 리 없다는 걸 알면서도 곽재우는 김륵과 이빈의 처신을 물었다. 의령회합에서 서로 토심스러워했던 그들였다. 권율의 통지가 있었다 한들 처음부터 입성을 반대했던 선거이나 홍계남이면 몰라도 그들은 그래선 안 되었다.

"소인으로선 자세한 내막을 알 수 없습니다만 권율 장군을 따라 철병한 것만은 확실합니다."

"수성 병력은 얼마나 되었나?"

곽재우는 고개를 끄덕이며 물었다.

"경상우병사 최경회, 충청병사 황진, 김해부사 이종인, 사천현감 장윤, 거제현령 김준민 등의 관군과 창의사 김천일, 복수의병장 고종후, 적개의병장 이잠, 공조좌랑 양산숙, 오유, 강희보, 황대중, 정탁의 의병들이 합세했습니다. 나간 병력을 빼고 수성 병력만 헤아리면 총 육천이백 명이었습니다."

"쯧쯧, 들어왔던 군대가 도로 나가니 성안의 사기가 말이 아니었겠구나."

곽재우가 혀를 찼다.

"그랬습죠. 민심이 흉흉할 대로 흉흉하던 그때 갑자기 사기가 오를 만한 일이 발생했습니다. 상주에 주둔하고 있던 명나라 부총병 왕필적과 상주목사 정기룡 장군이 나타난 것입니다. 이들은 왜군의 감시망을 뚫고 사세를 살피러 왔다고 했습니다."

"뭣이, 명군이 지원하러 왔다고?"

곽재우는 유정의 태도로 보아 명군은 멀찌감치 발을 뺄 심산으로 여겼다. 그런데 지원군 운운하며 왕필적이 나타나다니.

"네, 지휘권을 행사하고 있던 김천일 창의사께서 왕필적과 정기룡 장군을 극진히 대접하며 신속한 응원군을 부탁했다고 합니다. 왕필적은 진주성을 돌아보며 천혜의 요새이니 능히 버틸 만하다면서 부총병 유정의 군대가 함안까지 왔으니 조금만 기다리라면서 진주성을 빠져나갔습니다."

"저런, 저들의 말은 믿을 게 못 되는데……."

이 시기엔 곽재우 자신도 의령 정암진을 떠나 영산현으로 갔다가 적세가 너무 강해 성주로 다시 진을 옮긴 때였다. 그러니 인근에 있는 유정 부대의 움직임을 훤히 알고 있었다. 함안에 있을 턱이 없었다. 명군은 조선군의 강력한 요청에 마지못해 응하는 척하다 꼬리를 감춘 것이 틀림없었다.

"진주목사 서예원은 어딜 가고 창의사가 지휘한단 말이냐?"

"그게, 그러니까 소인이 갔을 때는 웬일인지 창의사께서 모든 걸 결정하고 있었습니다. 자세한 사정은 저도 모를 일이옵니다."

"…음."

곽재우는 신음성을 냈다. 그가 염려했던 바다. 당색으로 볼 때 김천일과 서예원은 서인과 동인으로 서로 용인할 수 없는 사이일 뿐만 아니라 기질적으로도 김천일이 불이라면 서예원은 물이다. 문제는 김천일이 조정의 원로인 데 비해 서예원은 작년 김시민 목사의 지휘 아래 약간의 공을 세웠을 뿐이다. 원반(鴛班)* 대신이 뚜

---

* 품계에 따라 늘어선 문무 백관의 반열.

르르 한 가운데 서예원은 기를 펴지 못했을 것이고 권력의 추는 자연스레 김천일에게 기울어졌음이라. 결국 진주목사라는 직함은 권위를 잃은 채 주객이 전도된 것이다. 작년 김시민 목사가 염려했던 바가 바로 이것이었음이라.

"학봉 김성일 대감은 회복하셨더냐?"

"저희가 입성하기 직전에 돌아가셨습니다."

"어허, 하늘이 진주성을 돕지 않는구나. 학봉 어른이라도 계셨으면 훨씬 나았을 터인데."

곽재우는 천장으로 눈길을 돌리며 말했다. 곽재우의 시선이 내려오자 차산은 진주성 싸움의 전말을 조곤조곤 풀어놓았다.

관군 일부가 빠져나가자 진주성의 군심은 흔들리고 민심은 어지러웠다. 이때 황진의 충청 병력이 입성하자 군민은 천군만마를 얻은 것처럼 기뻐했다. 김천일은 가마를 타고 다녀야 할 정도로 기력이 쇠했고, 최경회도 환갑을 넘은지라 두 사람은 황진에게 지휘권을 넘겼다. 담대한 전략과 용맹한 전투로 무위를 떨쳤을 뿐만 아니라 명장의 풍도가 넘친 황진은 순성장으로 제격이었다. 각 부대의 제장과 의병장들도 한마음으로 추중했다.

십구일이 되자 왜군 기마 이백 기가 진주성을 둘러보고 갔다. 이틀 뒤 왜군 본대가 성 앞에 나타났다. 엄청난 병력이 성을 세 겹 네 겹 포위했고 끝없이 이어진 기(旗)는 저승길 만장처럼 으스스했다.

진주성의 남쪽은 강으로 막혀 있고 서쪽은 절벽이며 북쪽에는 남강의 물을 끌어들여 깊은 해자를 만들었다. 수성군은 가장 취약

한 동쪽에 집결해 있다. 동문 밖으로 왜군 총사령관 우키다 히데이에의 깃발이 나부꼈다. 이어 북문에 가토 기요마사, 서문에 고니시 유키나가가 나타났다. 모리 히데모토, 고바야카와 다카카게가 예비대로서 그 뒤를 받치고 있었다. 어림잡아도 십만은 족히 될 것 같았다. 왜군은 먼저 해자를 메워 길을 만들기 시작했다. 해자를 메우는 왜군 몇을 활을 쏘아 쓰러뜨렸다.

이십이일, 건곤일척의 싸움이 시작되었다. 황진은 북문에 사천현감 장윤, 동문에 김해부사 이종인, 서문에 거제현령 김준민을 배치했다. 순성장 황진은 말을 타고 성을 돌며 전투태세를 점검했다. 오전에 가벼운 교전이 일어나 왜군 30여 명을 활을 쏘아 죽였다. 왜군은 일단 물러섰다가 저녁이 되자 본격적인 공격을 했다. 주로 서문과 북문 쪽이었다. 일단의 부대가 돌격했다가 지치면 물러나고 다음 부대가 교대로 공격해 왔다. 조선군은 밤을 새웠다. 하지만 해볼 만하다고 생각했다. 적의 공세는 예상외로 거칠지 않았다. 하지만 그들은 공성(攻城)을 한 게 아니라 어두운 틈을 타 해자를 메우는 데 주력했다. 왜병들이 흙주머니를 지고 성 밑까지 접근해 흙을 부은 것이다. 날이 밝자 해자는 온데간데없이 평지가 되어 있었다. 진짜 싸움은 이제부터다.

이십삼일부터 적들은 밤낮으로 공격을 퍼붓기 시작했다. 낮에는 서너 차례, 밤에도 두세 차례씩 파상공격을 해 왔다. 왜군은 압도적인 숫자를 앞세우고도 결사적으로 항전하는 진주성을 쉽사리 함락하지 못했다. 성벽의 안과 밖에는 살과 총으로 죽은 자가 셀 수 없이 널브러졌다.

공격 개시 닷새가 지나자 적들은 전술을 바꿨다. 성첩 위에서 화살을 쏘는 조선군에 비해 아래에서 위로 보고 사격하는 조총이 그다지 위력을 발휘하지 못하자 성벽 앞에 토산을 만든 다음 그 위에 옥(屋)을 세우고 내려다보며 총을 쏘았다. 이에 질세라 황진의 지휘 아래 조선군도 성벽 위에서 토산을 쌓았다. 순성장 황진도 웃통을 벗고 몸소 돌을 날랐다. 이 와중에 황진이 자신의 신분을 알지 못한 종구품 초관에게 채찍질 당한 일이 발생했다. 황진은 문제 삼지 않았고 초관을 벌하지도 않았다. 이 사실이 알려지자 백성들 모두 감격했다. 군민이 힘을 합쳐 하룻밤 사이에 토산을 완성했다. 토산 위에서 현자총통을 쏘자 적의 토옥은 무너지고 말았다.

적은 성벽을 허물기 위해 사력을 다했다. 운제(雲梯, 사다리)를 만들어 시도했으나 조선군의 저항에 번번이 실패했다. 이십육일이 되자 새로운 무기를 선보였다. 일명 귀갑차로 불리는 수레다. 궤짝에 생가죽을 씌우고 바퀴를 달아 그 안에 병사들을 태웠다. 귀갑차는 성벽의 뿌리까지 와서 폭약을 장전하고 터트리거나 쇠송곳으로 초석을 빼내려고 했다. 조선군이 성첩에서 화살을 쏘았지만 생가죽을 뚫지 못하자 황진이 커다란 돌을 던지라고 했다. 궤짝이 부서지자 노출된 적병을 향해 화살을 쏘았다. 부서지지 않은 궤짝 위에는 끓는 물을 부었다. 적병은 물러갔다.

이십칠일이 되자 적은 곧바로 총공격해 왔다. 큰 궤짝으로 사륜거를 만들어 성벽으로 다가왔다. 철갑을 입은 병사들이 사륜거에서 철추를 빼내 성을 뚫으려 했다. 황진이 기름에 적신 횃불을 가져오라고 했다. 조선군이 횃불을 계속 던지니 마침내 사륜거에 불이 붙어 적들이 타 죽었다. 이때다 싶어 김해부사 김종인이 앞장서서 성을 나와 적병을 찍어 넘기자 나머지 군병들은 도주했다.

이십팔일도 여명 무렵부터 전투가 계속되었다. 지칠 대로 지친 조선군이지만 결사항전 의지로 버텼다. 이날 쌍방 간에 많은 희생자가 나왔다. 적군이 물러가자 황진이 사상자를 헤아리고 성벽 상태를 점검하던 중 시쳇더미 속에 매복해 있던 저격수가 황진을 향해 조준 사격을 했다. 머리에 탄환을 맞은 황진은 그 자리에서 즉사했다.

황진 장군의 순사가 알려지자 진주성은 울음바다가 되었다. 설상가상으로 폭우가 쏟아지며 성벽이 무너졌다. 뚫린 성벽 사이로 왜군이 쏟아져 들어왔다. 칼과 창으로 백병전이 시작되었다. 왜군은 군민을 가리지 않고 닥치는 대로 살상했다. 진주성은 아비규환이 되었다. 김종인, 장윤 등은 접전 중에 전사했고, 김천일, 최경회는 중과부적으로 밀리다가 남강에 투신했다.

이렇게 해서 구일 동안 벌어진 진주성 전투는 막을 내렸다. 왜군은 눈에 보이는 건 모두 도륙했다. 심지어 가축이나 미물일지라도 숨탄것은 모두 칼질해댔다.

말을 마친 차산은 얘기하면서 스스로 달아올라 벌겋게 상기되었다.

"그 아수라장에서 너는 어떻게 빠져나왔느냐?"

곽재우가 물었다.

"어릴 때부터 낙강에서 헤엄으로 단련된지라 물에 익숙합니다. 최경회 병사가 투신할 때 많은 병사들 또한 절벽으로 떠밀려 떨어졌습니다. 저도 그때 떨어졌는데 물살에 휩쓸려 하류까지 내려갔다가 뭍으로 올라왔습니다."

차산의 숨이 가빠졌다.

"아직 기력이 완전히 회복 안 되었구나. 좀 더 요양하도록 하거라."

곽재우는 방문을 나섰다.

진주성의 옥쇄는 만고에 회자하겠지만 고전에 악심을 품은 왜적에게는 인두겁의 탈을 쓴 야차로 만들었다. 적들은 진주에 그치지 않고 전라도 내륙을 휩쓸 것이다. 그들의 칼은 정복에 미치지 않고 살육을 겨눈다. 패악질과 소드락질이야 왜적 못지않고 곤댓짓은 차마 눈 뜨고 못 봐줄 정도지만 적어도 명군은 살육을 내세우진 않는다. 명보의 말에 의하면 왜인들은 죽음에 경도되어 있다고 했다. 죽거나 죽이거나. 죽음으로써 삶을 말하고 죽임으로써 생을 밀고 나가며, 죽음으로써 삶을 미화하고 죽임으로써 생을 가치롭게 한다고 했다. 악귀가 된 왜적의 칼을 누가 막을 것인가. 곽재우는 긴 한숨을 내쉬었다. 명보, 그대는 죽어서 절(節)을 지켰고, 나는 살아서 의(義)를 지키고자 하오. 이 모든 것이 결국 충(忠)의 길 아니겠소.

동헌에 돌아온 곽재우는 흑각궁을 가져와 마당에 섰다. 이른 장마가 잠시 쉰 너누룩한 하늘 저 멀리 먹장구름이 능선 위에 심술궂게 앉아 있다. 곽재우는 마루금을 향해 빈 활의 시위를 당겼다. 깍짓손을 놓자 딩, 하는 소리가 났다. 연속으로 시위를 당겼다 놓자,

딩, 딩, 딩, 소리가 귓전을 울렸다. 돈후한 명보의 목소리 같았다.

"소장, 공맹과 정주(程朱)는 통달하지 못했지만 병서와 사서는 천착한 지 오랩니다. 비록 춘추의 필법은 터득하지 못했지만 태사공 열전의 호걸들을 깊이 추앙했습니다. 대저 나라가 위난을 당하매 장부의 기개란 무엇이겠습니까. 한목숨 바쳐 충에 보답하고 의를 세우는 길 아니겠습니까? 왜적이라면 한 놈이라도 더 사로잡아 심장을 꺼내 패대기치고 간을 씹어 뱉는 것만이 소장의 할 일이올시다."

후드득 발비가 곽재우의 손등에 떨어졌다. 오란비(장마)가 본격적으로 시작되는 모양이다.

덧붙임
조선시대 '장군'이라는 칭호는 사실상 첨절제사나 만호에게나 붙일 수 있고 정3품 이상인 당상관부터는 쓰지 않는 호칭이다. 무관 역시도 2품으로 승진하면 문반 품계인 '가선대부'를 받기 때문에 장군 칭호를 쓰지 않는 것이 원칙이다. 그러나 작품의 편의와 읽는 이의 이해를 돕고자 부대 지휘관 호칭을 모두 '장군'으로 통일했다.

작가의 말

아무런 참고자료 없이 글이 술술 나오는 작가가 부러웠다. 시도를 해보았지만 삼십 중 추돌사고가 일어난 고속도로처럼 꽉 막혔다. 영감의 샘물이 부족하다는 걸 인정할 수밖에 없었다. 고속도로만 도로일까. 나는 국도와 지방도로 우회하는 방법을 택했다. 더디고 오래 걸리는 길이었다.

깜박이는 커서가 공포로 다가오는 건 글 쓰는 사람이면 누구나 경험해 보았을 것이다. 나는 그럴 때마다 자료를 뒤적이며 공포를 이겨낸다. 아니 이겨낸다기보다는 자료 속에서 숨을 고른다고 해야 한다. 자료 더미 속에 파묻혀 있을 때 비로소 탈출 의지가 솟구치기 때문이다.

작품의 원자재가 되는 자료는 늘 태풍처럼 거대하고 쓰나미처럼 몰려온다. 자료를 뒤적이며 밑줄을 그을 때마다 망망대해에서 노 젓는 기분이다. 지나온 길은 흔적도 없다. 그럼에도 불구하고 노를 잡을 수밖에. 끝도 없을 것 같은 자료의 바다에서 아무 생각 없이 노를 젓다 보면 어느 틈엔가 수평선 너머로 신기루가 떠오른다. 그때야 비로소 나의 항로는 분명해지고 커서의 공포에서 벗어난다.

네 개의 작품을 쓰기 위해 대략 백여 편의 서적과 그에 버금가는 논문과 매거진을 읽었다. 자랑이 아니라 무능의 고백이다. 투입과 산출의 어처구니없는 불균형, 수고에 비례하지 않는 결실의 초라함 등을 감안하면 나의 글쓰기는 무위에 가깝다. 설령 그렇다손 치더라도 나는 폐광의 스산한 갱도에서 홀로 곡괭이질을 할 것이다.

문학은 비유를 본령으로 한다. 은유는 A라는 세상에서 B라는 세계를 상상하길 바라고, 환유는 A라는 세상에서 A'의 세계로 이동하길 원한다. 나는 나의 작품이 은유보다 환유로 읽혔으면 하는 바람이다. 은유라는 알레고리가 아니라 환유라는 장치를 통해 지금 여기에서 과거 혹은 미래로, 또는 그 역(逆)으로의 이동을 소망하는 것이다.

그런 의미에서 나는 창작자가 아닌 편집자에 가깝다. 흩어진 자료를 모아 이야기로 꿰는 것. 이것 말고 나는 할 줄 아는 게 하나도 없다.

중편소설 4편을 엮여서 세상에 내보인다.
가지런한 소설집을 꿈꿨지만

두서도 계통도 없다.
잡식동물의 한계이자 숙명이다.

작품이 나오기까지 활력을 불어넣어 준 부산소설가협회 문우들과 산지니 편집부의 도움은 커다란 힘이 되었다.
출간을 지원해 준 부산문화재단에 깊이 감사드린다.

2025년 6월, 해무 자욱한 청사포에서

수록 작품 발표지면

「미지의 항해」… 2019 제13회 해양문학상 대상 수상작.
「고스트 테스트」… 월간 『한국소설』 300호 기념집, 2024.
「인류 비행에 관한 몇 개의 보고서」… 계간 『문학저널』 2024년 여름호.
「만남」… 계간 『사람의 문학』 2024년 가을호.